ÚLTIMO OLHAR

MIGUEL SOUSA TAVARES

Último olhar

COMPANHIA DAS LETRAS

Copyright © 2021 by Miguel Sousa Tavares

O autor optou por manter a grafia do português de Portugal pré-acordo ortográfico.

Capa e ilustração
Victor Burton

Preparação
Adriane Piscitelli

Revisão
Ana Maria Barbosa
Carmen T. S. Costa

Dados Internacionais de Catalogação na Publicação (CIP)
(Câmara Brasileira do Livro, SP, Brasil)

Tavares, Miguel Sousa
  Último olhar / Miguel Sousa Tavares. — 1ª ed. — São Paulo : Companhia das Letras, 2023.

  ISBN 978-65-5921-513-3

  1. Romance português I. Título.

23-141155   CDD-869.3

Índice para catálogo sistemático:
1. Romances : Literatura portuguesa 869.3
Eliete Marques da Silva – Bibliotecária – CRB-8/9380

Todos os direitos desta edição reservados à
EDITORA SCHWARCZ S.A.
Rua Bandeira Paulista, 702, cj. 32
04532-002 — São Paulo — SP
Telefone: (11) 3707-3500
www.companhiadasletras.com.br
www.blogdacompanhia.com.br
facebook.com/companhiadasletras
instagram.com/companhiadasletras
twitter.com/cialetras

Não quero esquecer nunca o que aconteceu connosco. Isto tornar-se-á história. Carregamos tudo o que vimos dentro de nós, sentimo-nos cercados pela escuridão.

Paolo Miranda, enfermeiro intensivista,
Hospital de Cremona, Itália

Este é um vírus bonzinho, só mata velhos.

M.

Que os velhos se tenham tornado uma abandonada periferia […] diz muito da crise interior que mina o nosso tempo.

José Tolentino Mendonça

1.

Pablo consultou o seu relógio de pulso, quase tão velho quanto ele: cinco da tarde. Cinco em ponto da tarde. "Ou mais ou menos, o Federico já não se vai importar", pensou para consigo. Numa altura destas, quem é que se lembra de olhar para o relógio? Mas deviam ser mais ou menos cinco em ponto da tarde quando a coluna de dez ambulâncias e um minibus, saída duas horas antes do lar de terceira idade Vale Encantado, em Alcalá del Rio, entrou na cidade de La Línea de la Concepción, na província de Cádis. Trazia a bordo um carregamento de morte: vinte e oito velhos infectados com o vírus da covid-19, o veneno da China, que varria a Europa e trazia a Espanha agonizante de pavor. Cinco da tarde, 16 de Maio de 2020.

Pablo — o velho infectado Pablo Segovia Rodríguez — não viajava em nenhuma das oito ambulâncias, mas sim no pequeno autocarro que transportava as bagagens dos doentes. Fizera questão disso à viva-força, fizera tamanha questão disso, ameaçando deitar-se no chão e só ser arrastado para uma ambulância à força, que as enfermeiras acabaram por encolher os ombros e fazer-lhe a vontade. Porque, muito embora as suas pernas fraquejassem e tantas vezes se recusassem a obedecer-lhe — fruto, não apenas dos seus noventa e três anos, mas, bem mais além, do incidente em que o Oberscharführer Otto Schultz quase lhe destruíra as rótulas à bastonada em Mauthausen —, ele, como sempre desde então, persistia em fazer das fraquezas forças e em manter-se o mais vertical possível quando o seu corpo só suspirava por se deitar e que o dono lhe desse tréguas. Assim fora a sua vida desde que se lembrava. Mas, para além disso, depois de quase dois anos fechado entre os muros da Casa de Repouso do Vale Encantado, com cada vez mais raras saídas ao mundo lá de fora, Pablo Segovia não queria absolutamente perder aquela oportunidade única de rever mais uma vez os campos da sua adorada Andaluzia, sentado como um homem à janela de um autocarro, e não deitado como um trapo nos fundos de uma ambulância.

Sentado no banco de trás, viu os campos verdes desfilarem sob os seus olhos, os sinais da Primavera que despontava, e que persistia em viver e continuar, apesar de todas as notícias e alertas de morte que ele via e escutava e lia nos jornais e nas televisões, sem tréguas. O seu olhar atento e sábio de agricultor e jardineiro detinha-se em cada campo e em cada seara, avaliando se a sementeira fora já feita e como, se havia sinais de água próximos ou de nuvens no céu que viessem regar as sementes recentemente lançadas ao solo, se a terra estava exausta ou preservada, se havia pássaros, flores rasteiras, prados, culturas diversas, ou apenas, como agora era moda, o olival superintensivo que tudo iria matar em breve. E apetecia-lhe quebrar o vidro inviolável da janela para aspirar o cheiro da Primavera — aliás, saltar da janela e pegar numa enxada para escavar a terra ou apenas nela mergulhar as mãos para de novo sentir a sua consistência, como a pele de uma mulher amada que se procura no escuro, quando temos medo porque o mundo se move e não sabemos para onde vamos.

E vieram gotas de chuva bater na janela, turvando a sua visão dos campos. Aquilo era um bom presságio, mas Pablo deu por si sem saber se eram gotas de chuva ou lágrimas suas que o impediam de ver nítidos os campos da Andaluzia, onde vivera a sua tão curta e feliz infância e depois os mais felizes anos da sua vida. Até que os poucos que ainda se preocupavam consigo e com a sua solidão e desamparo o convenceram a recolher o corpo exausto ao Vale Encantado. E por aí se quedara desde então, nem morto nem vivo, numa espera de coisa alguma, preso a farrapos de vida, até dias antes quando vira passar o corpo de Manolo Castro, do quarto ao lado do seu, que levavam embrulhado num lençol. O seu último amigo, companheiro das conversas e dos jogos de cartas, dos passeios a pé no jardim do lar. Morto a dormir, sem sequer avisar, sem se despedir, com uma única palavra por explicação: covid. Morreu no andar de cima do lar, o dos infectados, para onde o tinham levado no sábado anterior quando adoecera. E morrera, sem defesa, manhã cedo, e durante todo esse dia ele já não saiu do quarto. Não se sentiu capaz de enfrentar o lugar vazio de Manolo no refeitório, de passear no jardim sabendo que ele já não estava ali. Precisava de tempo para entender que tudo acabara assim, sem mais, nem uma palavra, nem um adeus, há pouco ainda juntos a discutir as notícias e, logo depois, Manolo já não era. Deixara de ser alguém, apenas um registo burocrático, sem um familiar para se despedir, um telefonema último, a voz dos filhos, dos netos, um cigarro antes do fuzilamento, nada. Ia para a fila do crematório e, tivesse a sua vida qualquer coisa digna de ser lembrada, teria espaço para uma nota de obituário num jornal de Sevilha.

Ao final do dia, uma médica entrou no quarto de onde ele nunca tinha saído o dia inteiro, sentado no sofá a olhar a janela, vazio de sentimentos, vazio de vontade. Era uma médica ainda jovem, trinta e tal anos, bonita, de corpo comprido e olhos e cabelos escuros e rugas de fadiga que a faziam mais atraente. Vestia uma bata branca, com um estetoscópio pendente sobre um peito que Pablo apostaria ser exuberante, se por felicidade o pudesse ver, e uma máscara de protecção sobre um pescoço alto e liso. Ao vê-la, mais uma vez Pablo teve a impressão de que as rugas no seu rosto não eram apenas de cansaço, mas também de noites mal dormidas. Noites em branco, noites de sofrimento. Havia um traço de sofrimento cavado no rosto da dra. Inez Montalbán, que ele já tinha visto muitas vezes antes em outros rostos, e que lhe permitia adivinhar que o sofrimento dela era recente. A ferida ainda estava aberta, as lágrimas corriam livremente à noite, que é o seu espaço de intimidade.

Ela teve a delicadeza de não se lhe dirigir de pé, como se não tivesse tempo a perder com ele, antes puxou uma cadeira para perto dele e sentou-se à sua frente:

— Sr. Segovia... Pablo, não tenho boas notícias para si.

Pablo sorriu. E foi a vez de a médica reparar também que ele tinha um sorriso cansado mas tranquilo e uns olhos azuis onde toda a luz ainda não se tinha apagado.

2.

— Estás a ver, Pablito? Aqui, estão as favas. Aqui debaixo. Ah, já estão prontas a colher!

— Onde, pai? Não vejo nada...

— Aqui em baixo. As plantas têm esta grande ramagem, mas com o peso delas só encontras as favas rente ao chão. Aqui, espreita.

Pablo ajoelhou-se na terra e viu então aqueles invólucros verde-escuros. Apalpou-os e sentiu as protuberâncias lá dentro: as favas. As favas que o pai tinha plantado, que cuidara com desvelo e que agora estavam prontas a serem colhidas. Para a Páscoa, em Abril.

Olhou o pai, David. O seu rosto estava sorridente, feliz, como se não estivesse à espera de ver nascer as favas que havia plantado.

— Sabes, Pablo, não há maior mistério e maior riqueza do que a terra. Tu tens um bocado de terra, tens água próxima, compras sementes, preparas a terra, semeias, cuidas e depois colhes. E pões na mesa.

— Pai, se a terra é a maior riqueza, como tu dizes, porque não arranjas um bocado mais de terra? Podíamos plantar mais coisas...

David fez-lhe uma festa na cabeça, sorrindo. Mas respondeu em tom sério:

— Pois podíamos, filho. Mas exactamente porque é a maior riqueza, a terra custa muito dinheiro, que nós não temos. Mas, sabes? A terra também é uma coisa perigosa.

— Perigosa, como?

— Faz coisas más à cabeça dos homens. É como o dinheiro: quanto mais têm mais querem. Os homens agarram-se à terra e é como se ficassem cegos, são capazes de matar por um palmo de terra a mais ou a menos.

Pablo ficou a meditar na resposta do pai e ocorreu-lhe outra pergunta:

— Então, se fosses rico, o que gostavas mesmo de ter?

— Se fosse rico? Eu? — David olhou o filho, pensativo. — Talvez um barco.

— Um barco! Porquê um barco?

— Pensa bem, filho: ao contrário de uma casa ou de uma quinta, um barco move-se, não tem de estar sempre no mesmo sítio. E também pode ser a tua casa e assim a tua casa pode mudar de lugar várias vezes.

— É verdade! — Pablo estava extasiado.

— E, além disso — acrescentou David —, quando sais para o mar num barco, tens o mar todo só para ti, vais para onde quiseres, o horizonte é todo teu. Podes usá-lo para ser a tua casa, para viajar, para ir à pesca.

— E para ir à praia — acrescentou Pablo.

— Para ir à praia, pois!

A "terra" de David não era uma herdade, nem uma finca, nem sequer uma courela no campo com um riacho por perto:

era um simples quintal, duzentos metros quadrados, nas traseiras da sua modesta casa de piso térreo da Calle de Los Suplicios, de Almeria. E nem sequer a casa era sua, mas sim propriedade dos seus sogros, que relutantemente a haviam dispensado para que ele e a sua mulher, Marí Luz, pudessem viver juntos, casados e em família, depois de que todos os argumentos e ameaças para conseguirem afastar a filha dos dotes sedutores de David Rodríguez tivessem sido forçados a capitular face ao último argumento dela:

— Pai, mãe, estou grávida do David.

O consentimento foi então selado com um violento par de estalos paternais que doeram a Marí Luz até ao fundo da alma, com um ror de insultos e ameaças a David, e, finalmente, com um casamento quase secreto na Igreja do Divino Salvador, seguido de um discreto almoço para os padrinhos dos noivos e os compadres e amigos íntimos dos sogros — os que, garantidamente, não espalhariam a vexante notícia pelos salões e pátios de Almeria, a nobre. Que d. Álvaro Bramante y Sidonia, ainda primo dos Medina-Sidonia e descendente em linha recta de d. Juan de Sidonia, conde de Aranjuez, que combatera na Flandres ao serviço de Felipe IV e morrera em Breda como capitão-general, casara a sua segunda filha com um meio cigano andaluz, alfarrabista ou livreiro do bairro judeu de Almeria e, ao que constava — segundo as informações que recolhera —, anarquista, se não mesmo comunista. Dado aos copos, às mulheres, aos toiros e à jardinagem. E aos livros.

Mas o casamento com Marí Luz mudara David. Ainda gostava de toiros e dos copos com os amigos, mas já não olhava para nenhuma mulher outra que não a sua. E isso acontecera-lhe pouco a pouco, quase sem dar por isso: primeiro, começou a reparar na forma como ela caminhava, uma maneira ondulante de deslizar como se não pisasse, de se aproximar como se carregasse algum segredo ou promessa escondida que só ele conhecia. Depois, a forma que o seu corpo encontrava de se fundir com a roupa que vestia, fosse uma saia comprida até aos pés, fosse uma saia curta, descobrindo as suas pernas morenas e onduladas como ramos de salgueiro, ou o volume do peito oscilando ao ritmo dos seus passos. E, quando a via assim, caminhando no meio dos outros e sabendo que, no final do trajecto, era ele que ela procurava e era ele com quem ela vinha ter, todos os seus sentidos despertavam e ele era o macho que via chegar a sua fêmea, cuja posse garantida o fazia sentir acima de todos os outros, um homem abençoado pela visão de uma mulher apetecível e que era sua. E, sem dar por isso, viu-se a cortejar a sua mulher, a guardar para ela os seus anteriores sorrisos de sedutor para outras mulheres, a colher para ela flores no caminho para casa, a ter prazer em ler-lhe à lareira livros de que ela nunca tinha ouvido falar, a dar-lhe a mão quando caminhavam juntos na rua, a encostar-se a ela quando ela estava no fogão de volta do jantar, e até a ter prazer em receber as ordens dela para descascar cebolas ou pôr a mesa, ou a ouvi-la ralhar por razões que ele percebia que não eram verdadeiras queixas, mas apenas pretextos de sedução. Às vezes, via-se a pensar para consigo se seria isso amor ou apenas um casamento, mas, fosse o que fosse, David foi percebendo, com uma nitidez cada vez mais irrecusável, que, do desejo à posse, e da posse à ternura, aquela ia ser, já era, a mulher da sua vida.

Quatro anos depois de casados, já tinham acrescentados dois filhos, Pablo e Sara, à família. Além da mulher e dos filhos, as duas paixões de David eram agora os livros e a sua pequena horta no quintal da casa da Calle de Los Suplicios. E ambas as paixões eram uma obsessão. De tal forma se apaixonava pelos livros para a sua pequena livraria — que misturava "novidades", mesmo importadas e, por vezes, nem traduzidas para espanhol, como os russos e os franceses, com livros antigos —, que muitos deles, embora estivessem expostos, na hora de os vender a um cliente, recusava, inventando inúmeras desculpas, das quais a mais comum era a de que ainda não os tinha lido. E a paixão pela horta, por ver crescer as plantas, os legumes e as flores que havia plantado era tamanha que por vezes se levantava em plena noite, quando o ruído de um vento forte o desinquietava e o fazia acorrer lá fora, de lanterna de petróleo na mão, para construir de urgência um muro de pedras, de terra ou de pranchas de madeira para proteger planta ou sementeira que julgasse mais exposta ao vento. E só então voltava, mais descansado, para a cama.

— Tu és louco, com essa horta! — dizia-lhe Marí Luz, e encostava-se a ele, feliz por ter um homem que saía da cama a meio da noite apenas para a trocar brevemente por couves e roseiras ou camélias. Pablo cresceu entre os livros e a horta do pai. Quando saía da escola, a meio da tarde, vinha direito à Livraria Progresso e ali tinha o seu canto, numa mesa recuada nas traseiras da loja, onde ficava a fazer os trabalhos de casa, rodeado de estantes de livros desde o chão até ao tecto. E, quando acabava, gostava de percorrer aquelas estantes, onde uma fina camada de pó cobria tudo o que não era "novidade" e que à luz do sol poente que entrava pelas grandes janelas de sacada da loja resplandecia como se fosse oiro.

— Estão aqui verdadeiras riquezas do espírito humano, filho. Vê: Tolstói, Tchékhov, Cervantes, Victor Hugo, Rimbaud.

E os olhos do pai brilhavam como se acariciasse um tesouro com o olhar.

Em breve, David descobriu no filho um dom natural para línguas, coisa rara entre os espanhóis, e, logo depois, a respeitável madame Sergélac, viúva do cônsul francês em Málaga, e que também falava razoavelmente espanhol — coisa igualmente rara entre os franceses, essa de falar uma língua que não a deles —, passou a dar duas aulas de francês por semana a Pablo. E, antes que um ano tivesse decorrido, a premonição de David revelava-se certa: Pablo já falava um francês muito aceitável e já era capaz de ler, com a ajuda da professora, *O conde de Monte Cristo*, numa versão adaptada para crianças.

David, na verdade, vendia muito poucos livros na sua Livraria Progresso. E também colhia muito pouco sustento da sua horta. Fingia por não perceber que, além da casa, cuja renda não tinha de pagar, muitas outras contas eram sustentadas pelo sogro. No Natal, no Domingo de Páscoa e nas outras inevitáveis ocasiões de reencontros familiares, quando tinha de enfrentar o pai de Marí Luz e este lhe estendia uma mão distante e flácida e lhe perguntava "Então como vai a vida, David?", o que respondia era aquilo que lhe parecia um misto de agradecimento sem humilhação, de altivez sem sinal de arrogância:

— Eu, a Marí Luz e os miúdos vamos bem, obrigado. Felizes, que é o principal.

E assim continuaram felizes até ao maldito ano de 1936. Até que o inevitável e trágico destino de Espanha, que nada parecia poder deter — de tal maneira as divisões se haviam transformado em ódios e as diferenças em vontade de morte —, finalmente explodisse como fogo redentor, para uns e outros. E a morte começou pela mão de um general fascista da guarnição de Marrocos, pequenino, semi-calvo e com cara de ave de rapina, que invocava Deus e a espada, e que atravessou o Estreito para fazer a Espanha mergulhar em três anos de guerra suja, fratricida, que, no final, não deixaria nem vencidos inocentes nem vencedores com verdadeira glória que invocar. E não deixaria também pedra sobre pedra do mundo feliz de David, Marí Luz, Pablo e Sara. Juntos, começaram aí uma terrível fuga adiante da tragédia e da morte, de terra em terra, de país em país, de desgraça em desgraça, ao cabo da qual nenhum deles voltaria a casa.

Francisco Nieto — Paco — era o melhor amigo de David. Ambos eram simpatizantes anarquistas, mas, na conjuntura política da época, defensores do governo legítimo de Largo Caballero. Se as coisas chegassem ao limite, seriam sempre republicanos, sem sombra de dúvida. Todos os dias, ao final da tarde, Paco Nieto vinha até à Livraria Progresso, meia hora antes do fecho, que era às sete da tarde — salvo a presença, rara, de algum cliente retardado. Às vezes, juntava-se-lhe um ou outro amigo de ambos e ficavam a jogar cartas, ou então, com ou sem mais companhia, sentavam-se simplesmente numa mesa perto da entrada, em bancos de madeira ao redor da mesa, e abriam uma garrafa de Rioja que um deles tinha trazido e ficavam a picar queijo manchego, azeitonas temperadas em alho e louro e lascas de presunto curado à lareira durante o Inverno, discutindo política sempre, toiros muitas vezes, livros por vezes. Pablo tinha a tarefa de abrir as garrafas, reabastecer os pratos de queijo e presunto, renovar o petróleo na candeia suspensa sobre a mesa e escutar, em respeitoso silêncio, as conversas dos adultos. O cheiro envolvente do petróleo, o som das conversas e o do tinir dos copos, nas frequentes saúdes que faziam aqueles amigos reunidos na hora das *tapas*, aqueles finais de dia justos e sempre iguais, acabavam sempre por o envolver numa espécie de torpor, numa névoa mental, que só depois haveria de entender que eram toda a felicidade e toda a tranquilidade e paz que a sua infância podia desejar. Muitos anos depois, haveria de recordar que fora feliz então como nunca mais voltaria a ser.

Paco fazia-se acompanhar por vezes do seu filho, Rafael, colega de liceu de Pablo, embora frequentassem turmas diferentes, pois Rafael era seis anos mais velho. Um dia, no recreio do liceu, um colega de turma de Pablo roubou-lhe um livro que ele trouxera da loja do pai para ler na escola e fugiu com ele. Furioso, Pablo correu atrás dele até que conseguiu encurralá-lo contra uma parede:

— Dá-me o livro. Já!

O outro atirou fora o livro, cuja capa se desfez contra o chão. Era um livro que ele teria de devolver, intacto, à loja do pai. Pablo recuou dois passos e assentou um murro com quanta força tinha na cara do outro, mas mal o havia feito, sentiu uns braços que o agarravam por trás e uma joelhada nas costas, que o fez dobrar até ao chão. Outro interveniente, também da turma de Pablo — mas este muito maior e corpulento —, tinha entrado na refrega, sem se fazer avisar. Cambaleante, Pablo enfrentou os dois adversários, que carregaram simultaneamente contra si. Enquanto o mais pequeno o agarrava pelos braços, o grande enfiou-lhe um murro no nariz, que logo o fez sentir o gosto acre do sangue a escorrer para a boca. Tentava libertar os braços da prisão do primeiro adversário, quando viu pelo canto do olho a aparição salvadora de Rafael, já então se tinha formado uma roda de alunos à volta deles, incitando uns e outros. Rafael limitou-se a estender um braço e, como se pegasse num boneco de trapos, afastou o pequeno do aperto a Pablo, ficando a segurá-lo pela gola do casaco, com uma mão firme. Pablo lançou-lhe um olhar suplicante, desejando que a sua ajuda não ficasse por ali, num combate desigual contra o mais forte. Mas Rafael limitou-se a dizer-lhe:

— Não o deixes agarrar-te, ataca-o por fora.

Não lhe pareceu grande ajuda, mas foi um empurrão de ânimo suficiente. E ele assim fez, mantendo-se à distância do matulão e saltitando à volta dele. Conseguiu acertar-lhe dois rápidos murros na cara, para grande entusiasmo da roda de espectadores, e, quando o outro, fora de si, investiu de cabeça baixa direita ao seu tronco, Pablo desviou-se rapidamente e, tirando partido do peso e do balanço do opositor, estendeu uma perna à passagem dele e viu-o cair desamparado no chão, como um saco de batatas. "E agora?", pensou para consigo, "que farei quando ele se levantar?" Mas foi salvo antes do segundo round pela aparição, mais do que oportuna, do director de turma, que encerrou a refrega.

Ainda a recuperar o fôlego, Pablo recebeu o livro que Rafael recolhera do chão e, com o lenço que trazia no bolso das calças, limpou o sangue que lhe escorria do nariz.

— Porque não me ajudaste ali?

— Eu ajudei-te: eram dois contra um, e eu tirei de lá um.

— Mas podias ter deixado o pequeno, em vez de me deixares sozinho contra o grandalhão...

— O grandalhão é da tua idade, o problema era teu. E, como viste, há sempre maneira de derrotar um adversário que parece mais forte.

— Como?

— Como? Então, tu não viste? Inteligência e rapidez. Tens de pensar melhor do que ele e mexeres-te mais depressa do que ele.

— Ensina-me, Rafael.

— Está bem, vamos pensar nisso.

E, nos tempos seguintes, além das lições de francês com a madame Sergélac, Pablo juntou-lhe as lições de boxe rudimentar e luta livre com Rafael Nieto.

Mas isso não duraria muito tempo: o ambiente político em Espanha deteriorava-se de dia para dia e os ódios andavam à solta, de ambos os lados, nas cortes, nos jornais, nos cafés. Depois da expulsão de Afonso XIII para Itália e da instauração da República, vitoriosa em eleições, começaram as reformas, e as primeiras medidas eram dificilmente atacáveis pela direita, numa Espanha quase medieval: descida de impostos e subida de quinze por cento nos salários, direito à greve e a um dia de descanso semanal, aumento da escolaridade obrigatória. Mas em 1932, o governo republicano tinha ensaiado a primeira Reforma Agrária, verdadeiro tiro na estrutura fundiária, económica e social da Espanha: a nobreza possuía cinquenta e um por cento das terras, a Igreja 16,5 por cento, e o povo (nele se compreendendo todas as outras classes), trinta e dois por cento. Em conjunto, os três maiores proprietários rurais de Espanha eram donos de 112 mil hectares de terras: 9300 o marquês de Riscal, 23 700 o marquês de Comillas e uns incríveis 79 mil hectares o duque de Medinaceli. Nesse mesmo ano, o general falangista Sanjurjo falhou um golpe de Estado, tendo de se refugiar em Portugal, mas, longe de se retraírem, os republicanos e toda a esquerda forçaram nova e mais profunda Reforma Agrária, em 1935. Porém, desta vez, não eram apenas os grandes proprietários que eram atingidos, mas também muitos milhares de pequenos agricultores que toda a vida tinham vivido na terra e da terra. E as ocupações dessas quintas saldavam-se muitas vezes em incidentes violentos, com feridos e mortos, incêndios das casas e das culturas. A República ganhava inimigos desnecessários.

Numa dessas noites de conversa na Livraria Progresso, Pablo escutou o pai e os amigos falarem sobre isso. Além do pai, estavam também Paco e Rubio, que era alfaiate, especializado em fardas militares. E, ao contrário do habitual, nesse final de tarde, a boa-disposição dos amigos fora substituída por um tom de preocupação e mesmo já de alarme, que reflectia o ambiente dos dias correntes.

— Vocês ouviram falar do que se passou na finca do Manuel Nuñez, em Paso de Los Caballeros? — perguntou Rubio, baixando a voz.

— Sim, parece que aquilo foi uma tragédia! — respondeu David.

— Bom — atalhou Paco —, uma tragédia porque o homem resolveu receber os campesinos a tiro!

— Não foi bem assim, Paco — volveu Rubio. — Eles forçaram a entrada na casa, empurraram a mulher e agrediram-no. E, então, ele foi buscar a caçadeira e desatou aos tiros. Ou melhor, só deu um tiro e feriu um deles. E, depois, foi o que se sabe...

— O quê, ao certo? — perguntou David.

— Não sabes? — concluiu Rubio. — Mataram-no a ele e à mulher. Uma bestialidade!

Paco serviu-se de mais vinho e chegou-se à frente.

— Uma tragédia, sim. Mas eu volto a dizer que o culpado principal foi o Nuñez, que não tinha de ir buscar a arma e disparar sobre eles. Afinal de contas, eles tinham a lei do seu lado. Uma lei aprovada no parlamento.

— Uma lei estúpida, uma lei cega, Paco! Uma coisa é tirar terras ao Medinaceli ou ao duque de Alba, que nem dão pela falta delas; outra coisa bem diferente é tirá-las a tipos como o Manuel Nuñez, que as herdou do pai e do avô, que nasceu ali e sempre trabalhou ali, e que não era nenhum latifundiário.

— Bem, acho que sempre tinha para cima de duzentos hectares — insistiu Francisco Nieto.

— Porque foi comprando aos vizinhos aos poucos, fruto do seu trabalho — rematou Rubio.

— Desculpa, Paco, não me parece que isto assim vá acabar bem — rematou David.

Não acabou: no dia 29 de Julho de 1936, as tropas do general Francisco Franco, que se havia levantado contra a República Constitucional, pisaram terras de Espanha, vindas da guarnição de Ceuta, e nada voltaria a ser como dantes. Longos anos de guerra civil, de mortes, de fuzilamentos, de perseguições, e, depois, de exílios, de vinganças, de ressentimentos, de memórias jamais apagadas e consciências jamais apaziguadas, a não ser as pouco nobres, iriam descer sobre Espanha como um negro manto e como só antes se vira nos quadros do "período negro" de Francisco Goya. E, enquanto saboreavam os últimos dias felizes de uma infância que para sempre iriam perder, sabendo apenas da tempestade que se estava a formar no horizonte pelas conversas graves dos homens, no final da tarde na Livraria Progresso — cujo alcance, todavia, não entendiam exactamente —, nem Pablo nem Rafael podiam imaginar como o destino se encarregaria de fazer deles duas testemunhas privilegiadas de um dos mais sombrios tempos que a raça humana, em toda a sua bestialidade, foi capaz de conceber. E como iria fazer deles também dois extraordinários sobreviventes, nunca se deixando agarrar pelo destino e atacando-o sempre por fora.

3.

O grupo de amigos da Livraria Progresso não tardou a compreender que o seu destino estava traçado: ou fugiam rapidamente diante das tropas desembarcadas de Marrocos ou seriam colhidos sem dó nem piedade, como coelhos fora da toca. Mal haviam pisado terras da Espanha continental, as tropas de Franco, comandadas por Queipo de Lllano — e formadas pelo sanguinário batalhão dos Requetés, as tropas coloniais, que prefeririam abordar o inimigo corpo a corpo, com armas brancas —, trataram logo de dizer ao que vinham. Não apenas liquidavam sem hesitar os inimigos feridos em batalha, como todos os que lhes eram apresentados ou elas procuravam na sua lista de suspeitos de simpatias republicanas. Em menos de quarenta e oito horas, após o levantamento e o desembarque, já se contavam por centenas as vítimas do "ressurgimento de Espanha". E, nisso, não faziam diferente do que as vanguardas comunistas e anarquistas haviam feito antes sob a bandeira da República Constitucional, julgando sumariamente e fuzilando adversários políticos ou assassinando, sem mais, padres, freiras, aristocratas, terratenentes. Doravante, não haveria lugar a qualquer espécie de tréguas num ódio deixado à solta, como só os animais em luta pela sobrevivência ou os homens de uma mesma terra em guerra civil são capazes. Duas Espanhas estavam agora frente a frente e uma delas iria obrigatoriamente ajoelhar-se até à morte para que a outra triunfasse, o seu ódio saciado e a sua espada se quedasse finalmente, exangue de sangue.

E, então, David Rodríguez compreendeu que tinha chegado o momento das decisões: azar dele o de estar no ponto de Espanha por onde os fascistas tinham decidido começar a "reconquista". Despediu-se dos amigos, marcou encontro com Francisco Nieto em Sevilha, onde ele tinha um cunhado com uma casa onde David se poderia acolher, fechou a loja e entregou as chaves a um amigo não comprometido politicamente e a quem pediu que a mantivesse fechada até um seu eventual regresso, escolheu uns vinte livros que queria levar consigo, disse adeus à sua horta, ao seu limoeiro que finalmente começava a mostrar flores de limão, após dois anos de desvelados cuidados, e encarou Marí Luz:

— Eu vou. Se fico aqui, matam-me. E também não quero morrer sem participar na luta contra os fascistas. Mas tu, Marí Luz, deves ficar. E ficar com os nossos filhos. O teu pai, ninguém o ignora, é um inimigo da República. Vai acolher de braços abertos os libertadores e colaborar com eles. Sob a sua protecção, tu e os nossos filhos estarão a salvo e isso é tudo o que eu preciso de saber agora. Por favor, meu amor, dá-me a tua bênção e não digas que não.

Estavam na pequena sala que ligava com a cozinha, sem separação, e a lareira, que tanto servia para se aquecerem como para cozinharem, estava acesa. Um fogo que ele conhecia bem e que sempre o fazia sentir-se protegido e mais ainda agora: um fogo quente, familiar, íntimo. À luz desse fogo, tinham-se aquecido, cozinhado, conversado, feito amor, adormecido juntos, por vezes. Os seus reflexos de oiro projectavam imagens de luz e de sombras no tecto da sala, como histórias de banda desenhada que ele gostava de ficar a imaginar que eram uma outra vida de que dispunha, muito embora soubesse, de ciência aguda e certa, que eram, sim, sinais da sua vida real, feliz e tranquila. E que agora, com uma dor de lâmina de aço trespassando o peito, essa dor fria e suja, ele sabia que era o último fogo de uma última noite, de uma vida feliz e tranquila, que talvez nunca mais voltasse. *Que mierda, España!*

Sem que tivesse dado por isso, Marí Luz tinha ido ao quarto e voltou com duas malas, não muito grandes nem pesadas. Pousou-as no chão e olhou para ele.

— Já estava à espera disso, David. Já estava preparada para isso. Eu vou contigo para onde tu fores. Nós vamos contigo, eu e os nossos filhos.

— Não, Marí Luz, tu não vais fazer isso! É a última coisa que eu quero, é a última coisa de que preciso! Tu não percebes? Eu quero alistar-me, eu quero combater. Como posso ir para a guerra com uma mulher e filhos atrás?

— Justamente: ficamos atrás, ficamos na retaguarda. Seguramente que há lugar na retaguarda para as mulheres e filhos dos combatentes, e tarefas para serem feitas.

— Mas tu, meu amor, tu nem sequer tens partido nesta guerra!

— Estou do lado que tu estiveres, David. Sou a tua mulher e amo-te. Isso, para mim, é evidente e não saberia viver de outra maneira.

— E os nossos filhos, o Pablo e a Sara, não achas que os deverias defender antes de tudo o mais?

— Estarão defendidos comigo. Prometo-te.

Partiram nos primeiros dias de Agosto de 1936, já as tropas

nacionalistas tinham tomado Cádis, no sul, e encaminhavam-se para Córdova, a que se seguiria, inevitavelmente, Sevilha. O caminho para Madrid, através da Andaluzia, já estava vedado e eles puseram-se à estrada atravessando o centro de Espanha em direcção à capital, num autocarro repleto, como eles, de simpatizantes republicanos que fugiam diante dos franquistas ou que queriam juntar-se às milícias republicanas, a partir de Madrid.

Antes da partida, porém, Marí Luz e o marido tiveram de enfrentar uma penosa despedida em casa de d. Álvaro Bramante y Sidonia. O homem, escondendo-se com a mulher aqui e ali, em casas de amigos no campo e em Portugal, havia conseguido escapar sabiamente às purgas esquerdistas, e agora, já com as tropas franquistas prestes a entrar em Almeria, regressara há dias e não escondia o alívio por estar de volta a casa e ver a situação radicalmente mudada. Tinha reservado os seus modos mais altivos e rudes para aquela ocasião, que antevia ser o último cara a cara com o genro.

— Que fujas diante dos que vêm libertar a nossa pátria do comunismo, eu ainda entendo: tens medo. Mas que leves a tua mulher e os teus filhos contigo, isso não é de homem, é de cobarde.

— Pai, não te admito que fales assim com o meu marido! — interpôs-se Marí Luz.

— Não admites? Tu não admites o quê? Tu, em minha casa, atreves-te a dizer-me que não me admites que eu diga o que penso sobre um homem que foge levando atrás a mulher, que, por acaso, é minha filha, e os seus filhos, que, por acaso, são meus netos? Ele que fuja à vontade, mas que não se proteja atrás da família. Que se desgrace indo juntar-se a esses assassinos de padres, que são seus amigos, mas que não desgrace a minha família!

— Pai, não fales do que não sabes: o David ia sozinho, queria ir sozinho. Eu é que não deixei, eu é que impus que fôssemos todos.

— Mas porquê, filha? — interveio a mãe, que raramente se intrometia nas conversas sérias da família, em que d. Álvaro não consentia outras opiniões que não a sua.

— Mãe — Marí Luz aproximou-se dela e abraçou-a —, porque só assim fazia sentido para mim. Lembras-te do juramento que fazemos no altar quando nos casamos: "Na saúde e na doença, na alegria e na dor..."?

D. Álvaro levantou-se da cabeceira da mesa onde iria começar a refeição familiar. Olhou os netos, silenciosos e assustados na outra ponta da mesa: voltaria a vê-los?

— E, tu, *cabrón*? — espetou o dedo para o genro. — Não dizes nada?

Pablo estremeceu na cadeira. Viu o pai levantar-se, muito devagar e tranquilo, com uma expressão que lhe pareceu triste. Durante muito tempo depois, quando se queria lembrar do pai, vinha-lhe à memória aquela cena e a resposta que o pai deu ao avô, olhando-o nos olhos, antes de rodar sobre os calcanhares, fazer um aceno de cabeça à avó e sair porta fora:

— Sim, digo, claro que digo. Digo, por exemplo, que quem andou fugido foi você, e se agora está aqui é porque os seus amigos fascistas já estão às portas de Almeria. Mas eu não vou fugir deles, vou combatê-los. E é precisamente por causa de gente como você que eu vou pegar em armas para tentar evitar que a Espanha fique debaixo das vossas patas.

Em Madrid, ficaram alojados em casa do irmão de David, Ignacio, solteiro e socialista, que trabalhava no Ministério do Aprovisionamento do governo de Juan Negrín. David e Marí Luz ficaram no segundo quarto da casa, e os miúdos em colchões instalados na sala. Conforme tinha planeado, David alistou-se de imediato nos milicianos da República e começou um intenso e apressado treino militar, bastante penoso para quem jamais tinha pegado numa arma ou feito uma corrida de mais do que duzentos metros. Mal preparado ainda, foi incorporado na 5ª Divisão do general Líster, tão logo as tropas nacionalistas, encabeçadas pelo general Franco e apoiadas pelo Corpo Expedicionário Italiano e por uma divisão de tanques blindados alemães enviada por Hitler, foram avistadas nos arrabaldes de Madrid, nos primeiros dias de Outubro. Tinha começado a Batalha de Madrid, que iria durar dois anos e meio.

E tal como também havia planeado, aqueles foram tempos estranhos para uma família: David passava temporadas ausente na frente de batalha, enquanto Marí Luz deixava os filhos de manhã na escola, durante o dia trabalhava num hospital militar em Vallecas, depois ia apanhar as crianças, à saída do trabalho, e ainda iam para as filas do pão e das mercearias, cujos produtos estavam racionados. Podia imaginar-se que David tinha um daqueles tipos de trabalho em que era preciso passar semanas ou meses sem vir a casa, só que o tipo de trabalho dele era diferente: de cada vez que ele partia, Marí Luz nunca sabia se o voltaria a ver e, quando o voltava a ver, era sempre de surpresa, porque ele nunca conseguia saber e avisar antes, e esses dias de licença em Madrid passavam como um sopro e logo ele tinha de retornar à sua unidade, à defesa de Madrid cercada. Nem o pai nem a mãe tinham escondido de Pablo o que se passava e o perigo que todos eles corriam, apenas a filha mais nova ignorava a razão das longas e frequentes ausências do pai. O tio Ignacio fazia o seu melhor para substituir o pai nas suas ausências. Ele, que não estava habituado a crianças, parecia verdadeiramente feliz por ter os sobrinhos em casa: à noite sentava-se com Pablo a ajudá-lo com os trabalhos de casa (gostava particularmente de lhe falar da história de Espanha e da Roma Antiga) e, por vezes, trazia-lhes presentes, como brinquedos "recuperados" em buscas a casa de algum fascista, revistas cheias de fotografias que Pablo adorava ver ou, cúmulo da felicidade, uns torrões de Alicante ou um pedaço de chocolate.

Uma noite, em que o pai tinha voltado de licença da Frente, ele e o tio Ignacio estavam a conversar em voz baixa na sala, para não acordarem os miúdos que dormiam a um canto. Mas Pablo, que apenas fingia dormir, escutou o pai, perguntando, num tom inquieto:

— Diz-me, tio Ignacio, é verdadeira a história dos fuzilamentos de Paracuellos?

O tio Ignacio suspirou fundo.

— Infelizmente, David, parece bem que sim.

— Quem eram eles?

— Havia de tudo: falangistas, aristocratas, latifundiários, padres, mas também jornalistas, professores, freiras, estudantes, eu sei lá!

— Quantos foram?

— Ainda não sabemos ao certo. Talvez dois mil. Ou três mil, ou quatro mil, ou até cinco mil. Não sei se algum dia se saberá. Foram enterrados em valas comuns.

— Como os fascistas fizeram em Badajoz?

— Tal qual; como os fascistas em Badajoz.

Cinco meses antes, logo no início da guerra, em 14 de Agosto de 1936, o então tenente-coronel Juan Yagüe, à frente de 2250 legionários e setecentos e cinquenta regulares marroquinos, tomara de assalto Badajoz, defendida por 3500 milicianos republicanos, e após um dia inteiro de intensos bombardeamentos por terra e pelo ar — a cargo da Legião Condor alemã e dos Junkers Ju 87, os terríveis bombardeiros ar-terra conhecidos por "Stukas". Abrindo duas brechas na muralha da cidade, as tropas de Yagüe tomaram o controle desta, fazendo prisioneiros, entre civis e militares, todos os que encontravam nas ruas ou aqueles que faziam parte de uma lista e que iam buscar a casa. A maior parte dos presos foi levada para a praça de toiros e, à luz de holofotes apontados para a arena, nessa mesma noite começaram os fuzilamentos, que se estenderam por outras praças e ruas da cidade durante todo o dia seguinte. No final, "a matança de Badajoz" deixou para trás, como despojos de guerra, cerca de quatro mil mortos — dez por cento da população de Badajoz. Pouco ou nada incomodado com a sua façanha, Yagüe diria depois ao *New York Herald Tribune*: "Evidentemente que os matámos. Que esperava você? Que levasse quatro mil prisioneiros Vermelhos comigo quando a minha coluna tinha de avançar em contra-relógio?".

Pelo canto do olho, Pablo viu o pai levantar-se e ir até à janela, ficando a contemplar a rua, adormecida. Falou por cima do ombro.

— Foi uma vingança por Badajoz, então? Paracuellos foi uma vingança?

— Não te sei dizer, David. Por um lado, gostaria de pensar que foi uma coisa que escapou de controle, que não foi planeado...

— Mas...

— Mas, por outro lado, aqui entre nós, e, por favor, isto não sai daqui!, temos suspeitas no governo, no círculo próximo de Negrín, de que foram os comunistas.

— Os nossos?

— Os nossos ou os russos, ainda não sabemos.

— Santiago Carrillo?

— Hum, ele foi o suspeito inicial, visto que as primeiras ordens para tirar os presos das cadeias e os remover, durante o ataque dos fascistas a Madrid, no final de Novembro, veio de Serrano Poncela, superior da Ordem Pública, que trabalha directamente sob as ordens de Carrillo. Mas parece que esses presos terão ido, não para Paracuellos, mas para Alcalá de Henares, e não foram fuzilados. Em Paracuellos foram fuzilados outros que terão sido mandados para lá por ordens de José Cazorla, também do PCE.

— Tu conheces?
— Conheço.
— E então?
— É um estalinista, vomita ódio por todos os poros. Só vê o partido à frente. E pior: é o homem de mão do Alexander Orlov, o chefe do NKVD aqui.
— Achas então que a ordem para o massacre veio dos russos?
— Infelizmente, acho que sim. Os nossos comunistas não fazem nada sem consultar os russos. Uma coisa é certa: do governo é que não saiu a ordem.
— E que fez o governo: protestou com o embaixador russo, ao menos?

O tio Ignacio encolheu os ombros.

— Ora, David, não sejas ingénuo. As coisas são o que são: nós estamos nas mãos da União Soviética. O tio Estaline é o único que verdadeiramente nos apoia. Sem a ajuda dele, sem as armas dele, não aguentávamos nem três meses mais. Acredita que, no meu lugar, sei do que falo.
— Então, a história acaba assim, sem mais?
— Não, ainda houve mais e ainda menos honroso para nós. Estava aí um tipo da Cruz Vermelha Internacional, um tal de Georges Henny, que fez um relatório sobre toda a história de Paracuellos, com nomes, datas, tudo, e embarcou num avião, com um jornalista francês, para levar o dossier a Genebra, à Liga das Nações. Estás a imaginar o jeito que nos dava?
— E então?
— Então, o avião nunca chegou a passar a fronteira: foi abatido por um caça soviético tripulado por um piloto nosso.

O jornalista francês morreu, o tal Henny está no hospital, incapaz de falar, e o dossier, é claro, desapareceu.

Pablo viu o pai virar-se de frente, ainda encostado à janela:

— Que porca de guerra, Ignacio!

— É, sim, David. Ganhe quem ganhar, não vai ficar pedra sobre pedra da Espanha que conhecemos.

E, assim, com dez anos de idade, Pablo viveu os últimos e determinantes anos do final da sua infância numa cidade de Madrid que era a capital de uma República Vermelha, cercada por forças de uma aliança internacional do fascismo emergente na Europa, e à qual, no meio de um caos dificilmente controlado nos limites, socialistas, comunistas, anarquistas, revolucionários estrangeiros servindo sem bandeira e românticos que ali encontravam a sua mais nobre causa, se juntavam para combater, para sobreviver, para amar sob as ruínas dos bombardeamentos da Luftwaffe de Hitler, para ali ficarem sepultados para sempre ou para dali saírem, miraculosamente vivos para recordarem, escreverem, pintarem para a eternidade. Ou o que eles julgavam que seria a eternidade. Mas, para Pablo era, antes de mais, uma infância indesejada. As saudades das ausências do pai, o terror de que ele estivesse morto, quando acordava de noite e se lembrava de que ele não estava ali, mas algures, em alguma trincheira próximo de Madrid, defendendo-os a todos da fúria assassina dos fascistas. A sensação de fragilidade que experimentava nas manhãs a caminho da escola, de mão dada com a mãe — que dava a outra mão a Sara — e os arrastava rápido por entre os escombros dos bombardeamentos da véspera e o olhar assustado dos habitantes daquela cidade sitiada. E, depois, as longas horas na escola, a dificuldade em conseguir concentrar-se, o impulso absurdo de correr à procura da irmã pequenina assim que soava o sinal para os recreios, a angústia irreprimível com que, apertando-a contra o peito, ambos esperavam a chegada da mãe, no final da escola, como se um qualquer dia, alguma coisa não dita, apenas subentendida, pudesse fazer com que ela não chegasse e eles ali ficassem, sem chão nem amanhã. E, depois, a angústia das sirenes, sem hora marcada e umas vezes sem razão consumada, que avisavam os habitantes de Madrid de que estava iminente um ataque aéreo à cidade. Cada dia que chegava a casa, cada dia que escutava a voz do tio Ignacio chegando também, era para ele um dia acabado em paz. E cada um dos dias em que o pai chegava sem aviso, inteiro e cansado, feliz mas com um olhar magoado, procurando mais cada abraço do que os abraços que conseguia dar, esses eram os seus únicos dias plenos de sentido. E então adormecia, querendo sonhar que ainda estava em Almeria, que não havia guerra alguma e que ele e o pai examinavam o crescimento das alcachofras ou das couves-lombardas na horta ou que estavam na Livraria Progresso e o pai lhe pedia que fosse buscar mais uma garrafa de Rioja e um queijo para partilhar com os amigos.

David Rodríguez combateu com a Divisão Líster na Batalha de Jarama, onde o morticínio se dividiu em partes iguais por ambos os lados, e depois na Batalha de Brunete, a trinta quilómetros de Madrid: a ofensiva dos republicanos chegou a ter a vitória aparentemente alcançada, mas depois tudo mudou e o contra-ataque dos Nacionalistas foi devastador nas fileiras dos Vermelhos. Milhares de homens do Exército republicano foram mortos, feridos ou feitos prisioneiros. A Divisão Líster recebeu ordens para se deslocar para norte, para tentar evitar que os avanços nacionalistas cortassem o contacto entre as forças republicanas. Antes de partir, David gozou uma licença de dois dias em Madrid. Sabia que poderia passar muito tempo até voltar a ver a sua mulher e os seus filhos. Ou até, e mesmo que não morresse em combate, ficar separado deles pelas tropas franquistas, e ninguém sabia até quando ou se para sempre. E, por isso, na última das duas noites que passou em Madrid, David encarou o irmão e pediu:

— Ignacio, promete-me que se o governo se transferir para norte, levas a Marí Luz e os miúdos contigo.

Ignacio tinha deixado o Ministério do Aprovisionamento, que, aliás, fora tomado pelos russos, e agora fora chamado ao gabinete do Primeiro-Ministro Negrín, com quem trabalhava como secretário para as Relações Externas. O que David lhe pedia estava para além daquilo que ele podia prometer. Mas não daquilo que ele julgava ser capaz de conseguir.

— Prometo-te, David, levo-os comigo.

David suspirou, pousou uma mão no ombro do irmão, os seus ombros também relaxando. A passo lento, dirigiu-se então para o quarto onde o esperava a sua mulher. Em breve seria madrugada e às seis horas, uma furgonete viria buscá-lo para o levar de novo para a frente de batalha. Restava-lhe pouco tempo para o corpo de Marí Luz. Depois, e noites por aí fora, dormiria encostado à espingarda.

Nesse Verão de 1938 e pelo Outono fora, David combateu na terrível e decisiva Batalha do Ebro. Dias e dias, noites e noites a fio, longe do mar do Sul, longe das vinhas sobre as escarpas, do luar nos campos de figueiras, do canto das cigarras durante o dia e dos grilos durante a noite. Longe da sua mulher, dos seus filhos, dos seus amigos, de um copo de vinho, de uma fatia de presunto bem curado, de um quarto de queijo manchego, de uma boa conversa, de uma preguiça sem pecado nem remorso. Apenas o ruído dos tanques revolvendo as entranhas da terra, o silvo de morte dos aviões de Hitler, o som metálico e assassino dos obuses e canhões de Franco, os gritos dos feridos, o cheiro a sangue, a cadáveres em decomposição, a pólvora flutuando sobre campos de ruína — os campos de Espanha, de árvores decepadas e entranhas revolvidas, anunciando a miséria. Dia após dia, noite após noite. Fome, sede — sede de um simples gotejar de uma fonte que não soubesse a morte —, corpos como fantasmas caminhando incertos, exaustos, sem destino, já nem a força do ódio ou a simples volúpia de matar. Até que o Exército republicano quebrou. E os que não ajoelharam partiram, em direcções opostas. Para sempre separados e, à vista de todos, derrotados definitivamente. Líster partiu para norte, tentando manter minimamente organizado o que restava das suas duas Divisões, a 5ª e a 15ª. O resto do Exército republicano recuara para a defesa de Madrid, de onde o governo começara por se trasladar para Valência e depois para Barcelona. Ignacio Rodríguez seguira com o primeiro-ministro Negrín para Barcelona, cumprindo a promessa que fizera ao seu irmão de levar consigo a sua cunhada Marí Luz e os seus dois sobrinhos. E David Rodríguez seguiu com a 5ª Divisão de Líster para a defesa de Barcelona. Aí se iriam reencontrar ao fim de meses de separação.

O assalto dos Nacionalistas a Barcelona foi desigual: trezentas mil tropas fascistas, apoiadas por 55 mil soldados do Corpo Expedicionário Italiano enviado por Mussolini, e trezentos tanques, mais quinhentos aviões, incluindo os caças-bombardeiros e os bombardeiros pesados de Hitler, face a 250 mil republicanos, que dispunham apenas de quarenta tanques, cento e seis aviões e duzentos e cinquenta canhões contra os 1400 dos Nacionalistas. Numa tentativa ingénua de afastar as forças alemãs e italianas da guerra, Negrín havia ordenado a retirada das Brigadas Internacionais, que combatiam ao lado dos republicanos — e o resultado é que havia enfraquecido as suas forças, sem que, do outro lado, o apoio externo a Franco tivesse cessado: Hitler e Mussolini estavam a aproveitar cada dia da experiência espanhola como preparação para a guerra que em breve levariam a cada canto da Europa. Em 22 de Dezembro, os Nacionalistas lançaram o que esperavam ser a sua ofensiva final sobre Barcelona, sede do governo republicano. Tropas italianas e navarras atravessaram o Segue e avançaram dezasseis quilómetros em direcção à cidade catalã, mas foram inesperadamente travadas pelas divisões de Líster. David Rodríguez tinha dito a Marí Luz que tudo se encaminhava para que pudesse reunir-se com ela e os filhos em Barcelona e passarem o Natal juntos, pois que não era de prever que o clima agreste que se previa, a anunciar neve, incitasse os fascistas, ainda para mais católicos fervorosos, a uma ofensiva durante o Natal. Mas, afinal, a temperatura havia subido e, em vez de neve, viera a chuva, e, talvez confiantes na sua grande superioridade em homens e armas, as tropas franquistas lançaram o assalto a Barcelona, esperando poder celebrar o Natal na catedral da cidade. E se Líster travara os Nacionalistas a norte, a sul, as tropas de Yagüe, "o carniceiro de Badajoz", foram travadas pelas chuvas abundantes que tinham tornado intransponível o Ebro, e, no flanco esquerdo da ofensiva nacionalista, o general republicano Muñoz detivera também o avanço inimigo. Ninguém iria passar o Natal em Barcelona. E David Rodríguez passou-o atascado na lama, coberto da chuva debaixo de um tosco oleado, olhando os raios de uma trovoada no céu e dividindo um pedaço de pão seco e presunto salgado de mais com um camarada de armas asturiano que iria morrer em frente aos seus olhos no dia seguinte, enquanto ele tentava em vão segurar-lhe dentro do corpo uma massa ensanguentada de tripas, que espirrava para fora, sem contenção nem dignidade alguma.

Em Barcelona, no rés-do-chão que o Comité Provisional lhes tinha distribuído, Marí Luz e os dois filhos, Pablo e Sara, já tinham sabido pelo tio Ignacio que o pai não viria passar o Natal com eles: estava na frente de batalha, onde se travava o destino de Barcelona e o destino final da guerra. O tio Ignacio viera a casa, na tarde do dia 24, trazer-lhes essa notícia e um pequeno presente de Natal, aquilo que conseguira naqueles dias de quase absolutas privações, em que se racionavam já as rações de lentilhas: meio quilo de arroz e meio frango. Em vão, Marí Luz tentou convencer o cunhado a ficar com eles para a ceia de Natal:

— Janta connosco, Ignacio. Fazia-te bem, estás com um ar tão cansado! Há quanto tempo não dormes uma noite inteira?

— O teu marido está pior esta noite, Marí Luz...

— Eu sei, mas se tu jantares connosco, é como se ele estivesse também um pouco aqui. Para mim e para os miúdos.

— Agradeço-te, mas não posso. E, olha, com meio frango para quatro, que grande ceia de Natal que ias fazer!

— *Vale! Pobrecito* Ignacio! E David, queira Deus que esteja vivo e que tenha, pelo menos, uma noite de Natal sem ter de combater, e com alguém amigo ao lado dele. Diz-me, Ignacio, Barcelona vai aguentar?

Ignacio levantou-se, fez uma festa na cabeça dos sobrinhos, inclinou-se e beijou Marí Luz. Foi até à porta, colocou o chapéu sobre a cabeça, vestiu e apertou contra o peito o sobretudo gasto, e respondeu antes de sair:

— Virei buscar-vos quando for a hora. Feliz Natal!

Depois, tudo se passou muito rapidamente. No dia 9 de Janeiro do novo ano, os republicanos jogaram toda a sua sorte num contra-ataque desesperado, que falhou. As Divisões de Líster recuaram em desordem, em direcção a Barcelona, seguidas pelas restantes forças combatentes do campo republicano. Entrincheiradas na cidade, tentaram organizar a defesa desta em três linhas concêntricas: a L1, a L2 e a L3, para as quais foram convocados todos os varões, dos dezasseis aos quarenta e cinco anos de idade, aptos para combater, muito embora o Estado-Maior afirmasse só dispor de dezassete mil fuzis de combate. Com o recuo de todas as forças republicanas combatentes para dentro da cidade, David encontrou enfim a mulher e os filhos, após mais de três meses separados, com uma guerra pelo meio.

Estava vivo e intacto, mas exausto e vencido. Tudo no seu rosto era um espelho da derrota, e isso foi o que mais impressionou Marí Luz: já não restava ali sombra do entusiasmo, da força, da ilusão de outrora. Passou uma noite com ela e os filhos e, no dia seguinte, partiu para integrar a Ll.

Barcelona resistiu ainda dez dias, de manhã à noite fustigada pela Luftwaffe de Hitler e pelos canhões de longo alcance, até que o general Vicente Rojo comunicou a Negrín que aquilo a que se poderia chamar a Frente tinha deixado de existir, e não restou ao primeiro-ministro outra alternativa que não a de dar a ordem para o abandono da cidade. Todos, civis e militares, viraram costas aos assaltantes e puseram-se a caminho da fronteira com França, não sem que antes Negrín, num gesto conciliatório, tivesse ordenado a libertação de todos os presos franquistas. Para os republicanos que preferiram ficar, esse gesto não serviu de nada: quando, três dias depois, as tropas de Yagüe ocuparam a cidade e enquanto os seus regulares se dedicavam ao ritual milenário do saque, os quadros policiais, com as suas sinistras listas em mão, dedicavam-se aos *paseos* — as buscas domiciliárias dos tidos como simpatizantes republicanos que estupidamente não tinham partido e que pagaram essa imprudência com o fuzilamento sumário.

Durante o mês que se seguiu, perto de meio milhão de espanhóis, entre civis e militares, percorreram os caminhos entre a Catalunha e a França, fugindo de uma derrota consumada e de uma morte ou escravidão prometida em direcção a qualquer coisa menos terrível, onde houvesse, ao menos, uma ténue luz de esperança de sobrevivência. Mas só a meio da jornada, essa França, terra da Liberdade e com um governo de esquerda, fez saber oficialmente que estava pronta a abrir a fronteira e deixá-los entrar — a essa multidão de soldados esfarrapados, mulheres, crianças, velhos, doentes, gente faminta e exausta, que se arrastava em penosas marchas diárias, fustigadas pelos jovens pilotos arianos, treinando sobre eles a sua pontaria a bordo dos Me 109E. E não fosse a embriaguez do saque a que as forças conquistadoras de Barcelona se tinham dedicado cinco dias a fio, e a volúpia de ir conquistando cidadezinhas e povoados pelo caminho na perseguição à multidão dos fugitivos, e jamais estes teriam conseguido alcançar terras de França antes que as falanges franquistas tivessem encerrado de vez as fronteiras com França e, daí em diante, os ajustes de contas finais ficassem também encerrados lá dentro, à solta e impunes, longe de olhares alheios.

Mas estiveram muito perto de ser alcançados pelas forças terrestres do inimigo. Cada dia e cada noite em que caminhavam em marchas forçadas em direcção à fronteira, sentiam o inimigo cada vez mais perto no seu encalce: sentiam-no e sabiam-no. Assim que o presidente da República Manuel Azaña, e o primeiro-ministro Juan Negrín — ambos integrados na coluna de fugitivos —, receberam a tão desejada autorização oficial do governo francês de que, não apenas os civis, mas também os militares em fuga, estavam autorizados a atravessar para França, foi permitido aos militares que tinham familiares ali juntarem-se a eles, sem perderem de vista as suas unidades. E foi assim que David Rodríguez se juntou à sua mulher e aos seus filhos para os quilómetros finais do que fora uma longa caminhada, iniciada três anos antes, no outro extremo de Espanha, em Almeria, e num percurso em que atravessara verões e invernos, deixando para trás campos semeados de cadáveres e de memórias que ele esperava que uma simples palavra — "França" — pudesse apagar, como que por magia. Na véspera da tão ansiada travessia, um final de tarde ventoso de Fevereiro, com o céu a ameaçar trovoada para a noite, a coluna onde seguia David com a sua família já tinha parado, escolhendo um pequeno bosque de carvalhos para passar a noite. Improvisavam-se tendas com oleados ou ramos de árvores e acendiam-se as primeiras fogueiras, que iriam servir para os aquecer ou cozinhar a rara comida que ainda lhes restava. Pablo viu o pai afastar-se na companhia de outro soldado que ele não conhecia, ambos de espingarda atravessada nas costas, presa pela bandoleira. Correu na direcção deles:

— Pai, onde vais?

— Vamos ali ao alto daquele monte espreitar uma coisa.

— Espreitar o quê?

— Nada de especial, Pablito. Ao final do dia, antes que o sol se ponha, vamos sempre ver o que se passa para trás.

Pablo reparou então que o pai tinha uns binóculos a tiracolo no peito.

— Posso ir contigo e espreitar também pelos binóculos?

— Não, volta para ali.

— Vá lá, pai, deixa-me ir contigo!

David deteve-se a olhar para ele, hesitando na decisão.

— Bom, fazemos assim: vens connosco, espreitas nos binóculos e voltas a correr para aqui, sem parar. De acordo?

— Sim, pai. De acordo.

A caminhada até à colina que David tinha apontado demorou-lhes uns quinze minutos, em passada larga, que Pablo se esforçou, quase correndo, para conseguir acompanhar. Os dois homens seguiam na frente e, de vez em quando, trocavam breves palavras sussurradas, que ele não conseguia entender. Quando quis perguntar alguma coisa ao pai em voz alta, este cortou-lhe imediatamente a palavra, virando-se para trás e colocando um dedo nos lábios, em tom severo. Chegados ao monte que o pai indicara, os homens começaram por se ajoelhar, fazendo sinal a Pablo para que se ajoelhasse também. Este podia ver que dali se alcançava um vasto horizonte de trezentos e sessenta graus, quase inteiramente despido de obstáculos visuais, não fossem umas moitas logo ali à frente, a uns trinta passos. O pai tinha ficado no meio, e ele à esquerda do pai, que, tal como tinha prometido, lhe passou os binóculos para as mãos e, sempre sem falar, lhe indicou com os dedos onde devia regulá-los. Pablo demorou um tempo a conseguir ajustá-los e, quando percebeu enfim como se fazia, quase soltou um grito abafado de estupefacção ao ver tão próximas as montanhas que antes tinha visto tão longe. Depois, quis experimentar o efeito em coisas mais próximas e começou a focar no sentido inverso, mas fê-lo um pouco atabalhoadamente e deu consigo a ver qualquer coisa incrivelmente próxima e indestrinçável. E que parecia mexer-se suavemente. E, então, tudo se precipitou, ainda ele estava mergulhado nos binóculos: daquela coisa que não conseguia perceber o que era, soou um estampido, logo seguido de outro, e dois relâmpagos incandescentes iluminaram aquela massa verde indistinta, que só então ele percebeu que eram as moitas que tinha visto logo ali em frente. E, ao mesmo tempo que também percebia que os tiros tinham sido para eles, dava-se conta, estarrecido, de que o soldado ao lado do pai tinha caído para a frente, com a cara tombada contra o chão e um fio de sangue a correr-lhe da testa, empapando a terra. Segundos depois, viu o pai apontar às moitas, ainda ajoelhado, e disparar, junto ao seu ouvido: uma, duas vezes. Um corpo caiu dentro da vegetação e rolou para fora desta, expondo o corpo e a cara de um homem fardado que agonizava, gemendo e estrebuchando, como ele vira na caça acontecer com as perdizes ou os coelhos feridos. O pai ficou quieto uns segundos, parecendo querer escutar cada som do mato. Depois levantou-se, recarregando a arma.

— Há outro à solta. Tu ficas aqui, colado ao chão, sem te mexeres. Se eu não voltar em cinco minutos, vais a correr até lá abaixo e dizes que fomos atacados por uma patrulha dos fascistas e que o Tino está morto. Ouviste? Não podes falhar!

— Sim, pai.

David partiu, lançando um breve olhar ao soldado que acabara de atingir e que já tinha parado de gemer e de se agitar. Depois, fez uma volta larga de forma a contornar as moitas pela direita e desapareceu do alcance do olhar de Pablo. Este colou-se ao chão, como o pai lhe tinha dito, e olhou para a sua direita: o fio de sangue que saía da testa do soldado que acompanhava o pai tinha-se transformado já num pequeno charco: a bala entrara-lhe em cheio pela cabeça, devia ter morrido sem dar por nada, ao contrário do outro, escondido nas moitas — que, se calhar, fora quem o matara, antes de morrer. "Então, é isto a guerra: de repente, mata-se e, de repente, morre-se", pensou Pablo. Instintivamente, puxou para si a arma do soldado morto ao seu lado para que o sangue que alastrava não chegasse até ela. E então olhou em frente e deparou com os olhos abertos, fixos em si, do falangista, tombado de lado. Uma mão dele, a esquerda, parecia querer segurar o sangue que lhe saía por uma ferida na altura da barriga, e, subitamente, pareceu a Pablo que os olhos dele se contraíam um pouco e que a boca se arrepanhava, num esgar de dor ou de ódio. Não conseguiu continuar a suportar o olhar do morto e desviou os olhos na direcção de onde tinha visto o pai desaparecer. Começou a contar para que quando chegasse a trezentos, se o pai não tivesse voltado, sair dali a correr até ao acampamento, conforme tinha prometido fazer. Ia em 220, quando por detrás das moitas ouviu o som de um disparo seco, um único, seguido de um silêncio de morte. Morte de quem? Do pai ou do outro? Como saber e o que fazer, agora: fugir ou esperar para ver?

O coração pulava-lhe como um cão enraivecido dentro do peito, nem lhe dando uma pausa para conseguir pensar. E quando, após o que lhe pareceu uma eternidade, se decidiu a levantar-se para desatar a fugir, as pernas tremiam-lhe de tal maneira, que só conseguiu voltar a ajoelhar-se. E, então, ao fazê-lo, julgou que ia desmaiar de terror com o que viu à sua frente. O morto tinha ressuscitado e empunhava uma arma! Enquanto ele olhava para o lado oposto, o falangista, que ele julgara morto, arranjara forças para se reerguer e, sempre segurando com a mão esquerda a barriga, com a direita empunhava a sua Mauser à altura da anca e apontada na direcção por onde o pai tinha partido. Esperava-o. Se fosse ele o sobrevivente daquele tiro solitário que se havia escutado há pouco, o falangista esperava-o.

— Pablo! Pablo, estás aí? — a voz do pai chegou até ele, vinda exactamente da direcção onde uma espingarda o esperava. Estava vivo, matara o outro, mas vinha entregar-se à morte, despreocupadamente, julgando ter matado também o primeiro dos inimigos. Estava a segundos de cair numa emboscada fatal, sob o olhar petrificado de Pablo.

— Pai, não!!! — o grito estridente soltou-se-lhe violentamente do coração e do peito, mas, para seu grande terror e espanto, percebeu que nem o menor som lhe saiu da garganta. Não conseguia pôr-se em pé nem falar.

— Pablo! — o pai chamou outra vez, agora mais próximo, talvez a uns vinte passos de se deixar ver. Pelo canto do olho, Pablo viu o falangista subir um pouco a arma e firmar-se mais nos pés, oscilantes. Como num sonho, como se não se estivesse a passar consigo, pegou então na arma do soldado morto ao seu lado, segurou-a com toda a força que conseguiu reunir, entre o ombro direito e o braço esquerdo esticado, como tinha visto o pai fazer nas manhãs de caça, apontou a meio do corpo do homem que esperava para matar o seu pai, procurou o gatilho com o dedo tremente e, mesmo antes de o apertar, viu que o outro reparara nele e se virava na sua direcção, com um olhar de raiva e de espanto, quase animal. Depois, soou o tiro e ele sentiu-se atingido por uma explosão, saltou para trás com o impacto e aterrou de costas, ainda com a arma agarrada, virada para o céu. E assim ficou até que o pai viesse ter com ele e o levantasse do chão.

Antes de a guerra acabar, mesmo na véspera de a guerra acabar, Pablo Segovia Rodríguez fora à guerra. Não mais de uma hora, mas o tempo suficiente para ficar debaixo de fogo, para matar e ver morrer. Para matar um homem, aos doze anos de idade. O primeiro e único homem que mataria em toda a sua vida, mas não o último que veria morrer.

4.

"Ao fim da tarde, as cigarras despedem-se do dia", pensou ela. E o seu cântico de agradecimento ao dia que acaba, que mais parece um grito contínuo, incessante e obsessivo, descendo pelos montes até ao mar, esse grito uníssono de milhares de pequenos seres invisíveis, escondidos nas estevas e nos arbustos rasteiros, abafa qualquer outro som à volta. E, no entanto, reparou ela, não era nem desagradável, nem estranho, nem deslocado. Como se aquela hora, entre o crepúsculo e a noite, fosse a hora das cigarras e tudo o resto perdesse os seus direitos de alforria. A hora do cântico das cigarras, numa ilha do Mediterrâneo, num final de tarde de Setembro.

Sentada no terraço do quarto do hotel, absolutamente nua debaixo do roupão de algodão do Egipto que encontrara pendurado na casa de banho, e ainda húmida do duche, Inez escutava o canto das cigarras, olhava o mar, quieto e ainda transparente, sob os últimos raios de sol que banhavam com uma luz dourada a colina em frente ao mar e para lá da estreita baía que os seus olhos alcançavam. Tudo estava em paz, lindo e suspenso, como num sonho. E hesitava entre fechar os olhos e deixar-se ir ao som do canto das cigarras ou, pelo contrário, mantê-los bem abertos até que um último raio de luz ainda viesse alumiar aquela paisagem que nunca mais deveria esquecer. Pois que até ali chegara e ali merecia estar.

Mas debaixo do roupão de algodão do Egipto, o seu corpo nu dizia-lhe que em breve seria noite, seria hora de descer para jantar no terraço do hotel, onde as mesas se formavam em grupos de quatro, de seis, ou de casais em jantares românticos. E ela teria agora de escolher a roupa para descer e jantar sozinha. Vestir-se para se mostrar e descer para jantar, sem ninguém. Dirigir-se ao chefe de mesa e pedir uma mesa para uma pessoa só, e ficar ali, no meio de todos os olhares, vestida para ser vista e admirada, e ingenuamente defendida por um dossier transportado debaixo do braço com o qual pretendia dizer ao mundo que o seu, ainda que a sós, era um mero jantar de trabalho. Mesmo sob um luar de Setembro, numa mesa sobre um mar de Mediterrâneo. Esses eram os seus tristes planos para a noite. A menos que o telefone do quarto tocasse e que, do outro lado da linha, estivesse aquele médico intensivista, Paolo, que conhecera na véspera e com quem almoçara nessa manhã, numa mesa de vários colegas daquele Congresso de Medicina Interna, em Bonifacio, na Córsega. Paolo era moreno e bonito e sexy, e ela também. Paolo era médico de Cuidados Intensivos e ela era médica de Medicina Geral. Paolo era italiano e ela era espanhola. Paolo falava pouco mas olhava-a muito, e ela tentava disfarçar, olhando-o pouco e falando muito. Paolo não tinha aliança no dedo, e ela, sim. Paolo perguntou-lhe se ela ia ficar até ao final do congresso, daí a dois dias, e ela disse que sim. Perguntou-lhe que vista tinha do quarto dela e, já agora, se tinha flores no quarto ou se queria que ele colhesse algumas para ela, no jardim do hotel — mas não pareceu tomar nota da resposta dela. Ou melhor, da ausência de resposta dela. E, por isso, Inez não sabia. Não sabia se o telefone do quarto tocaria e se seria Paolo. E, pior ainda, não sabia se queria ou não queria que o telefone tocasse.

Tocou, sim, o telemóvel. Era Martín, o marido.

— Tudo bem, querida?

— Sim, tudo bem.

— Como é que isso está a correr?

— Olha, muito interessante. Tanto a sessão da manhã quanto a sessão da tarde foram muito interessantes. Tu não irias perceber os detalhes, mas aprendi muito sobre doentes em cuidados intensivos. Hoje valeu a pena.

— Ah, fico contente. E, agora, que vais fazer? É hora de jantar, não?

— É, vou jantar aqui, no hotel.

— E com algum colega sexy que tenhas conhecido aí?

— Não, estúpido, vou jantar sozinha.

— A sério, querida, não há nenhum colega teu que te convide para um jantar íntimo?

— Não, não há. Mas sabes que eu também não me ponho a jeito.

— Boa, ok, *babe*. Então, vai dormir cedo, deves estar cansada.

— Vou. E tu, que fazes?

— Ah, eu, nada! Também tenho estado aqui por casa, a aproveitar para pôr a escrita em dia. Vou ver mais um ou dois episódios de *La casa de papel* e depois vou dormir.

— Vá, então, boa noite.

— Boa noite, querida. Foi bom falar contigo.

Pousou o telemóvel e suspirou. Sim, tudo estava em paz, não estava? Oito anos daquilo a que podia chamar um casamento tranquilo, sem altos nem baixos, sem dramas nem sobressaltos, sem imprevistos nem filhos, porque nem ela nem Martín tinham ainda encontrado tempo nas suas vidas profissionais para pensar nisso: nos filhos e nos sobressaltos. Mas fazia-se tarde para pensar nisso, ela sabia-o, ambos a caminho dos trinta e oito anos, o que antes lhes parecera cedo de mais agora fazia-se biologicamente tarde. Mas se antes não dava jeito a nenhum deles, cujas carreiras — a sua, de médica, a de Martín, de arquitecto por conta própria — estavam em plena ascensão, agora ainda dava menos jeito, pois que ambas estavam na fase de consolidação, do salto em frente. Mas não sentia a falta de filhos, antes pelo contrário, o trabalho e a vida a dois chegavam para a preencher e sabia bem que a liberdade de não ter filhos era o que lhes permitia o luxo das viagens anuais a sítios tão longínquos como o Peru, a Antárctida ou a Mongólia. Ou apenas o luxo simples de passar toda a manhã de um sábado a dormir na cama, recuperando das noites de turno no hospital, durante a semana. "Toda a vida é feita de escolhas. A todo o tempo." O que temia era o futuro: e se um dia sentisse a nostalgia dos filhos que não tinha tido?

Mais uma vez atardou-se a contemplar os últimos raios de sol que desciam sobre o vale até à baía: uma luz suave, dourada, brilhando à tona de água como cristais incandescentes. "E imaginar", pensou, "que Napoleão Bonaparte, filho desta paisagem deslumbrante, abandonou a sua ilha para ir conquistar o mundo, para atravessar o frio das desertas estepes eslavas, para patinar na neve da Rússia, para conquistar Moscovo em chamas, e que nem ao menos o fez como marinheiro, tomando o mar como estrada, mas como artilheiro, usando os canhões como destino!" Respirou fundo e voltou para dentro do quarto. O cabelo já secara por si mesmo, sem necessidade de secador. Dirigiu-se ao roupeiro e, após leve hesitação, escolheu um vestido azul-escuro de seda, até aos joelhos, e um decote apenas na medida necessária para aproveitar o efeito do seu soutien, mas que, todavia, lhe tapava os ombros — que, no dizer de Martín, eram a sua "grande arma secreta". Olhou-se ao espelho e, satisfeita com o ligeiro tom rosado do sol que apanhara no terraço ao final da manhã, dispensou a maquilhagem, limitando-se a passar um pouco de bâton transparente nos seus lábios grossos. Agarrou num pequeno saco de ráfia que tinha comprado na recepção do hotel, meteu lá dentro o habitual, incluindo o dossier que iria fingir estudar durante o jantar, e saiu, certificando-se de que também não se esquecia de levar a chave do quarto.

Percorreu os corredores em forma de rampa descendente e curva, até desembocar no grande terraço ao ar livre que era a zona de refeições do hotel. Conforme antecipara, as melhores mesas, directamente em cima da vista do mar, já estavam tomadas por grupos de quatro ou seis congressistas e, uma ou outra, por casais fora do contexto, mas que não pareciam nada incomodados com ele. Sem saber bem o que fazer, foi-se dirigindo em direcção ao bar, com ideia de pedir uma bebida, enquanto esperava que o chefe de mesa lhe viesse perguntar se estava sozinha ou esperava alguém. E ia a meio caminho do bar quando ouviu a voz de Paolo, no seu castelhano perfeito, mas com uma ligeira e divertida pronúncia da Lombardia:

— Inez, onde vais?
— Ah, Paolo! Não esperava encontrar-te aqui!
— Como não esperavas encontrar-me aqui? Estamos todos prisioneiros aqui! Prisioneiros de luxo, diga-se...
— Não... Sim, claro, quero dizer, não esperava encontrar-te a jantar sozinho.
— E porque não? Tu também vens jantar sozinha, não é?

"De facto", pensou, "eu também venho jantar sozinha. Mas será que ele fez de propósito? De propósito para esperar por mim?" Tentou reprimir-se, sentindo-se estupidamente uma miúda. "Como é que ele podia saber que eu vinha jantar sozinha? Ou que não estava já aqui quando chegasse?"

Reparou que estava especada em pé em frente à mesa dele e atrapalhando a passagem dos empregados. Reparou que, enquanto ainda estava absorvida nas suas cogitações e hipóteses, ele estava a falar e ela não escutava.

— Como?
— Estava a perguntar se não te queres juntar a mim?
— Ah, pois...
— Então?
— Sim, pois, porque não?

Paolo levantou-se, foi até ao lado oposto da mesa e recuou a cadeira em frente à sua para que ela se sentasse. Depois, olhou à volta e fez um sinal com a mão a um empregado para que trouxesse outros talheres, *"pour mademoiselle ici"*.

Inez sorriu. "Ah, os italianos, cavalheiros imbatíveis! Daqui a pouco, aposto que vai cantar!"

— *Je ne suis pas mademoiselle; madame, s'il vous plaît.*
— Que belo sorriso!

Paolo olhou-a a direito. Tinha uns olhos castanho-claros, que agora pareciam a Inez brilhar mais do que durante o dia, talvez pela luz da vela na mesa, talvez porque também ele tinha apanhado sol, algures durante a tarde. Calculou que tivesse uns cinquenta anos, pelas rugas em torno dos olhos e pelos já abundantes fios brancos que despontavam entre o seu espesso cabelo preto, desalinhado e domesticado a mãos cheias de gel. Pegou no seu copo, serviu-o do vinho branco que estava a beber e estendeu-o a Inez, levantando o seu para uma saúde:

— A *la vita!*
— A *la vita!* — respondeu Inez, tocando no copo dele. "Ainda não comecei a beber e já estou tonta!"

A chegada providencial do empregado, e o tempo necessário para consultar o menu, deu a Inez o tempo de que precisava para se recompor. Paolo também ainda não tinha feito o pedido, de facto, parecia que tinha estado à espera dela, como se adivinhasse a hora certa em que ela desceria do quarto. Escolheram ambos peixe e uma entrada de ostras.

— Continuamos no vinho branco, não é? — perguntou-lhe Paolo.

— Sim, por mim, está bem.

— Embora este vinho não seja grande coisa. Mas os tipos não têm vinho francês, só vinhos locais. Apesar de estarmos em França, aqui não encontras nada francês: só vinhos da Córsega, queijos da Córsega, foie gras da Córsega...

— É a Catalunha deles — riu-se ela.

— E tu és de onde?

— Asturiana. Das montanhas.

— Ah, das montanhas... Diz-me uma coisa, asturiana, sabes porque devemos brindar sempre à vida, seja na montanha ou no mar, gente como tu e eu?

— Porque escolhemos um trabalho em que temos de lidar de perto com a morte todos os dias.

— Isso mesmo. Mas diz-me lá: tu és médica intensivista?

— Não, sou internista, Medicina Geral. Sou daquelas que vos mandam os doentes nos limites.

— Ah, e então porque quiseste vir a este curso?

— Achei que era importante perceber qual era o passo seguinte do meu diagnóstico. Para que ele fosse mais informado e acertado. E, depois — Inez sorriu, levando o copo à boca —, vi o hotel e o sítio na net e não era propriamente desagradável. Estás a ver: palestras de manhã, praia à hora do almoço, mais duas horas de conferências à tarde, e ainda um mergulho na praia antes do jantar.

— E um jantar com um italiano simpático como eu...

Ele sorriu, ela riu — um riso descontraído e feliz. Um riso

aberto, seguro e livre, emoldurado por uns dentes brancos que brilhavam à luz da vela.

— E tu, Paolo, estás num congresso da tua especialidade, portanto não deves ter vindo nem pela paisagem, nem pela praia, nem pela hipótese de um jantar com uma inocente médica espanhola como eu. Não é?

Mas o seu melhor sorriso trocista esbarrou num olhar subitamente fixo, quase ausente. Sentiu-se despida com o olhar dele.

— Pois, nunca se sabe. A vida é feita de encontros e desencontros. Mas sim — Paolo desviou finalmente o olhar do dela, fixando-se no mar e dando-lhe um instante de tréguas. — Eu vim sobretudo pelo congresso. Há aqui apresentações que me interessam ouvir. Não tenho muito tempo para perder em coisas destas se não me interessarem a sério.

Inez aproveitou o momento de desvio na conversa para se recompor.

— E tu, porque escolheste ser intensivista, não é mesmo o extremo de tudo, a proximidade com a morte?

— Eu já escolhi há mais tempo, há uns dez anos. Logo a seguir a ter-me divorciado. Não sei se uma coisa teve que ver com a outra, mas de repente foi como se salvar vidas, na última linha de defesa dos doentes, me pudesse preencher o vazio que sentia então.

— E preencheu?

— Tecnicamente, não é a medicina mais entusiasmante, mas humanamente continuo a acreditar que é aquilo que te põe mais próximo do objectivo final da nossa profissão: salvar vidas.

— Ou perdê-las...

— Ou perdê-las. Mas tu ainda não perdeste muitas...

— Não. Tu já, suponho. Como é que nos habituamos?

Talvez afinal ele fosse mais velho do ela tinha suposto. Reparou que havia uma outra ruga, um sulco, que lhe descia entre os olhos, e que o brilho destes agora lhe parecia ligeiramente turvado.

— Habituamo-nos. Habituamo-nos a tudo na vida. Até à morte dos outros. Às vezes, quando vejo na televisão os debates sobre a eutanásia entre os políticos e os padres e os juristas, dá-me vontade de os convidar para virem passar um dia na minha unidade de cuidados intensivos e verem o que é a eutanásia. Para tomarem as decisões por mim. Para olharem os indicadores do dióxido de carbono, dos iões, do pH do sangue, de um doente tudo a zeros ou quase, depois entrarem quatro tipos em coma profundo, após um acidente na estrada, vindos da cirurgia ou à espera de cirurgia se se aguentarem, e não tens máquinas para manteres todos vivos ao mesmo tempo. Já alguma vez te aconteceu isso?

— Não. Felizmente, ainda não. Como sabes, na minha especialidade, não habitamos nessas salas do hospital. Só passo por lá às vezes e detenho-me a ver, por curiosidade.

— Mas prepara-te, porque, mesmo não sendo a tua área, um dia vai acontecer. E, quando acontecer, tens de estar preparada.

— Como?

— O meu professor ensinou-me isto: quando já tomaste a tua decisão, segura a mão do doente durante um minuto, mesmo que ele esteja em coma e talvez não te possa ouvir nem sentir. Diz o nome dele em voz alta e desliga as máquinas.

Ficaram calados, enquanto comiam, durante uns minutos em que Inez sentiu estranhamente a falta de ouvir a voz dele. Também nisso o avaliara mal: ele não falava pouco, como o vira de manhã, entre colegas, em que quase não abrira a boca e se limitara a olhar para ela. Talvez só não gostasse de falar no meio dos outros ou de coisas sem importância. Agora era ele que estava a contemplar o mar, iluminado pelos focos de luz colocados sobre as rochas. Parecia longe, tão longe que, embora o tivesse acabado de conhecer, isso a fazia sentir desconfortável.

— Paolo, não me respondeste se a escolha que fizeste pela medicina intensiva te fez preencher o tal vazio depois do divórcio?

Ele desviou os olhos do mar e regressou a ela. De novo, o brilho no olhar que vira antes à luz da vela.

— Já alguma vez te divorciaste?

Ela sentiu-se corar, sem saber porquê.

— Não.

— E há quanto tempo estás casada? — perguntou ele, olhando para a aliança no dedo dela.

— Há oito anos.

— Não queiras divorciar-te. O vazio é muito grande e, de facto, nada o preenche. Claro que as pessoas voltam a casar-se para tentar preenchê-lo, mais os homens do que as mulheres...

— Mas tu não.

— Eu não.

— E porquê, posso perguntar?

Ele encolheu os ombros, como se a resposta fosse óbvia.

— Porque voltaria a ser igual. Acho que não tenho muito para dar, e o medo de falhar outra vez iria arruinar tudo.

— Essa resposta não faz sentido, Paolo.

— É a minha. Que queres que te diga mais?

— Tens filhos, ao menos?

Ele sorriu.

— "Ao menos"? Tu tens?

— Não.

— Bem me parecia. Eu tenho: dois rapazes, de catorze e doze anos.

— E estás muito com eles?

— Estou: guarda partilhada, sabes? E férias juntos. Somos um team.

— Então, dás-te bem com a tua ex?
— Dou, somos amigos, zero de conflitos.
— E ela voltou a casar?
— Voltou, sim, tem uma filha pequena. E, não, não continuo apaixonado por ela, antes que perguntes.
— Mas, ao menos, tens namoradas?
— "Ao menos"?
Inez corou, atrapalhada.
— Ao menos, quero dizer, como é a vida amorosa de um homem como tu?
— E como é um homem como eu, asturiana?
Tinham-se levantado da mesa e encaminhado até ao bar, junto ao restaurante, encavalitando-se em dois bancos altos junto ao balcão. Dali tinha-se uma vista magnífica sobre as arribas iluminadas que desciam até ao mar e avistava-se o morro em frente que delimitava a baía. Não havia vento nem calor, não havia pressa nem testemunhas, não havia passado nem futuro entre eles e, por isso, nenhum deles tinha vontade de acabar assim a noite. Sem mais, sem sentido.
— Como é que é um homem como tu? — Inez saboreava agora o seu Limoncello gelado e sentia o ombro dele roçando o seu. Os dois olhavam a mesma baía, o mesmo mar quieto alumiado por um quarto crescente de lua silenciosa que parecia gritar-lhes: "Digam tudo o que quiserem agora, que eu guardo o segredo!". Virou-se no banco e procurou com o seu o olhar mais meigo que ele tivesse para lhe dar. — Tu és um homem bonito, numa noite linda. Um homem sozinho, solitário, à deriva, agarrado à medicina como se ela fosse uma amante.
Ele riu e ela reparou que ele tinha um sorriso triste, mas um riso infantil, como se entre um e outro apenas faltasse uma ligação, um fio condutor.
— Então, eu, para responder à tua pergunta, Caríssima, Es-

timada, dra. Inez, de vez em quando, tenho namoradas. Mas não duram mais do que uma ou algumas noites. Adormecer com elas não é fácil, acordar é tremendo.

— Só sexo?

— Achas pouco?

— E isso chega-te? Por exemplo: trocavas um jantar destes comigo e a nossa conversa por uma noite com uma dessas namoradas?

Logo depois, arrependeu-se de ter dito aquilo. Ou não: foi com um prazer e um orgulho que não conseguia disfarçar para si mesma que o viu rodar no banco e encará-la, agora de sorriso aberto, de predador:

— Queres mesmo que te responda a essa pergunta ou dás por findo o interrogatório?

Instintivamente, sem pensar, Inez pousou a mão sobre a dele e sorriu-lhe.

— Fim de interrogatório, desculpa.

Paolo voltou-lhe a palma da mão para cima e entrelaçou os dedos nos dedos da mão dela. O bar estava a ficar deserto e levantaram-se. Havia essa noite, o dia seguinte e a noite seguinte. Depois, cada um partiria para sua casa, para o seu país, para a sua vida. Inez ergueu-se do banco a pensar nisso, que precisava de tempo para pensar claro. Precisava pelo menos de umas horas, de uma noite bem dormida, de um dia tranquilo, para se livrar daquela névoa que agora lhe toldava o raciocínio e daquele aperto no coração que quase a obrigava a respirar em esforço. Maldito vinho da Córsega, maldito Limoncello de Sorrento que ele a convencera a beber! Precisava de uma noite, de um dia, ao menos de umas horas, para conseguir reflectir a frio. Mas teve apenas o tempo que demoraram a percorrer o caminho de volta do terraço até ao seu quarto. Paolo acompanhou-a, com a justificação conveniente de que o quarto dela era o 340 e o dele o

358, mais adiante. Quando chegaram à porta do 340, ela virou-se de costas, começando à procura das chaves na sua bolsa, enquanto ele murmurava, meio sem jeito:

— Então, boa noite, vemo-nos amanhã. Foi um prazer jantar contigo...

Ela não respondeu, continuava à procura da chave. Finalmente, encontrou-a, abriu a porta e só então se virou para ele. Fechou os olhos por uns segundos, depois abriu-os. Viu os olhos dele fixos nos dela, sem vacilar. Suspirou fundo, agarrou-o por um braço e puxou-o para dentro, fechando a porta.

5.

Durante muitos anos depois, Pablo tentaria lembrar-se de quais haviam sido as suas primeiras impressões, as suas mais longínquas lembranças, da chegada ao campo de trabalho de Mauthausen. Não o fazia por nenhum desejo de reviver ou perpetuar a memória do sofrimento, mas para clarificar as coisas, pôr algum sentido, alguma paz no passado. Ou talvez para assim tentar matar de vez aquele horror sem palavras suficientes para ser descrito, aqueles anos roubados ao que lhe restava de infância e de inocência e que o haviam forçado a habituar-se à mais absoluta bestialidade humana? E que, todavia, tinham pegado na criança que ele ainda era e feito dela um sobrevivente, um menino — velho como o mundo, vivendo apenas para um dia atrás do outro, tão cedo transformado num canalha em luta pela vida a qualquer preço, passando pelos moribundos, pelos mortos, pelos desesperados, como corpos infectados de quem teria de se afastar se quisesse seguir, apenas vivendo?

Talvez a primeira recordação fosse a do comboio, na Gare de Nice. Devia ser meia-noite, de uma noite de Dezembro, quase Natal, e havia um nevoeiro — do ar ou do fumo das locomotivas na gare, ou de ambos — que envolvia todo aquele aparente caos. Mas era só aparente, nada com os alemães era caótico, tudo parecia tragicamente organizado. Filas de ss guardavam os flancos do cais e, no meio delas, as colunas de prisioneiros embarcavam nos vagões, conforme as indicações dos soldados. Os alemães mandavam e comandavam, os franceses de Vichy fingiam controlar a cena. Ordeiros e dóceis, como um rebanho de gado, os prisioneiros embarcavam, sem um queixume, uma súplica, um esboço de protesto. Anos depois, lendo e meditando sobre a história de como um povo reduzira outro à condição de obediente gado para o abate, Pablo Segovia Rodríguez haveria de tropeçar no decreto alemão chamado Nacht und Nebel, e, como muitas outras vezes depois, procuraria em vão a resposta para a pergunta: mas por que razão todos eles se deixaram conduzir sem resistência, de degrau em degrau, até ao matadouro, nunca querendo acreditar que o destino final só podia ser esse?

No caso concreto dos prisioneiros embarcados, em 1941, dos campos de refugiados espanhóis do Sul de França, em direcção ao denominado "campo de trabalho" de Mauthausen, na fronteira da Áustria com a Alemanha, os "passageiros" não tinham sido escolhidos por serem judeus nem o seu destino final era um campo de extermínio. Tinham sido escolhidos por serem espanhóis antifascistas, vencidos da guerra civil, acolhidos pela França do Front Populaire, de esquerda, que, depois da entrada dos Exércitos alemães em França, fora substituída a sul pelo governo colaboracionista da França de Vichy, do marechal Pétain. E os comboios em direcção a Mauthausen enchiam-se de espanhóis considerados suspeitos pelos nazis: intelectuais, escritores, artistas, professores, pintores, jornalistas e ex-combatentes ou elementos, embora não judeus, todavia, de "raças duvidosas". David Rodríguez fora seleccionado duplamente: por ser ex-combatente ao lado dos republicanos espanhóis e por ter, alegadamente, sangue cigano na sua ascendência — havia muitos ciganos de apelido Rodríguez na Andaluzia.

Os nomes dos infelizes seleccionados para uma viagem até Mauthausen eram afixados diariamente na cantina de cada um dos campos de refugiados espanhóis. E o aviso nunca dava mais do que vinte e quatro horas para se apresentarem para o embarque, sob pena de crime de deserção em tempo de guerra, a que correspondia uma sentença de fuzilamento. Mas David sabia que às vezes era possível manobrar as coisas. Havia conhecimentos envolvidos, favores a pagar, subornos possíveis. Quando viu o seu nome e o do seu filho escritos no quadro da cantina, David pôs-se imediatamente em campo, munido com o dinheiro que a sogra havia conseguido fazer chegar a Marí Luz, ao longo daqueles dois anos passados no campo de refugiados. A meio da noite, na véspera do embarque, David conseguiu finalmente chegar à fala, a sós, com o homem a quem cabia elaborar a lista final dos passageiros com destino à Áustria. Era um espanhol que ele conhecera, republicano e alistado como ele na Divisão Líster. Mas que agora — a vida não é fácil — estava dotado do supremo poder de decidir quem ficava por França e quem seguia para um destino que nem ele mesmo sabia qual era, mas que ninguém desejava conhecer.

— Nós conhecemo-nos, Luis: da Batalha do Ebro — começou David.

Mas o dito Luis fez um gesto largo, tão largo quanto a irrelevância do passado:

— Isso agora não interessa nada. O que pretendes de mim?

— Tenho o meu nome e o do meu filho na lista para embarcar amanhã, para Mauthausen.

— Como te chamas?

— David Rodríguez.

O outro consultou a pilha de dossiers que tinha na secretária até encontrar o de David. Abriu-o e leu-o rapidamente.

— Sim, e então?

— Quero que nos tires de lá.

Ele riu-se.

— Queres que vos tire de lá? Assim, sem mais nem menos?

David suspirou. Como nos jogos de cartas na Livraria Progresso, estava na hora de apostar a cave. Tudo ou nada.

— Não, não é sem mais. É contra mil francos.

Novo riso de Luis. E tão desagradável como o anterior.

— Ah, tens mil francos! Devias ficar bem caladinho! Mas, olha, não posso fazer nada por ti: combatente durante toda a guerra, cigano...

— Não sou cigano, mas enfim. Se não podes fazer nada por mim, faz pelo meu filho. Ele só tem treze anos, não tem sentido nenhum ir para um campo de trabalho.

— Dá-te por contente por não irem também a tua mulher e a tua filha. Tens uma filha também, não é? Parece que a tua mulher é filha de um franquista influente e ele mexeu os seus cordelinhos aqui.

David ponderou a informação que o outro lhe estava a dar. Tinha muito poucos trunfos do seu lado, mesmo arriscando mentir, tirando um ano à idade do filho.

— Vamos, safa o meu filho. Mil francos só por ele.

Luis abanou a cabeça.

— Nada a fazer.

— Mil e quinhentos. Tudo o que tenho.

Luis bateu com a mão na secretária, fechou o dossier e arrumou-o ao lado, dando o assunto por encerrado:

— Nada a fazer e tenho pena: mil e quinhentos francos é dinheiro. Mas tenho quotas para preencher. E os alemães adoram matemática.

Não havia qualquer lugar sentado no comboio, não havia sequer lotação máxima garantida: um vagão para vinte vacas levava oitenta homens, mulheres e crianças, todos empurrados lá para dentro até que as portas mal conseguissem fechar-se. E depois, foram trancadas por fora, ficando só duas estreitas e altas janelas com grades por onde o ar entrava e a custo se espalhava pelo vagão. À força de braços, de encontrões e do seu corpo enrijecido de combatente, David Rodríguez tratou de conquistar um espaço numa das janelas e aí se apoiou nas grades e fez um círculo em direcção ao ar, para nele caberem ele e o seu filho Pablo. Durante mais de quarenta horas — duas noites, um dia inteiro e metade de outro dia de viagem — David Rodríguez iria defender aquele espaço, aqueles metros quadrados vitais, com a mesma ferocidade e inabalável determinação com que antes defendera Madrid cercada, e a seguir Barcelona, das tropas franquistas. E, se bem que estivessem transidos de frio, atravessando o Sul de França naquela noite gelada de Dezembro, e mais ainda atravessando os Alpes na noite seguinte, David sabia que o seu lugar à janela valia imensamente mais do que o sufoco das fundezas do vagão. Quando Pablo tremia de frio, David envolvia-o no seu casaco e contra o seu corpo, os dois juntos, para não se perder um átomo do calor dos seus corpos e para que ele não perdesse um segundo da sua presença e da proximidade dos seus corpos. Quando ele adormecia, David tentava mantê-lo a dormir ainda de pé, encostado ao seu corpo; mas quando deslizava por ele abaixo, deitava-o suavemente no chão e cobria-o com o seu casaco, apenas rezando à Virgem de Macarena para que o frio que então ele próprio sentia não o deixasse desmaiar de inconsciência.

Muitos anos a fio — de facto, durante todo o resto da sua vida — Pablo lembrar-se-ia daquela terrível viagem, em direcção à noite, ao nevoeiro e à morte. Várias vezes o comboio parou, com um chiar sinistro de aço contra aço, e ficou a vomitar fumo e presságios de tragédia em gares de aldeiazinhas cujos nomes não vinham nos mapas de geografia que ele estudara no liceu público de Almeria ou na escola improvisada do campo para refugiados espanhóis de Argelès, mas nunca as portas do vagão se abriram para lhes dar pão, água, uma ração de comida, por mais miserável que fosse. E nunca, por mais que alguns, ainda ingénuos, perguntassem aos SS perfilados nos cais qual era o destino final daquele comboio, obtiveram sequer uma esgar de resposta. Lembrava-se também de quando na manhã do segundo dia de viagem, após a segunda noite, o pai o ter alçado para que espreitasse através da janela, ter ficado paralisado de espanto ao ver que toda a paisagem até onde os seus olhos alcançavam estava coberta por um tapete branco, imaculado, sobre o qual pairava um silêncio que ele não saberia dizer se era lindo ou assustador.

— Pai, está tudo branco lá fora!
— É a neve, filho.
— Ah, então isto é que é a neve? É tão bonito, pai, não é?

Viu que o pai lhe sorria, mas era um sorriso triste, e até lhe pareceu ver — esforçando-se por ver depois, a tantos anos de distância — que havia uma nuvem líquida, como se fossem lágrimas, no olhar, quase sempre tão vivo e sorridente, do pai.

— Pai, lá para onde vamos, também haverá neve?
— Julgo que sim, filho. Parece-me bem que sim.
— E achas que vou poder brincar na neve?

De novo, o mesmo sorriso, o mesmo olhar líquido, desviando-se.

— Talvez sim, Pablito, logo veremos.
— Que pena que a Sarita não esteja aqui para ver isto! Mas ela e a mãe hão-de vir ter connosco, não é, pai?

Entraram em Mauthausen os dois agarrados, como se fossem um só. O pai agarrando-o contra o peito, como fizera quase toda a viagem, mais de quarenta horas em pé para que ele se encostasse a si e dormisse assim ou deitado no chão, sob o seu casaco. Só não estavam ali a mãe e Sara, mas em breve, seguramente, como David havia tentado responder toscamente e sem que Pablo fizesse mais perguntas, elas iriam ter com eles. Quando pensava em Mauthausen, Pablo começava sempre por recordar a viagem de comboio para o campo situado a doze quilómetros do Danúbio e a vinte quilómetros da cidade austríaca de Linz. Mais tarde, leu no jornal que depois do dia 5 de Maio de 1945, quando o 3º Exército dos Estados Unidos libertou Mauthausen — o penúltimo dos campos de morte nazis a ser libertado —, os austríacos e os cidadãos de Linz iriam dizer que não sabiam de nada do que se passava em Mauthausen, que, todavia, ali funcionava, às portas da cidade, há sete anos.

Porém, quando Pablo Segovia transpôs os portões de Mauthausen e viu, pela primeira vez, a longa alameda ladeada por edifícios de tijolo que iria ser a sua morada nos próximos quase quatro anos de irrecuperável adolescência — como todas as adolescências o são, mas umas mais do que outras —, quando, nesse dia 18 de Dezembro de 1941, ele entrou os portões abraçado ao pai e, se bem que também ali nevasse, alguma coisa lhe dizia que isso podia não ser sinal de alegria, mas de tragédia. E logo o separaram do pai, a quem nunca mais voltaria a abraçar e junto de quem mais não voltaria a adormecer: homens para um lado, mulheres e crianças para outro. Pablo não era uma criança: tinha catorze anos de idade, quase quinze, e uma marca negra na sua jovem vida que a esmagadora maioria dos homens adultos não tinha: a morte de um homem em combate. Mas não se podia gabar disso aos ss nem podia fazer-se passar por adulto, porque ainda não tinha nem um pêlo à vista na cara e a sua estatura era a de uma criança, pois aquele súbito salto no crescimento que acontece aos rapazes na adolescência só lhe ocorreria anos depois. Parecia uma criança e não ainda um adolescente.

Com um gesto seco do oficial que fazia a filtragem dos prisioneiros, foi mandado para o lado das mulheres e das crianças e ficou a ver o pai afastar-se na direcção oposta, ambos hesitando em levantar a mão para dizer adeus um ao outro, pois nenhum deles queria acreditar que aquilo fosse um adeus. E todo o resto da vida ficaria a pensar que nunca antes tinha estado tão próximo do pai e tão perto de o perder sem o saber. Por isso, entenderia depois, o pai lutara tanto por um lugar à janela do vagão: porque, nos fundos do vagão morreram, sufocados, catorze dos prisioneiros transportados, entre os quais cinco crianças. Mas não apenas por isso ele o abraçara e apertara tanto contra si: mas porque pressentira também que era a última vez que iriam estar juntos.

Pablo foi assim acantonado nos barracões destinados às mulheres e crianças. E, de início, a vida no campo não foi tão atroz como depois ele viria a saber que era a vida nos outros campos de extermínio nazis. Mauthausen era um campo especial, não propriamente destinado a dar aos judeus do Reich uma "solução final", mas antes a reeducar, através do trabalho escravo e das condições desumanas de internamento, os intelectuais e os políticos, não necessariamente judeus, dos territórios conquistados pelo Reich. E, entre estes, a legião de espanhóis, vencidos da guerra civil e amontoados nos campos de refugiados do Sul de França, constituíam a principal população de Mauthausen, assim que o governo francês de Vichy os entregou aos alemães, num dos muitos actos ignóbeis que a França vencida protagonizaria ao longo daqueles anos de todas as vergonhas. E, por isso, estando entre os seus, que falavam a sua língua e recordavam a mesma vida que ele havia vivido até a Guerra Civil de Espanha a ter desintegrado, acolhido pelas mulheres e viúvas ou irmãs dos mesmos combatentes que tinham estado ao lado do seu pai nos anos de guerra, "Pablito", como elas lhe chamavam, logo encontrou o mais próximo daquilo a que, nos anos seguintes, poderia considerar uma família.

Mas não era um jardim de infância nem uma temporada nas termas: era um campo de prisioneiros onde os carcereiros não manifestavam o mais pequeno sinal de humanidade ou piedade pelos que tinham à sua mercê. No seu barracão, num espaço que não tinha mais de quinze metros de comprimento por seis de largura, dormiam sessenta mulheres e vinte crianças, em fileiras de três beliches sobrepostos, que não eram mais do que simples pranchas de madeira e uma enxerga velha que fazia as vezes de cobertor ou de colchão, conforme a preferência de cada um. Nas gélidas e cinzentas noites de Inverno, para não morrer de frio, ele tapava as frinchas das tábuas do barracão, na parede lateral do seu beliche, com camadas de lama que recolhia durante o dia e deixava secar nos bolsos das calças. Dos quatro invernos que iria passar no campo, o primeiro foi o pior de todos. Porque chegara em pleno Inverno, numa manhã de Dezembro, com temperatura negativa e todo o campo coberto por um manto de neve de vários centímetros: a neve que tanto o fascinara na viagem de comboio, a neve que ele perguntara ao pai, entusiasmado, se iriam encontrar lá para onde iam. Sim, ali estava ela, mas não era como nas fotografias e nas ilustrações dos livros infantis que via na escola. Aquela era uma neve suja, amarelada, e não havia trenós nem skis para brincar, apenas filas de homens, mulheres e crianças, tiritando de frio ao vento e desesperados por uma simples sopa quente ou um bocado de pão com chouriço, alinhados e cabisbaixos, reagindo como autómatos às ordens gritadas pelos soldados alemães. Uma escumalha humana, despida de roupa e de qualquer vestígio aparente de dignidade. E despida de toda a esperança, como em breve ele aprenderia. Uns dias apenas após a sua chegada, porque era noite de Natal e a maior parte dos prisioneiros eram espanhóis ou franceses católicos, os soldados deixaram-nos acender fogueiras em cada secção de barracões, com restos de madeira apodrecida ou ramos quebrados da lenha que os prisioneiros recolhiam no campo, cortavam e entregavam aos alemães todos os dias para que eles se aquecessem nas suas instalações. Mas isso foi a excepção durante um Inverno inteiro e no outro que se seguiu — porque no terceiro já nem tiveram direito à fogueira de Natal. Nessa noite, Pablo alimentara a esperança de que iria ver o pai, que não via desde o instante terrível em que, logo à chegada, haviam separado homens para um lado, mulheres e crianças para outro.

Pablo perguntou isso mesmo a Mercedes, uma espanhola de Valência, que dormia no beliche por baixo do seu.

— Eles não vão deixar reunir as famílias hoje?

Ela suspirou, com uma expressão de infinita tristeza e desesperança.

— É melhor não contares com isso, meu menino.

— Já cá passaste algum Natal? — Pablo não queria desacreditar com tanta facilidade.

— Não, só cá estou há três meses.

— Ah, e vieste sozinha?

Estavam sentados numa saliência da parede do edifício onde era servida a refeição do meio-dia — um caldo onde boiavam vagos restos de batata e de uma espécie de couve amarga, que Pablo não conseguia identificar com nada daquilo que o pai plantava na horta deles, em Almeria. Tinham direito a uma hora, para comer e descansar, antes que as mulheres voltassem ao trabalho e as crianças ficassem entregues à guarda de outras prisioneiras, que tentavam ocupá-las, distraí-las ou dar-lhes aulas sem cadernos nem lápis, sem quadro nem giz, sem livros nem carteiras onde se sentarem. No chão, o dia todo. Pelo canto do olho, Pablo reparou que Mercedes limpava os olhos à manga do seu fato de prisioneira e de novo fixava em frente o mesmo olhar de desolação e tristeza.

— Sim, vim sozinha, sem família. Ou melhor, cheguei sozinha.

— Como assim?

— Como assim? É fácil: parti de França com o meu filhote de dois anos... — Fez uma pausa para dominar um nó na garganta. — Mas ele veio doente, acho que estava com disenteria, e morreu na viagem. Cheguei sozinha. Nem sequer sei ao certo onde é que ele morreu: se um dia me perguntarem, talvez para algum registo, terei de responder que morreu algures, talvez na travessia da Alemanha.

— Desculpa, não sabia. Lamento muito, Mercedes.

Instintivamente, Pablo pousou-lhe uma mão no ombro e, então sim, ela sorriu um sorriso triste, e cobriu-lhe a mão com a sua, agradecendo-lhe.

— É a vida, Pablo. A puta de vida que nos calhou em sorte.

— E não tens marido, ele não veio também, como o meu pai?

Outra vez o mesmo sorriso, mas agora Mercedes virou-se para ele e levantou o queixo, numa pose altiva:

— Juan Antonio Cabrillo. O homem mais bonito, mais ternurento e mais corajoso de Valência. Morreu na Batalha do Ebro, a combater pelos rojos.

Pablo ficou uns instantes em silêncio, absorvendo o que ela lhe dissera. Mas, depois, atreveu-se a voltar ao mesmo assunto:

— Então, não tens ninguém aqui. Vais passar a noite de Natal sozinha, como eu. A menos que os alemães deixem reunir as famílias: ouvi dizer que eles são muito ligados à família...

— Sim, à deles.

Pablo ficou calado. Começava a entender em toda a sua extensão aquilo que o esperava em Mauthausen.

— Vês aquela casa toda bonitinha, lá ao fundo? — Mercedes apontava para uma casa que se via para lá do gradeamento que separava as instalações dos prisioneiros das dos alemães que viviam no campo. Uma casa de paredes brancas e tecto inclinado de ardósia preta, rodeada por bancos de jardim em ferro e árvores de grande copa. À distância, Pablo conseguiu ler o que dizia o letreiro sobre a entrada: "Schule".

— Aquilo é a escola dos filhos deles. Porque alguns deles estão cá com as mulheres e os filhos. E os que estão sozinhos, quando lhes dá vontade, abastecem-se aqui. — E Mercedes apontou para os barracões das prisioneiras, atrás deles.

Pablo não percebeu o que ela queria dizer com aquilo do "abastecem-se", mas, não querendo passar por idiota, achou melhor não perguntar.

— Quer dizer que eles vão ter Natal a sério?

— Podes crer: com gansos e perus criados aqui e até com champagne.

Pablo fechou os olhos e sentiu que as lágrimas lhe escorriam pela cara abaixo, sem as conseguir conter nem disfarçar. Pensava no pai, desesperando por não poder estar com ele. Pensava na mãe, sozinha em França com a pequena Sara, a mãe que, por qualquer razão, os franceses não haviam entregado aos alemães, a mãe que de certeza que preferiria mil vezes ter vindo com eles do que ter ficado para trás, sem saber qual o destino do seu marido e do seu filho. Pablo mal tivera tempo de se despedir da mãe e da irmã: tal como todos os outros deportados, também eles viveram até ao fim na ilusão de que os "campos de trabalho" dos nazis, de que corriam alguns rumores no campo, não passavam de uma ficção e de que, em qualquer caso, não havia motivo para serem para lá enviados e, menos ainda, separada a família, uns e outros. Assim, fora só quando David vira o seu nome e o do filho na fatal lista do comboio que partiria daí a dois dias para Mauthausen que toda a dimensão da tragédia que os esperava se lhes tornou real. Na noite antes do embarque jantaram todos juntos pela última vez, o pai e a mãe esforçando-se por esconder dos filhos — de Pablo, sobretudo — os negros presságios que os angustiavam. Como se David e Pablo fossem fazer uma simples viagem — para um país distante e sem data prevista de regresso, era certo —, mas tão certo como depois, um dia, voltariam a estar todos juntos, de novo.

— Eu e a Sara vamos escrever-vos muitas vezes para lá e vocês façam o mesmo, ouviram? — esforçou-se a mãe, agarrando a mão de Pablo e derramando sobre ele o mais doce, mais ternurento, mais moreno olhar de andaluza de que ainda era capaz. Um olhar que, nos anos a vir, e muito ainda para além disso, ficaria para sempre com ele. Uma fotografia indelével, como a memória da suavidade dos dedos da mãe, entrelaçados nos dele.

Mas na manhã seguinte, do lado de fora das grades da estação de comboios, onde se separavam os que iam partir e os que ficavam, quando o apertou contra o peito como no primeiro minuto em que lho tinham arrancado do ventre e encostado ao seu peito de mãe, ela já não conseguiu disfarçar as lágrimas. Mas tentou ainda iludi-lo pelas palavras:

— Pablito, ouve-me: não deixes que o teu pai trabalhe de mais! Ele já está muito desgastado pelos anos de guerra e estes anos de campo, aqui. Toma conta dele lá, sim?

Como seria o Natal da mãe e da irmã, lá nos campos de internamento do Sul de França? Com toda a força do desespero, Pablo rezou em silêncio para que a mãe pudesse, naquele instante e por alguma absurda razão, sentir que ele estava a pensar nela e a murmurar entre lágrimas: "Feliz Natal, mãe!". Soluçou, sem conseguir conter-se mais, e Mercedes puxou-o para si e encostou-se a ele, secando-lhe as lágrimas com a manga suja do seu vestido largo de riscas cinzentas sobre um fundo que já fora branco.

— Deixa, Pablito, não penses nisso agora. Tu és muito novo, és forte e não vais perder a esperança. Hás-de sobreviver a esta merda!

No Verão, pelo contrário, ele alargava as frinchas entre as tábuas, na esperança de que uma ligeira aragem tornasse mais suportável o espesso calor sufocante do barracão. E na madeira da parede tinha colado, fixas com grampos improvisados, três fotografias que havia recolhido de revistas deitadas para o lixo pelos guardas do campo e que eram como que uma janela, no seu ínfimo espaço, aberta para o mundo que deixara para trás. Uma era o anúncio de um automóvel descapotável Simca, viajando por uma estrada de montanha, com um casal sentado no banco da frente e fotografados de lado: ele, sorridente e compenetrado na condução, ela com os cabelos e um lenço esvoaçando ao vento, a cabeça ligeiramente inclinada na direcção do condutor, num instante de felicidade que só poderia ser eterno, visto que ali ainda estavam, à frente do olhar de Pablito — e as fotografias, tinha lido algures, não mentem. Outra era uma fotografia de uma aldeia de campo, vista de cima, as casas ordenadas e simples, entre jardins e caminhos, num mundo que parecia posto em ordem e em absoluta paz: podia ser uma aldeia de França ou um pueblo de Espanha. E a última, a preferida de Pablo, era uma despojada fotografia de uma praia deserta, com uma onda quebrando na areia da praia, onde restos de folhas de árvores e algas trazidas pelo mar sugeriam um final de Verão feliz e de histórias ali passadas, que ele não podia decifrar mas podia imaginar.

Com o final do primeiro Verão, começou a chegar o Outono austríaco. Um vento varrido a norte desfolhou, sem piedade, as árvores do campo: as muitas árvores do lado alemão, as raras árvores do lado dos prisioneiros — que, apesar de tudo, lhes haviam oferecido uma quieta sombra durante a pausa a seguir ao meio-dia, nos dias de Verão, quando um sol implacável massacrava os terreiros descobertos e transformava os barracões em fornos inabitáveis. Agora, em Outubro, apesar de as noites já começarem a ser frias — não tinham comparação com o terror gélido das noites de Inverno e os dias lá fora —, ao ar livre, eram ainda suportáveis. Mas não auguravam nada de bom: as primeiras chuvas e os primeiros dias de céu cinzento anunciavam a época em que os mais velhos e os mais fracos iriam sucumbir àquela neve que, afinal, matava. Às vezes, escutando uma tosse discreta num velho ou numa criança, algum caminhar mais trôpego ou arrastado, um corpo emagrecido que não acumulara gordura alguma para o Inverno, Pablo via-se a pensar se aquela mulher, aquele velho, aquela criança, ainda estariam vivos quando a Primavera despontasse. O Outono em Mauthausen, iria perceber rapidamente, era um tempo de pausa mas também um tempo que prenunciava morte. E como estaria o pai?, perguntava-se ele. Porque o Outono também lhe lembrava o pai, a sua ânsia e o seu entusiasmo com as sementeiras de Inverno, na horta da casa de Almeria. Quando o pai chegava radiante, carregando uma cesta, e lhe dizia:

— Olha, Pablito, comprei sementes de cebola, alho roxo, batata, favas, ervilhas, alfaces e couve-lombarda. Amanhã de manhã vamos plantá-las.

E iam os dois, lado a lado e de enxadas em punho, plantar as sementes na terra adubada e abrir sulcos entre cada fileira plantada para que a água bombada do poço corresse ao longo deles, regando cada planta e não desperdiçando gota alguma. E, no dia seguinte, o pai voltava a trazer nova cesta de sementes: salsa, couve-galega, beterrabas, rabanetes, espinafres. Umas haveriam de agarrar-se à terra, beber a água, sobreviver e sair cá para fora, como um milagre todos os anos renovado; outras sucumbiriam a males desconhecidos ou erros deles, que umas vezes decifravam, outras não. Mas cada colheita, cada manhã ou cada final de tarde, meses depois, em que o pai trazia da horta a cesta agora carregada de legumes para a mesa e o entregava, feliz e orgulhoso, à mãe, era um momento inesquecível. Em Mauthausen, com todo o tempo do mundo para recordar esses momentos e reflectir sobre o seu sentido, Pablo deu-se conta de que essa felicidade e esse orgulho do pai, quando carregava da horta os legumes que haviam plantado ou quando chegava de uma jornada de caça com os amigos e, qual general regressando vitorioso do campo de batalha, alinhava as lebres, os coelhos e as perdizes caçadas sobre a bancada da cozinha, tinham o mais primitivo dos significados: era o homem que trazia comida para a família.

Nunca mais vira o pai desde o dia da chegada. Na verdade, nem sabia se estava vivo ou morto, engrossando o número dos muitos que se contava que morriam às mãos-cheias nas pedreiras de granito em volta do campo, onde os faziam trabalhar doze horas por dia, arrancando bocados de pedra à rocha-mãe e carregando pedregulhos de cinquenta quilos às costas. As mulheres que se deslocavam à secção dos homens, para cozinhar para eles ou fazer outros trabalhos mais leves, contavam mesmo que os faziam subir uma imensa escadaria de cento e oitenta e seis degraus, a que chamavam a "escada da morte", com as pedras às costas. E que os que tropeçavam ou caíam de exaustão sob o peso das pedras rolavam sobre os que vinham abaixo, precipitando-se vários ao mesmo tempo em direcção ao abismo e à morte. Os que não morriam na queda ou esmagados pelas pedras eram sumariamente fuzilados pelos Kapos alemães, que treinavam a pontaria disparando sobre os feridos. Depois, os corpos eram amontoados ao lado da escadaria e, ao fim do dia, um destacamento de presos arrastava-os em carrinhos de mão para uma vala comum onde eram enterrados, depois de um ss assentar num caderno o número de mortes do dia. Estaria o pai destacado naquele trabalho desumano da pedreira ou, por sorte, alguém teria reparado nos seus dotes de agricultor, e estaria no escasso número dos felizardos que eram alugados pelo campo para trabalharem ao dia nas quintas dos civis austríacos à volta de Mauthausen? Ou estaria também, como a maior parte das mulheres, embora em secções separadas, destacado para trabalhar nas oficinas onde se produziam armas, munições e peças para os Messerschmitts, que depois eram enviadas para a Frente, nos mesmos comboios que traziam os prisioneiros até Mauthausen?

Quanto a ele, pertencia às brigadas das crianças que trabalhavam na limpeza das próprias barracas onde viviam, despejavam e enterravam a porcaria das latrinas, e também carregavam água e lenha para os aquartelamentos dos SS, reparavam as canalizações ou trepavam aos postes de electricidade — onde, por vezes, um deles morria electrocutado —, para substituir algum fio que se tinha danificado com o vento ou com a neve. A sua jornada de trabalho era mais curta que a dos adultos — apenas oito horas —, mas a elas acrescentavam-se três horas de aulas, ao ar livre no Verão ou dentro das próprias barracas no Inverno. Aulas que eram dadas por professoras escolhidas pelas prisioneiras, com o cuidado principal de seleccionar, não as mais aptas para a função, mas as mais fracas para o trabalho braçal, e assim poupando-as.

Pablo gozava, então, de uma maior liberdade de movimentos dentro do campo, fruto da sorte que tivera, e que ficara a dever à sua baixa estatura que o fizera ter sido classificado à chegada como criança, e não como homem. E se bem que, com o passar do tempo, o seu corpo se fosse alongando e a voz engrossando, que já não restassem sinais alguns da criança que fora, conseguira não chamar a atenção de ninguém para o seu lugar deslocado no campo. Com dezenas de milhares de prisioneiros em Mauthausen simultaneamente, ninguém o tomava por homem nem parecia prestar-lhe a menor atenção, e, ele próprio, instintivamente, adoptara o hábito de andar ligeiramente curvado de modo a parecer mais baixo do que era. E, embora se movesse quase livremente na sua zona de aquartelamento, também fazia como vira os animais bravios fazer no campo: nunca avançava em terreno livre sem avaliar bem as redondezas e certificar-se de que não havia Kapos à vista: quanto menos eles o vissem, mais seguro estava.

Mas um dia, baixou a guarda. Há sempre um dia em que se baixa a guarda e nesse dia ele pressentiu, com horror, que a sua sorte acabara de vez. Foi numa manhã de Outubro, do seu segundo ano no campo, quando regressava dos aquartelamentos dos SS, depois de ter levado para lá uma selha de água e voltava com ela vazia para carregar mais. Olhando para a esquerda, viu, a uns cinquenta metros de distância, uma casa com melhor aspecto, rodeada por um jardim com duas majestosas faias: sem dúvida, uma casa de oficial, afastada das instalações dos soldados. Mas, apurando a vista, o que lhe chamou a atenção foi avistar uma horta no jardim da casa. Insensivelmente, foi-se desviando do seu caminho a direito e flectindo para a esquerda, de maneira a passar próximo da casa. E, a pouco mais do que quinze metros de distância, deteve-se a olhar a horta. Pôde ver que estavam plantadas couves, batatas, alfaces, cenouras e o que lhe pareceu serem espinafres. E pôde ver que quem os havia plantado não percebia muito daquilo. Não havia sulcos cavados na terra e entre as sementeiras para que a mesma água pudesse escorrer ao longo de toda a plantação; não houvera cuidado em proteger as sementeiras do vento e da neve ou orientá-las para o sol; não havia uma ordem na disposição dos vários legumes, facilitando a amanha e a colheita e utilizando os mais altos e densos para abrigar os mais vulneráveis.

"Se esta seara fosse minha", pensou para consigo, "eu começaria agora por erguer um muro com terra e pedras do lado de onde entra o vento, e depois escavaria um rego ao longo dele para que a neve se depositasse aí no Inverno, e, então, quando começasse a derreter, se transformasse num canal de rega."

E porque não era ainda verdadeiramente um homem feito, e mesmo mais de um ano vivido no terror de Mauthausen não tinha apagado todos os vestígios da criança que fora — mesmo que as calças de flanela às riscas dos prisioneiros já não lhe chegassem nem aos tornozelos e as outras crianças olhassem para ele como um chefe e algumas mulheres da caserna já como um homem —, Pablo deu por si a fazer o que só uma criança imprudente se atreveria a fazer ali: entrou dentro da horta e pôs-se a juntar as pedras dispersas no chão e, com elas, tratou de começar a solidificar um pequeno muro de terra, virado a leste, nas costas das alfaces e dos espinafres, de onde vinha o vento da Rússia, de onde vinha a ameaça ao Reich alemão.

E estava absorto na sua tarefa há uns bons quinze minutos, o seu pequeno muro já ganhando forma que se visse e ele tão ausente daquele lugar de morte como se entre o campo de concentração e o seu campo de infância, entre aquela horta de um oficial de Mauthausen e a horta do seu pai em Almeria, nada de essencial se tivesse quebrado e valesse, afinal, a mesma eterna lei da vida: semear, cuidar, colher. Sem enxada, escavava a terra com os dedos das mãos, rolava-a entre as mãos para que escorresse toda a humidade junta, e empilhava-a, escorando-a com as pedras e com pequenos seixos e folhas secas das faias do jardim. Sem se dar conta disso, defendia a vida num horizonte de morte. E foi assim, ajoelhado sobre a terra e ausente de tudo o resto, que subitamente escutou uma voz nas suas costas, interpelando-o:

— *Was machst du da?*

Pablo virou-se como se tivesse sido atingido por um tiro.

Um oficial alemão, certamente o dono da casa e da horta, contemplava-o do alto da varanda sobranceira ao jardim. Vestia o uniforme negro das Waffen-ss e as divisas no uniforme identificavam-no como major. Devia andar entre os trinta e os quarenta anos, magro, alto e de óculos finos. Mas não tinha um ar agressivo, antes calmo e até triste, dir-se-ia ele próprio deslocado daquele lugar. Transido de terror, Pablo viu-o começar a descer os degraus da varanda para a horta, reparando que mancava e que tentava disfarçar apoiando-se no corrimão de ferro da escada. "Ferido de guerra", pensou Pablo. "Ferido, perigoso: vai mandar-me fuzilar."

Pablo era um rapaz inteligente, curioso e, ao contrário da generalidade dos espanhóis, dotado para línguas. Em Almeria, com a madame Sergélac, começara a aprender francês, que, depois, nos dois anos passados nos campos de refugiados dos republicanos espanhóis, no Sul de França, aperfeiçoara até se tornar fluente. E, depois, nos dois anos passados em Mauthausen, também fizera questão de aprender alemão, a língua dos seus carcereiros. Não apenas pela curiosidade natural de aprender que tinha, mas também porque pressentia que, para melhor resistir aos seus inimigos, mais tinha de os entender, começando pela língua que falavam. E foi, pois, num alemão sem acento que respondeu ao seu interpelante:

— Peço desculpa, Herr major. Ia a passar e vi que a sua horta, tal como estava, não iria sobreviver ao Inverno que aí vem. Assim, o senhor não vai comer espinafres nem alfaces, e duvido que até batatas, no Natal.

— E porquê?

— Porque a horta não está preparada para se defender do frio, do vento, da neve, das geadas.

— E que sabes tu disso?

— Sei um pouco. Aprendi com o meu pai, que tinha uma horta.
— E onde era a horta do teu pai?
— Em Almeria, no Sul de Espanha.
— Ah, estou a ver. — O major tinha acabado de descer as escadas e olhava-o agora com um olhar que Pablo não saberia dizer se era de ameaça ou apenas de estranheza.
— Como te chamas?
— Pablo, Herr major.
— Pois bem, Pablo, e então que estavas tu a fazer para defender a minha horta desses perigos todos de que falas?
— Estava a construir um pequeno muro de terra e a reforçá-lo com pedras, aqui, do lado de onde vem o vento...
— Da Rússia...
— Isso, Herr major. Da Rússia, do Leste.
— E esse muro seria suficiente para proteger a horta do vento?
— Se for bem feito, Herr major, acho que sim. Não ia fazer uma muralha mas apenas um pequeno muro com intervalos, e com terra e pedras, pois aqui o vento é muito forte. Se ele ficar a bater em cheio contra o muro, vai acabar por derrubá-lo. Então, o que é preciso fazer é deixar abertas no muro para canalizar por aí o vento.
— Hum... — o major olhou-o, agora com curiosidade indisfarçável. — Vejo que pensaste em tudo. E depois?
— Depois, deve haver por aí um sacho e com ele iria abrir um rego atrás do muro e à roda dele.
— E para quê?
— Porque, quando chegar a neve, o muro vai ficar coberto, o que é bom para proteger os legumes da geada, e, quando a neve começar a derreter, na Primavera, a água vai correr ao longo desse rego, transformando-o num canal de rega natural.

O major das Waffen-ss remeteu-se a um silêncio pensativo durante um tempo. Caminhava ao longo da horta, e Pablo reparou no mesmo ar de cansaço triste que já lhe notara, um mal-estar evidente por estar ali, por não ter nada de mais excitante para discutir do que o futuro de uma horta com um jovem prisioneiro espanhol do campo de trabalhos forçados que lhe cabia guardar.

— Diz-me uma coisa, Pablo. — O seu rosto fechara-se de repente e Pablo pressentiu o perigo. — Que fazes tu aqui, na secção das mulheres e das crianças?

— Eu vivo aqui, Herr major. Barracão B-3.

— E a que propósito?

— Foi onde me puseram quando cheguei, há dois anos.

— Mas que idade tens tu?

— Treze anos agora, Herr major — mentiu Pablo, subtraindo dois anos à sua idade.

— Hum... — O oficial olhou-o de cima a baixo, avaliando-o. — Com onze anos, estavas no limite. Devias ser muito baixinho para passares por criança.

— Era, sim, Herr major.

— Pois, mas agora já está mais do que na altura de passares para a secção dos homens. Tens bom corpo para trabalhar.

Pablo ficou calado. Não havia nada que pudesse dizer, apenas amaldiçoar a hora em que, esquecendo-se de todas as preocupações de segurança que interiorizara, atravessara o terreno no campo aberto que separava os aquartelamentos dos soldados das casas dos oficiais, só porque não resistira a olhar de perto uma horta recém-plantada.

O major sentara-se nos primeiros degraus da escada. Do bolso do casaco do uniforme sacara uma cigarreira de prata e, de lá de dentro, um cigarro que, depois, com gestos lentos, acendera num isqueiro a gasolina, cujo cheiro chegou até Pablo e lhe lembrou as manhãs de caça com o pai e os amigos, quando algum deles também acendia em isqueiros a gasolina os seus cigarros de tabaco negro, sentados numa pedra, durante uma pausa feita ao longo do caminho.

Sem pressa, o major foi fumando o seu cigarro, não olhando sequer para Pablo, parecendo fixar um qualquer ponto distante como se além descortinasse alguma coisa de inesperado que não vira antes. "Como um juiz meditando na sentença de vida ou de morte que vai anunciar", pensou Pablo. "O meu destino está nas mãos deste homem e vai ser decidido assim que ele acabe de fumar o seu cigarro." Mas, afinal, foi até antes disso:

— Diz-me uma coisa, miúdo: se ficares aqui a trabalhar, garantes-me que eu vou ter legumes na mesa este Inverno e na Primavera?

Pablo suspirou fundo. Olhou para o céu e murmurou: "Obrigado, pai!".

— Depende das sementes que me conseguir arranjar, Herr major. No que depender de mim, vai ter, a menos que venha aí um Inverno tão duro como eu não vi aqui antes. Mas, pelo que aí tem agora, posso garantir-lhe que vai ter para o Natal alfaces, rabanetes, batatas, couves, cebolas, alhos e, hum, salsa, talvez agriões. Mas pode ter muito mais coisas se conseguir sementes: espinafres, couve-flor…

— Chucrute?

— Sim, claro, chucrute. E, no Verão, logo veremos.

— Tomate?

— Sim, acho que consigo. Tomate negro, deve dar-se bem aqui.

— Morangos?

— Não é fácil, mas talvez. Se a Primavera for quente.

6.

O despertador tocara já há uns cinco minutos, mas como se fosse num país distante. Inez ouviu-o tocar no fundo do seu sono e do seu sonho, mas apenas percebeu que aquilo tinha algum significado quando sentiu o calor e o aconchego do corpo de Martín afastar-se do dela e levantar-se silenciosamente da cama. E, logo depois, lembrou-se: era o dia de ele se levantar primeiro. Alternavam, um dia era o dela, outro era o dele, e entre os nove exactos minutos que o despertador demorava entre o primeiro e o segundo toque, o que se levantara primeiro já deveria ter lavado os dentes e despachado a frente de combate do lavatório e estar no duche quando o outro se levantasse. Quando, como agora, lhe calhava a ela o segundo turno da casa de banho, esses nove minutos extras de cama eram o seu primeiro luxo do dia. Ficava entre a sonolência e a dormência, meio a dormir, meio acordada, abrigada debaixo dos lençóis como se estivesse numa trincheira antes de saltar para o campo de batalha.

E o despertador tocou, passados os infalíveis nove minutos, mas, como sempre, apanhando-a desprevenida. A custo, desligou aquela sirene agressiva, ergueu-se do seu abrigo e dirigiu-se para a casa de banho, tropeçando nos últimos resquícios de um sonho de que em vão tentava lembrar-se.

— Olá, bom dia! — saudou-a Martín, do chuveiro, com uma voz já completamente desperta e num tom que, assim, sem mais, até lhe pareceu sem sentido.

"Detesto as pessoas alegres logo de manhã", pensou para consigo.

Acenou-lhe, sem grande entusiasmo, olhando-o através do espelho e do vidro do chuveiro. Uma nuvem de vapor subia dentro da cabine de vidro do duche, cuja superfície estava também coberta de gotas de vapor. Conseguia apenas adivinhar o corpo do marido, que, todavia, já conhecia suficientemente bem: aos quarenta e cinco anos, Martín era um homem quase com figura de jovem, leve, ágil, cuidado na alimentação e trabalhado em duas sessões de ginásio semanais. Muitos dos seus amigos já exibiam o que chamavam a "curva da prosperidade", barrigas salientes e, por vezes também, ombros curvados, andar pesado, um olhar atento onde punham os pés. Mas ele, não: Inez não se podia queixar. Ciente disso, Martín tinha para com ela uma subtil atitude de conquistador em território conquistado. Não que jamais o dissesse ou que sequer o desse a entender, mas não o conseguia disfarçar. Pelo menos, aos olhos dela. E, todavia (via-se a dizer a si própria, contrariada), até era justo: como não lhe dera filho algum, só lhe restava envelhecer como fêmea ao lado de um homem que envelhecia mais devagar do que ela.

De facto, não se podia queixar. A sua era uma vida quase perfeita, comparada com tantas que conhecia das suas amigas. As que estavam casadas, viviam a queixar-se da monotonia, da indiferença ou das traições deles, da absoluta falta de interesses comuns, do desgaste com os filhos, com os sogros, com as contas para pagar, com o inferno das catorze refeições por semana, ou do embuste das férias que acabavam sempre por ser mais cansativas do que duas semanas de trabalho, não fosse, vá lá, alguns mergulhos no mar e umas duas ou três noites em que os filhos ficavam entregues a uma babysitter equatoriana e elas e os maridos se permitiam uma escapadinha como antigamente nos bares e discos de Ibiza ou Marbelha. E eram essas as suas vidas conjugais. Ao pé delas, Inez sabia-se uma privilegiada. Pelo menos para ela, férias eram férias. Libertos dos grupos de amigos dos filhos, que não tinham, sem a obrigatoriedade de alugar sempre a mesma casa na mesma praia e de fazer grupo sempre com os mesmos pais dos outros miúdos, ela e Martín podiam dar-se ao extremo luxo de mudar de local de férias de Verão de ano para ano, a sós ou com amigos, em Espanha ou fora. E, nessa liberdade, nesse espaço só deles, sem tempo nem compromissos, talvez residisse, afinal de contas, o segredo da subsistência da sua relação. Pois que então até se redescobriam quase namorados, descontraídos, gozando cada um o seu tempo, a sós ou juntos, gostando de se admirarem um ao outro, bonitos, bronzeados, semidespidos, à luz do sol na praia ou na penumbra do quarto à noite. E, como não tinham de alugar uma casa só para os dois, mas apenas um quarto de hotel ou de um aparthotel, nunca tinham de ir ao supermercado, de cozinhar em casa, de despejar o lixo, de se encarregar dessas tarefas que, para a gente comum, fazia das férias um prolongamento do resto do ano, só que à beira-mar. De facto, para ela, as férias eram um interregno — de leveza, de quebra de rotinas e de monotonia, um tempo em que se via estendida na areia da praia a ler os livros que nunca tinha tempo de ler, sentindo o seu corpo retesado sob os raios de sol, e por vezes adormecer com os olhos encadeados por milhares de pontinhos incandescentes e acordar com uma mão de Martín, o seu marido, percorrendo-lhe suavemente o corpo, ou ambas as mãos espalhando-lhe um creme hidratante e fresco por uma pele já ardente. E tudo isso lhe sabia bem.

E, depois, para além das férias, havia, ao longo do ano, os congressos, ou os simpósios, ou as jornadas médicas — os nomes variavam, mas a coisa era a mesma. Os laboratórios clínicos organizavam os congressos, cujo tema era sempre uma especialidade ou subespecialidade clínica, para os quais eles tinham um novo medicamento a propor. Para tal, investiam em convites às dezenas, às vezes centenas, de médicos de vários países — em simultâneo ou país a país. Conforme o orçamento para a promoção do medicamento em causa, o convite — que incluía sempre, e no mínimo, a viagem, hospedagem e refeições — podia ser no próprio país ou no estrangeiro, mas sempre num destino apelativo e nunca menos de três dias, para que, além da oportunidade científica, aquilo fosse também uma oportunidade turística ou, ao menos, relaxante. Interpelados pelo ponto de vista da oportunidade científica e de aprendizagem, os hospitais, centros de saúde e universidades dispensavam sempre os médicos que quisessem participar. E estes, com a hipótese de uma oferta de um fim-de-semana prolongado num paraíso turístico, tudo pago, e podendo ou não aproveitar para aprender alguma coisa, mas sempre acrescentando a frequência do simpósio ao curriculum, não viam razão para recusar. Uns aproveitavam para aprender alguma coisa de novo na sua área profissional, outros apenas para viajar ou descansar ou fugir da rotina, outros para namorar. E outros aproveitavam para fazer um pouco de tudo, conforme se proporcionasse: esses eram os mais espertos, os seus curriculae estavam cheios de cursos e cursilhos adquiridos em jornadas médicas e simpósios em que vagamente se lembravam de hotéis magníficos em lugares paradisíacos em época baixa, uma ou duas conferências de mestres generosamente pagos a que tinham assistido e que no final assinariam o seu certificado de frequência e, sobretudo, se a memória os não traísse, a recordação dos colegas com quem se acabavam as noites, em camas estranhas, por vezes em línguas estranhas, mas quase sempre sob luz abafada e difusa, como convém a amores de passagem.

E também Inez começara a frequentar regularmente o circuito dos congressos e simpósios, primeiro em Espanha e depois no estrangeiro. A sua especialidade, Medicina Geral, permitia-lhe escolher praticamente tudo, porque tudo acrescentava à sua formação. De início, só ia movida por interesse clínico, depois passou a seleccionar também em função do destino e da viagem em si, juntando as duas coisas. E, quando assim o fez, percebeu que aquilo era também uma excelente terapia contra a monotonia conjugal, que podia ser um espaço apenas seu — profissional e pessoal — do qual não tinha de dar satisfações, nem a Martín nem a si própria. E logo deu consigo a sonhar antecipadamente com os congressos no estrangeiro, ou nas Canárias, ou nas Baleares, a organizar com método as roupas e os acessórios para a ocasião, a pesquisar na net o perfil dos demais participantes do acontecimento. E assim aconteceu: foi a um simpósio em Las Palmas, a outro em Ibiza e a outro em Budapeste. Em todos, fez o papel de médica de Clínica Geral cuja vida pessoal está bem resolvida, graças a Deus, e "só estou aqui para aprender". E em todas as ocasiões, nunca pareceram acreditar nela, houve sempre alguém que resolveu testá-la, que se atreveu, que se insinuou ou que se atirou de cabeça. Mas nunca ninguém que lhe tivesse feito perder suficientemente a cabeça. Até que resolveu ir ao congresso sobre Medicina Intensivista na Córsega e conheceu Paolo.

Isso fora já há quase três anos. "Como o tempo passa!", pensou, suspirando. "Ou como não passa!" Porque, três anos volvidos, Paolo não tinha passado ainda. Não tinha passado no seu coração e não tinha passado na sua vida. Graças aos benditos congressos — reais ou inventados — de três em três meses, mais ou menos, lá partia ela ao encontro de Paolo por breves dias, mas sempre tão intensos que, estranhamente, era quase um alívio regressar a casa. E uma ansiedade insuportável quando passava demasiado tempo sem ir ao encontro dele. Às vezes, inevitavelmente, perguntava-se como seria viver sempre ao lado de Paolo, e não apenas aqueles fugazes dias roubados à normalidade da sua outra vida. Como seria deixar Martín, deixar Espanha, deixar aquela vida secreta, aquele medo sempre latente de poder encontrar alguém quando estava com Paolo, nem que fosse em Helsínquia, e, em vez disso, viver com ele uma vida às claras, assumida, tranquila. Tranquila? Será que isso poderia existir, será que quereria isso — passar de uma tranquilidade a outra? Ou, pelo contrário, não seria justamente o desassossego, a ansiedade, o frenesim sexual com que se lhe entregava e a volúpia indisfarçada com que ele usufruía dela quando estavam juntos, não seria tudo isso o que mais desejava manter e o que mais temia perder, se algum dia passassem a ter o infinito dos dias à sua frente e nenhum código para ser quebrado?

    Nunca tinham falado abertamente sobre o assunto, talvez por pudor de abordar a situação, talvez por medo de ficar a saber o que o outro pensava sobre isso. Só uma vez, um final de tarde de domingo, na sua casa de Bérgamo, deitados na cama e esperando a hora de ela seguir para o aeroporto e apanhar o voo da noite para Madrid, Paolo, puxando-a de encontro ao seu ombro nu, disse-lhe, suspirando:

    — Agora, queria que não te fosses embora. Que ficasses aqui comigo: esta noite e amanhã de manhã e toda a semana, sem prazo. Até nos fartarmos.

    Ela virou-se um pouco de lado, de modo a que ele sentisse o seu peito encostado ao peito dele, e enroscou uma das suas longas pernas nas pernas dele, como sabia que ele gostava.

— Quanto tempo é que isso duraria? Quanto tempo duraria até te fartares de mim?

Paolo suspirou mais fundo, sério:

— Ah, isso não dependeria de mim, não é? Dependeria da tua disponibilidade...

Inez procurou as palavras certas, mas sabia que não as tinha.

— Também me apetecia ficar aqui contigo agora. Muito, muito mesmo.

E fora tudo. Logo depois, ela estava a levantar-se e a vestir-se, e ele a levá-la ao aeroporto de Orio al Serio, em Bérgamo.

E assim tinham passado aqueles três anos. Inez e Paolo eram amantes — amantes à distância e intermitentes, com dias e horários proibidos como sucede quando algum dos amantes é casado. Nunca se tinham cansado um do outro porque nunca se tinham tido o suficiente para tal, mas por vezes achavam-se cansados de ser assim. Sobretudo Paolo. Inez sentia-o e tinha um medo terrível que um dia ele a deixasse — se é que o próprio verbo "deixar" fazia sentido na situação deles. Mas tinha medo de que ele lhe telefonasse um dia a dizer que estava farto daquele arranjo, que merecia e precisava de mais do que aquilo. Ou então, terror absoluto, que tinha encontrado outra pessoa e que essa pessoa era livre e disponível e que não tinha nem queria escondê-lo do mundo. Cada vez que pensava nisso, Inez sentia um arrepio percorrer-lhe o corpo, imaginava que se um dia recebesse um telefonema desses dele, iria a correr e, sem pensar, meter-se-ia num avião ao seu encontro e rojar-se-ia aos seus pés, suplicando-lhe: "Não, não me faças isso, não me deixes! Diz o que queres que eu faça e eu faço!". Mas como o telefonema nunca chegara nesses três anos, ela acomodara-se a viver entre o conforto da sua relação de amante secreta e o desassossego sempre presente de saber que, entre os dois, ele era o único que era livre. Livre e disponível. Livre de partir sem mais, disponível para quem tivesse mais para lhe dar do que ela.

Absorta nos seus pensamentos, Inez nem se deu conta de que Martín já tinha saído do duche e falava com ela.

— O que dizes? Estava distraída...

— Se não te esqueceste do jantar logo à noite, em casa do Fernando?

— Ah, não. Mas vai lá ter directo e eu vou para lá quando sair do serviço. Não é nada de especial, pois não?

— Não, acho que não é. Mas, por favor, não chegues atrasada: é às nove.

— Não, não chego, mas não tenho tempo de vir a casa. Levo o vestido num saco e pinto-me no elevador.

— Ok, querida, mas vai bonita! Ou, aliás — e sorriu-lhe —, mantém-te bonita.

Ela ficou a vê-lo vestir-se: roupa de arquitecto, com o bom gosto infalível que ele sempre tinha. Tanto podia servir para estar num estaleiro de obras como num clube inglês, não fosse a falta de gravata, substituída por uma curta écharpe de seda afegã em tons verde-escuros e cinza. Martín veio até à casa de banho onde ela ainda estava e deu-lhe um leve beijo na boca, acompanhado de uma festa nos cabelos.

— Até logo, amor.

— Até logo.

Ficou a vê-lo sair do quarto, a ouvi-lo sair de casa, sentindo-se seguro — seguro de si, seguro dela. "E se eu te dissesse que há três anos que te engano com um italiano? Que tem mais doze anos do que tu, que tem um ar muito mais cansado, mais desprotegido e mais infeliz do que tu — o que só o torna mais irresistível —, mas que tem uns olhos que me deixam em brasa e que me fode e me faz vir como tu nunca foste nem serás capaz? E que eu o amo e ele me ama e o meu único medo não é chegar atrasada ao jantar do Fernando, mas que o italiano, que se chama Paolo, sabes, me deixe de amar?"

Fernando era um cliente de Martín para quem este estava a desenhar uma casa de férias em Palma de Maiorca. A avaliar pelo projecto, ela sabia que era um cliente importante, mas o seu dinheiro novo, cujos tiques não conseguia disfarçar, tornava-o um personagem um pouco desagradável. Desses tiques, fazia parte uma espécie de tendência natural para se insinuar a ela, com segredinhos na orelha, encostos na anca e braços pelos ombros, que para ele deveriam ser obrigatórias demonstrações de apreço perante uma mulher bonita: boas maneiras, afinal. E isso fazia-o descontraidamente, não só perante Martín, como também perante a sua mulher — Maribel, de seu nome, uma espécie de partenaire circense, jamais discreta, jamais reservada na fala, jamais recatada nos decotes e nas entrepernas dos vestidos. No Verão anterior, quando tinha acompanhado Martín a Palma para que este estudasse a implantação da futura casa, Inez tivera ocasião de apreciar devidamente a produção morfológica de Maribel. Em resumo, Deus dera-lhe de origem umas pernas bem aceitáveis em altura, mas não em desgaste, com a idade. E, portanto, de cima a baixo, da raiz dos cabelos até às unhas dos pés, a espectacular Maribel toda ela se lipoaspirara onde necessário e se lipoacrescentara onde em falta. O resultado final era uma loira com traseiro e boca de negra, peito de nórdica do Bergman, pernas de sprinter queniana e nariz de Anna Karenina. Tudo minucioso, dispendioso. E tudo perfeito, se tudo aquilo se mexesse, ao mesmo tempo e naturalmente, e não, estranhamente, por secções e entalhes — como se aquela boazona de parar o trânsito tivesse problemas de arranque e de paragem, que não estavam devidamente sincronizados: enquanto o rabo arrancava, alçado, as pernas ficavam para trás; enquanto as mamas se ofereciam, opulentas, os ombros descaíam; enquanto a boca sorria de orelha a orelha como se fosse engolir uma pizza inteira, os olhos pareciam no primeiro sono. Enfim, uma absurda dessincronização física que, porém, só se agravava quando a dona daquele sumptuoso pedaço de corpo abria a boca. Mas Fernando era um excelente cliente de Martín e a casa deles em Palma de Maiorca ia ficar linda. O resto eram detalhes. Porventura excessivos, mas detalhes.

 A melhor amiga de Inez era Carmen, uma publicitária que conhecera na festa de inauguração do edifício da agência de publicidade onde ela trabalhava e que fora desenhado por Martín. Depois de descobrirem que eram praticamente gémeas, apenas com três dias de intervalo, e quando se tornaram amigas de confiança e intimidades, passaram a festejar juntas o aniversário. Também passavam habitualmente uns dias de férias de Verão juntas, com os respectivos maridos, Martín e Carlos, o marido de Carmen, na casa destes, em Marbelha. Ao contrário de Carmen, uma mulher divertida, inventiva e pouco submissa a regras e rotinas, Carlos era um pouco pesado, com um espírito de advogado, habituado a contratos — a sua especialidade —, onde tudo estava previamente fixado. Um dia, depois de assistir a uma conversa entre ambos e ficar a meditar nas diferenças entre aqueles dois, Inez perguntou-lhe:

— É estranho ver-te casada com um homem como o Carlos, vocês são tão diferentes!

— E isso é mau?

— Não, necessariamente. O Carlos é um homem inteligente, culto, se calhar transmite-te a segurança de que tu precisas, mas às vezes fico a pensar que forçosamente tens de procurar fora, com outras pessoas, o que ele não te dá…

— Não temos todas, querida? — Carmen deu-lhe uma palmada cúmplice no ombro: ela, e só ela, estava a par da relação clandestina de Inez com Paolo.

— Sim, nisso tens razão: nós e eles.

— Nós e eles, ora aí está! Ou tu achas que algum casamento, por mais feliz que seja (e, assim de repente, não me lembro de nenhum), seca tudo à volta?

— Mas, mesmo assim, tu casaste-te duas vezes. Porque voltaste a acreditar que isso era possível?

— Não, não foi por isso.

— Então, foi porquê?

— Nem eu sei bem, talvez por inércia, por medo de ficar sozinha, por ser mais cómodo assim...

— Não, não foi por isso. Eu sei porque foi.

Estavam as duas esticadas em espreguiçadeiras em frente ao mar e Carmen virou-se para olhá-la de frente, meio espantada, meio divertida:

— Tu sabes? Tu sabes porque me casei segunda vez?

— Sei, ou melhor, julgo saber: porque já tinhas experimentado quer um casamento, quer um divórcio, quer o estar sozinha, e, ponderando bem todas as situações, pensaste que a menos má, a menos redutora de todas, ainda era o casamento porque, com as devidas cautelas e inteligência, te permitia continuar a ter o melhor dos dois mundos.

— Hum...

Carmen voltou-se para a frente outra vez, ficando a meditar na observação da amiga.

— Não é mal pensado, não. Até és capaz de ter razão. Mas, então, diz-me: essa é também a razão pela qual continuas casada com o Martín?

— Não, o meu caso é diferente — Inez respondeu pausadamente, como se já tivesse antecipado a pergunta.

— Diferente em quê?

— Bem, para começar, é o meu primeiro casamento...

— Mas eu não te estou a perguntar por que razão te casaste, mas porque continuas casada...

Inez mexeu-se na cadeira, pouco à vontade.

— Talvez porque nada de essencial se quebrou ainda entre nós.

Carmen voltou a virar-se para ela:

— Olha, querida, isto não é nenhum interrogatório, como aqueles de que o meu marido gosta tanto, mas o que estás a dizer não faz grande sentido para mim: quando te casaste com o Martín, estavas apaixonada por ele, amava-lo, era o único homem que vias na tua vida, não era assim?

— Sim, foi assim.

— Pois bem, agora há outro homem que tu dizes que amas apaixonadamente e que te ama igual, em quem pensas todos os dias, ao longo do dia, e achas que isso não é alguma coisa de essencial que se quebrou no teu casamento com o Martín?

Inez olhava o mar. Queria ver apenas o mar, o reflexo dourado do sol batendo na sua superfície azul, o branco da espuma das ondas quebrando na areia. Queria ver apenas isso para se concentrar no que Carmen acabara de dizer, porque pressentia que ela dissera qualquer coisa de grave e era preciso encontrar a resposta. Mas nesse momento, como se entrasse dentro de uma fotografia a despropósito, Martín foi enquadrar-se no seu campo de visão, atravessando-o da esquerda para a direita, junto à rebentação das ondas. Vinha a conversar com Carlos — ou melhor, a escutá-lo, enquanto este fazia gestos largos com as mãos, detendo-se de vez em quando, e Martín apenas ouvia, e, com os pés, desenhava distraidamente traços no chão. Era um tique muito seu que ela sempre atribuíra a um instinto de arquitecto. Nesse momento, ele virou-se para cima e surpreendeu-a a olhá-lo. Sorriu e levou a mão à testa, como se lhe fizesse continência. Inez virou-se para Carmen:

— Sabes, querida, não sei se era tua intenção, mas deste-me muito que pensar.

Carmen sobressaltou-se:

— Não, querida. — Voltou-se na cadeira para pousar a mão sobre a de Inez. — Não era nada a minha intenção. Estamos de férias, estamos aqui para nos descontrairmos, não para pensarmos em coisas graves. As férias são exactamente um intervalo para não pensarmos em coisas graves e deixarmo-nos ir.

— Pois é, mas será que a nossa vida não acaba por ser apenas a procura de intervalos para nunca termos de pensar nas coisas importantes e nunca termos de tomar as decisões difíceis?

— Oh, Inezita, estamos tão bem aqui! Desculpa ter-te falado do Paolo agora, foi um golpe baixo, não o devia ter feito.

— Não, Carmen, foi um golpe certeiro. Estamos muito bem aqui: o mar, o sol, os jantares à noite no terraço da vossa casa, o luar e, depois, o tesão que tudo isto dá porque é Verão e estou de férias e, caramba, mereci estas férias e o meu marido não é homem que se deite fora e está ali ao meu dispor e quer dispor de mim. E, então, logo depois, estou enrolada com ele, enquanto lá, em Itália, o homem que eu amo e que me ama a sério, e não apenas para gozar comigo numas noites de Verão, regressou do trabalho cansado e vai dar um beijo à minha fotografia antes de adormecer. Isto não faz sentido nenhum, tu tens razão: eu devia ter vergonha de mim.

7.

Na Primavera de 1943, Mauthausen recebeu novas levas sucessivas de prisioneiros, que fizeram com que o contingente espanhol, até aí em larga maioria no campo, deixasse de ser maioritário. Muitos dos novos vinham da Rússia, cuja frente de batalha ia recuando à medida que as Panzerdivisionen alemãs entravam pelas estepes adentro, terreno plano e aberto, propício a avanços rápidos, como o Estado-Maior alemão gostava. Se algum dia os russos conseguissem deter o avanço alemão, dizia-se entre os prisioneiros, haveria de ser nas grandes cidades, e nunca no campo ou nas aldeias. Portanto, os que chegavam da Frente russa eram sobretudo camponeses, vestidos de trapos, com o olhar perdido, famílias inteiras, agarrados uns aos outros até passarem o portão principal de Mauthausen e logo serem separados. Mas vinham também soldados, prisioneiros de guerra que, pelas convenções internacionais, não deviam estar ali: sujos, esfarrapados, vencidos e humilhados, caminhando com os olhos postos no chão. Haviam jurado a Estaline lutar até à morte, a jamais se renderem e, mais do que enfrentarem o olhar altivo dos seus carrascos, era o olhar acusador dos seus compatriotas civis que os parecia atormentar. Uns e outros foram separados dos restantes prisioneiros que já estavam no campo e também dos outros recém-chegados: civis europeus de várias proveniências, de várias idades, de várias condições, mas quase todos, como em breve se tornaria claro, com uma coisa em comum: eram uma elite intelectual e política — professores, cientistas, historiadores, músicos, advogados, escritores. O comandante do campo, o Standartenführer Franz Ziereis, quando avaliou que já teria chegado o grosso do contingente destes prisioneiros destinados a Mauthausen, alinhou-os no pátio principal e falou-lhes:

— Não há luz no mundo como a do Terceiro Reich! Pobres dos que ousaram fazer-lhe frente, agora resta-vos aprender à vossa custa. Este é um campo de trabalho, e só o trabalho expiará as vossas culpas, os vossos crimes. O trabalho sufocará a vossa rebeldia e a vossa inútil presunção.

Mauthausen era a última etapa de qualquer presunção, de qualquer ilusão. O túmulo que os esperava, mais dia menos dia, pois não havia um só dia em que dezenas de mortos não fossem a enterrar no campo, à vista de todos. E, longe do olhar da grande maioria, murmurava-se, ou jurava-se mesmo, que em camiões móveis Saurer ou ali próximo, no Castelo de Hartheim, num duche onde faziam entrar até cento e vinte prisioneiros de cada vez, estes eram gaseados e os seus corpos nunca mais regressavam ao campo. Para a imensa maioria dos vivos ambulantes que viviam em Mauthausen, a presunção de que falava o Standartenführer Ziereis tinha-se reduzido ao estrito mínimo: sobreviver, um dia atrás do outro. Sobreviver às doze horas de trabalho brutal — nas pedreiras para os homens, ou nas oficinas ou cantinas para as mulheres —, sobreviver com as magras sopas com restos de legumes a boiar, algumas gotas de gordura e, uma vez por semana, pedaços de carne indistinta. Sobreviver ao frio extremo de Inverno e ao calor impiedoso do Verão, rezar para que nenhuma doença os levasse antes que um Kapo o fizesse num assomo de raiva ou apenas de fastio, e adormecer por umas horas, esperando acordar apenas para mais um dia igual ao anterior. Até quando? Até ao fim dos tempos. Porque a natureza humana é mesmo assim, aprendeu Pablo: é capaz de viver eternamente sem esperança alguma, nem se revoltando, nem desistindo. Mais tarde, e durante o resto de toda a sua vida, Pablo pensaria muitas vezes por que razão aquelas dezenas de milhares de prisioneiros, reduzidos a uma condição sub-humana e a um horizonte de vida sem esperança alguma, guardados apenas por umas dezenas de homens armados, nunca tinham pensado em revoltar-se e enfrentá-los, mesmo de mãos nuas, mesmo sabendo que muitos tombariam logo, que provavelmente todos tombariam depois — ou talvez não. Porque se deixavam ficar assim, resignados, à espera da morte ou de serem levados docilmente para o matadouro, a entrarem num duche de que já sabiam que não havia regresso? Na sua aldeia, lembrava-se ele, mesmo os animais, quando os iam buscar para os matar, os porcos, as galinhas, gritavam, fugiam, esperneavam, resistiam quanto podiam, e até pareciam adivinhar logo, só pelo olhar do dono quando se dirigia para eles, que vinha para os matar e tratavam logo de começar a tentar lutar pela vida. Mas os seres humanos, não — observara ele, com os próprios olhos. Os seres humanos pareciam confiar sempre, e contra todas as evidências, na bondade final, na misericórdia no último instante, dos seus semelhantes. E esperavam, quietos, que os viessem buscar.

Nessa Primavera a horta do major Stechini desabrochava, triunfante. Favas, ervilhas, alcachofras, chucrutes, rabanetes, alfaces, couve-roxa e couve-lombarda, além do trivial: cenouras, cebolas, alhos roxos, batatas, salsas, coentros. Um canteiro estava já preparado para os tão desejados morangos do major Stechini, assim que o tempo desse sinais de começar a aquecer, e Pablo estava a podar a ameixeira e o pessegueiro do jardim em vista do Verão, agora que as duas laranjeiras já davam sinais de terem extinguido o seu ciclo de produção. Mais de um ano a trabalhar na horta e no pomar do major enchia-o de orgulho pelos resultados à vista. De si para si, dizia que tinha aproveitado bem os ensinamentos do pai, mas também sabia que tinha tido sorte: o primeiro Inverno tinha sido pouco duro e, no segundo, mais sério, já ele tinha aprendido de onde sopravam os ventos e caíam as geadas e estava mais bem preparado. E um bom Verão, com o calor certo e as chuvas certas, nas alturas certas, fizera o resto. Sendo que não se esquecera de, perante o olhar aprovador do major, defender as colheitas da horta e os frutos, com a colocação de redes e espantalhos feitos por ele próprio com paus e palha. Todas as manhãs sem falta, Pablo visitava a horta, rectificava as coisas, replantava se necessário, cortava as ervas daninhas e colhia o que já estava maduro. Depois, colocava a recolha do dia num cesto de vime e ia deixá-lo à porta da cozinha da casa do major, num banco de cimento do lado de fora. Por vezes, o major estava na cozinha, tomando o pequeno-almoço e via-o chegar com o cesto. Assomava então à porta para contemplar a produção dessa manhã, com visível prazer. E algumas vezes, sem muitas ou nenhumas palavras, estendia-lhe qualquer coisa do cesto: uma cebola, duas batatas, um pepino. Um tesouro! Ele dividia aquilo com Mercedes, que, por sua vez, o partilhava com um miúdo de três anos, muito pequeno e magro, com quem dormia no beliche por baixo do seu.

Pablo estava bem consciente de que a sorte que o tinha protegido até então não iria durar para sempre. A sua situação era única, verdadeiramente privilegiada. Tudo começara com a sua baixa estatura quando chegara ao campo, há dois anos, que levara os guardas a despacharem-no para a secção das mulheres e crianças, convencidos que ele teria uns dez, não mais que onze anos, quando ele, de facto, já tinha catorze anos feitos. E continuara depois, à medida que o corpo se ia espigando e claramente transformando-se no de um rapaz, com o mero acaso de nunca ter chamado a atenção dos guardas, devido às muitas cautelas que tinha ao deslocar-se no campo, dando sempre a ideia de que vinha ou se dirigia para a secção dos homens, e não a das mulheres e crianças. E, embora ambas estivessem separadas por vedações e com guardas vigiando os pontos de passagem, havia mulheres que trabalhavam na secção dos homens durante o dia e vice-versa: Pablo fazia de maneira a dar a impressão a quem o via de que era um destes e, quando à noite se recolhia à sua caserna, fazia-o sempre com mil cautelas e desvios, só se aproximando depois de se certificar de que não havia Kapos à vista. E, depois, tivera aquele golpe de sorte de não ter resistido a ir dar uma mão a uma horta que vira maltratada e de o seu dono ser um major com paixão por legumes e falta de um hortelão capaz. Mas sabia que aquilo não podia durar para sempre, o próprio major Stechini estava a arriscar a sua situação desafiando as regras do campo ao ter a trabalhar para si um rapagão feito que passava por uma criança e vivia nos barracões das crianças. Um ano e meio a gozar daquela condição excepcional fora uma sorte inesperada que não poderia durar muito mais. E não durou.

Uma manhã, quando, estremunhado, mal acordado ainda, saía do barracão, esquecendo-se de espreitar primeiro lá para fora pelas janelas à volta, ouviu um grito de "Alt!" nas suas costas e, acto contínuo, uma mão pesada que se abatia sobre o seu ombro e o agarrava como a um coelho a sair do galinheiro. Foi levado para a casa dos guardas, onde explicou que estava na secção de crianças desde que chegara a Mauthausen. Consultaram os registos e verificaram que assim era. Perguntaram-lhe a idade e ele mentiu, sem hesitar. Mesmo assim olhavam para ele com um ar incrédulo. Então, contou-lhes que trabalhava na horta e no jardim do major Stechini, e ainda mais incrédulos ficaram. O sargento olhou para o relógio e concluiu que àquela hora o major ainda deveria estar em casa.

— Vamos lá tirar isso a limpo!

Stechini não conseguiu disfarçar algum embaraço quando se viu confrontado com a situação. Sim, confirmou ele, Pablo trabalhava no seu jardim e na sua horta e, no resto do tempo, não sabia o que fazia. E sabia o major que ele ainda dormia na secção das mulheres e das crianças?

— Não — o major Stechini ensaiou uma pose entre o distraído e o espantado —, mas que idade tens tu?

— Catorze — voltou a mentir Pablo.

— Hum, pareces mais...

— Bem mais! — interveio o sargento.

— De qualquer maneira, já tens boa idade para estar na secção dos homens. Sargento, amanhã proceda à transferência dele.

— *Ja*, Herr major.

O sargento e Pablo começaram a retirar-se, mas o major Stechini deteve-os:

— Sargento: mas faça com que o preso continue a trabalhar aqui. Arranje-lhe um passe para atravessar para o lado de cá.

— Todos os dias, major?

— Hum, a horta precisa de ser tratada todos os dias, rapaz?

Pablo tinha de arriscar, estava ali a sua salvação:

— Nesta época do ano, sim, Herr major.

— E o dia inteiro? — intrometeu-se o sargento, num tom cuja ironia não escapou aos dois outros e que obrigou o major a antecipar-se na resposta:

— Não: creio que duas, três horas por dia, pelo que tenho visto, será suficiente. Logo de manhã. Depois, você, sargento, poderá encontrar-lhe trabalho para fazer do lado de cá no resto do dia, como ele já faz.

Nessa noite, depois daquilo a que só por ironia se podia chamar o jantar, Pablo tinha-se sentado à porta do barracão que fora a sua morada nos últimos dois anos. Era coisa que raramente fazia, mas agora já não havia necessidade de manter as mesmas precauções: fora finalmente descoberto e, no dia seguinte, a sua vida iria mudar — quanto, ele ainda não podia saber. Embora o Inverno, o implacável Inverno austríaco já tivesse ficado para trás, a noite era fria e inóspita. De onde estava sentado, Pablo via todo o vasto terreiro sul de Mauthausen, enquadrado por duas altas torres de vigília, com a luz metálica dos seus holofotes varrendo monotonamente o chão cá em baixo. Ao fundo, as casas dos guardas, de tijolo escuro, e cercas de arame farpado a toda a volta, guardando um mundo triste e mortal, sem esperança, sem futuro, sem horizonte algum. Será que algum dia eles veriam outra paisagem, outro mundo? Será que algum dia a guerra teria fim e os alemães seriam derrotados a tempo de eles terem de volta qualquer coisa semelhante a uma vida? Ou tudo aquilo em que devia concentrar-se, aos dezasseis anos de idade, era em sobreviver, um dia a seguir ao outro?

Sentiu um arrepio de frio (ou seria de solidão?) percorrer-lhe o corpo de cima a baixo. Como nunca antes desde que se despedira dela em França, desejou, quase gritando de desespero, que ao menos por um instante, um instante só, a mãe pudesse estar ali agora, fazer-lhe uma festa, encostar-lhe a cabeça no ombro, passar-lhe a mão pelos cabelos como ela gostava de fazer, e deixá-lo ouvir a voz dela antes de ir dormir. Desejou-a tanto que quase conseguiu senti-la, quando fechou os olhos e saboreou o sal das lágrimas escorrendo-lhe pelo rosto abaixo. E, de olhos fechados, estremeceu, quando sentiu uma presença feminina sentar-se ao seu lado, e um braço envolvendo-lhe os ombros e puxando-o para si. Era Mercedes.

— Então, meu pequenino, estás a chorar?

Ele não respondeu, encostou-se ao abraço dela, ao peito dela, abrigou-se do frio e da solidão no ombro dela, soltando os soluços em solavancos descontrolados, como um rio selvagem. Depois, ela foi fazendo-lhe festas no cabelo até ele se acalmar aos poucos e secar as lágrimas. Então Pablo contou-lhe que aquela era a última noite que passava ali: era a sua última noite oficial de criança, e até se riram os dois com o tempo que os alemães tinham demorado a descobrir o que entrava pelos olhos adentro de qualquer um.

— A que horas tens de te apresentar na secção dos homens?

— Logo de manhã.

Mercedes ficou pensativa por instantes, mas logo tomou a decisão:

— Pablo, hoje, eu e o Luisito vamos dormir contigo, no beliche de cima. Eu quero ficar com ele quando tu te fores embora e, se não estivermos já lá instalados esta noite, amanhã de manhã, com o excesso de ocupação que agora temos, vão ser dez cães a um osso. Não te importas de dormirmos apertados hoje?

— Não, Mercedes, está bem.

Enquanto Pablo se instalava, como habitualmente do lado direito do beliche, Mercedes foi-lhe passando discretamente os seus escassos haveres para cima, que ele arrumou sem grandes preocupações no parapeito da janela. Depois, pondo-se de pé no chão para melhor disfarçar a manobra, ela passou-lhe o pequeno Luisito que já dormia profundamente, e que ele deitou com mil cuidados ao seu lado. Finalmente, quando todo o barracão ou quase dava sinais de estar adormecido, Mercedes esgueirou-se o mais silenciosamente possível para o beliche de cima. Mas, ao contrário do que Pablo tinha previsto, tirou o miúdo de entre eles os dois e colocou-o do lado de fora.

— Ele gosta de dormir do lado de fora.

— E não há perigo de cair?

— Não, vou pôr-lhe o meu casaco por baixo da enxerga a fazer de tampão.

Falavam ao ouvido um do outro, por sussurros, e, quando a manobra ficou pronta e Mercedes se estendeu ao seu lado, Pablo constatou que estavam praticamente um em cima do outro. A única maneira de caberem ali era de lado, e maquinalmente ele virou-se de lado contra a parede. Sentiu que ela se virava também de lado, mas, ao fim de dez minutos, ele já não conseguia respirar a centímetros da parede, e, lentamente, virou-se de lado. Esperava que ela estivesse de costas, virada para fora, mas assim que acabou de se virar, encontrou-a virada para si e, sem o poder evitar, foi corpo contra corpo, a sua mão direita aterrando literalmente sobre o peito dela, as caras encostadas e as pernas dele entre as pernas dela, pois não havia outro lugar onde as encaixar. Com um sobressalto e um pedido de desculpas murmurado, quis retirar a mão do peito abundante e quente de Mercedes, mesmo sem saber qual seria a alternativa, mas, para seu grande terror, a mão dela veio colocar-se sobre a sua, impedindo-o de a retirar. Nada mais do que uma camisa de algodão ordinário separava a sua mão da pele dela e daquele peito que parecia ganhar vida própria ao contacto com a mão dele. Depois, ela inclinou ligeiramente a cara na sua direcção, a sua boca procurou a boca dele e a sua língua mergulhou lá dentro, quente, húmida e sôfrega, como se fossem os dois livres. E, sem nunca largar a sua boca, logo a mão dela entrou dentro das suas calças e procurou a sua erecção, brincando com ele como coisa sua, enquanto ele, ainda a medo, começava também a explorar o corpo dela por dentro do vestido de algodão.

— É a tua primeira vez, não é?
— Sim.
Ela riu-se, baixinho, deliciada.
— Pablito, é uma honra e um privilégio. Hoje, não vou pensar em nada. Não vamos pensar em nada. Vou dar-te uma noite que nunca mais vais esquecer. Vale?

A camarata era irrespirável, quase inabitável. Cem homens dormiam onde havia tabiques de madeira sobrepostos que albergavam apenas sessenta. Alguns dormiam aos pares, outros no chão, embrulhados em restos de mantas velhas, nos corredores entre os beliches, e foi aí que Pablo encontrou o seu espaço, num piso de cimento descascado, debaixo do ressonar e da tosse contínua dos seus companheiros de destino. As latrinas eram um buraco no chão ao ar livre, não havia água corrente e nenhumas condições de higiene, por menores que fossem. Uma vez engolido o caldo do fim do dia, aqueles homens, entorpecidos pelo cansaço físico, rebentados pelo trabalho nas pedreiras, extinta qualquer vontade de sequer pensar na vida, nos que haviam perdido e no que tinham deixado para trás, aqueles homens deixavam-se cair sobre as enxergas como pesos mortos, como animais sem sentimentos nem razão, que já eram e já se sentiam. Outrora, antes de Mauthausen, muitos deles haviam sido a elite das suas comunidades, brilhantes médicos, cientistas, músicos, físicos, escutados com admiração em conferências, em concertos, em universidades. Agora, nem memória disso lhes restava: apenas, por vezes e a alguns deles, uma nota de música solta que se escapava da messe dos oficiais alemães, uma folha de ulmeiro que se desprendia da árvore e voava até ao chão ou uma trovoada no céu, despertava-lhes reminiscências fugidias de um outro tempo que porém se apagava todos os dias, tragado em direcção a um poço escuro onde eles próprios se sentiam a mergulhar, cada vez mais fundo. E se brevemente tentavam ainda lutar contra a escuridão, logo a realidade se encarregava de se revelar igual ao que por instantes tinham querido tomar por um pesadelo.

Haviam bastado três dias a Pablo para terminar a busca pelo paradeiro do pai, David Rodríguez. No final do primeiro dia, assim que voltara do outro campo, finda a sua jornada de trabalho, partira disparado de barracão em barracão, tentando encontrá-lo entre aqueles milhares de homens e perguntando por ele a todos os prisioneiros espanhóis que encontrava: em vão. E o mesmo se repetiu ao segundo dia, mas ao terceiro dia, quando ia começar a sua busca, um homem alto e esquálido, com sotaque valenciano, que parecia já esperá-lo, chamou-o:

— Ei, tu, és filho do David Rodríguez?
— Sim, senhor.
— Espera aqui, há alguém que quer falar contigo.

E afastou-se em direcção a um dos barracões, deixando Pablo especado, em pé, com um aperto no peito: seria possível que o pai lhe fosse aparecer de surpresa?

Mas quem apareceu foi outro homem, um francês, que aparentava a idade do pai. Olhou-o de relance e fez-lhe sinal para se sentar ao seu lado, num pedregulho que podia fazer as vezes de banco.

— Hum, és parecido com ele. Muito parecido.

Calou-se, e o silêncio dele matava.

— Eu trabalhava com o teu pai, trabalhámos sempre juntos, lado a lado. Éramos amigos.

Pablo não aguentou mais:

— Morreu?
— Morreu, sim, Pablo. Há quatro meses. Na véspera da noite de Natal: 23 de Dezembro, se queres saber ao certo.
— De que morreu?

O outro suspirou.

— Ora, de que morremos todos aqui? De exaustão, de cansaço. Começou com febres e ainda tentou aguentar-se uns dias, mas não deu, estava um farrapo. Levaram-no para a enfermaria e, segundo me contou um amigo que lá trabalha, morreu no dia seguinte. Nem precisaram de o tratar nem de o fuzilar, que é o que fazem quando já não prestamos para trabalhar.

— Estava um farrapo? O meu pai? Tão forte que era?

— Não éramos todos?

Calaram-se os dois, e Pablo reparou que desta vez não chorava. Queria chorar mas não em frente de um desconhecido, queria chorar, mas as lágrimas não lhe vinham.

— Tenho uma coisa para ti, que o teu pai me deu na noite antes de o levarem. Ele sempre acreditou que estavas vivo e que um dia serias transferido para aqui e, então, iriam voltar a encontrar-se. Era essa esperança que o mantinha vivo. Mas quando percebeu que estava a ir-se, deu-me isto para ti e pediu-me que te dissesse só isto: que sobrevivas a todo o custo e que nunca mais deixes que te tratem como um animal.

E estendeu-lhe um envelope sujo, amarrotado pelo tempo e pelo uso. Lá de dentro, Pablo extraiu um bilhete onde reconheceu a caligrafia do pai e cinco curtas palavras: "para ti, meu querido filho". E, junto ao bilhete, uma fotografia de todos eles juntos, tirada no campo de internamento de França, ainda todos inadvertidamente sorridentes: o pai, a mãe, ele e a pequena Sara, ao colo da mãe. Aquela fotografia, percebia ele agora, estivera sempre com o pai, naqueles quatro terríveis anos de Mauthausen, viajara com ele no comboio, escapara à revista na entrada do campo e às várias revistas no barracão, atravessara, escondida, dois invernos e um Verão, junto ao peito e ao coração de um chefe de família que tão pouco tempo tinha tido para o ser, como tanto havia querido.

E foi só então, petrificado a olhar a fotografia que o pai lhe tinha deixado, que Pablo começou a entender verdadeiramente todo o alcance da sua morte, o facto irremediável de que nunca mais o voltaria a ver, de que nunca mais voltariam a plantar couves juntos, nem a caçar juntos, nem a ir à guerra juntos. E, então, sim, as lágrimas soltaram-se-lhe livres dos olhos, num Guadalquivir sem fim, em direcção ao mar do Sul de Espanha, onde ele tinha nascido e onde ele agora devia estar. Em paz.

Ao seu lado, o francês ergueu-se e estendeu-lhe uma mão que ele apertou, ainda sentado:

— A propósito, chamo-me Jean-Pierre. Para que saibas.

Pablo não era o único dos prisioneiros do campo dos homens que todas as manhãs, ao nascer do dia, atravessava para o lado do campo das mulheres e todos os finais do dia voltava a recolher ao lado dos homens. Ao todo, deviam ser uns vinte que gozavam desse estatuto especial. Porque de um estatuto especial se tratava — desde logo libertos do trabalho brutal das pedreiras ou da fábrica subterrânea de armamento, onde se fabricavam componentes do caça Messerschmitt ou, como depois se saberia, protótipos do míssil balístico V-2. Do outro lado, trabalhava-se nas cozinhas, nos refeitórios, nas carpintarias, na central eléctrica, nos diversos serviços técnicos de apoio ao campo ou na jardinagem, como Pablo. Mas havia um personagem especial, que Pablo conheceu ao portão, logo numa das primeiras manhãs, e com quem, espontaneamente, estabeleceu amizade mútua. Era um catalão de Barcelona, chamado Francisco Boix i Campo, tinha apenas mais sete anos que Pablo, mas fizera toda a guerra civil do lado dos *rojos*, onde ganhara fama de valentia e de apaixonada militância antifascista. Era um jovem membro do Partido Comunista, culto mas de poucas falas, e tinha um dom cujo conhecimento por parte dos alemães lhe valera o estatuto especial de que gozava: era um fabuloso fotógrafo. Rapidamente, o director do campo o tinha destacado para trabalhar num departamento com um nome comprido e pomposo, como os nazis gostavam: o *Erkennungsdienst*.

— E o que fazes tu, Paco, nessa coisa com o nome esquisito, o dia inteiro?

— Pois, Pablo, *por supuesto*, fotografo.

— Mas fotografas o quê?

— Tudo, Pablo.

— Tudo?

— Tudo. Sabes como são os alemães: são organizados, rigorosos, obsessivos. Por isso é que ganham as guerras, os cabrões. Eles querem ter registos de tudo o que se passa no campo. De toda a gente, todos os trabalhos, todos os departamentos, todas as oficinas, todas as chegadas e partidas. Passo metade do dia a fotografar e outra metade a revelar negativos e a preparar-lhes álbuns e relatórios. E todos os anos tenho de voltar a fotografar as mesmas coisas para eles fazerem um relatório para a Alemanha com a evolução da situação.

Pablo assobiou entre dentes.

— E querem mesmo que tu fotografes tudo... quero dizer, os fuzilamentos e isso?

Francisco deteve-se e olhou-o:

— Tudo, Pablo. Isso e outras coisas que não te vou contar. Eles também gostam de documentar os seus crimes. E eu tenho de assistir e fotografar e engolir. Mas...

— Mas...?

— Mas, puta que pariu, na esperança de que um dia, quem sabe, isso se vire, como prova, contra eles.

— Oh, Paco, não sejas ingénuo! Achas que se esse dia alguma vez chegar, eles se deixariam apanhar com as provas nas mãos? Se fazem fogueiras para queimar *Untermenschen*, não as farão para queimar fotografias e negativos?

Francisco voltou a parar. Pôs-lhe ambas as mãos nos ombros e depois levou um dedo à boca, em sinal de silêncio, falando muito baixo:

— Talvez não consigam destruir todas...

— Caramba, Paco, eles são mesmo alemães, e tu és mesmo comunista! Ambos são organizados à sua maneira.

— Quando não podes vencê-los, infiltra-te neles, pensa para a frente. Um comunista, Pablo, nunca desiste.

Como logo perceberia, Francisco era uma preciosa fonte de informação sobre o que se passava no campo e até mesmo fora dele, no mundo de que eles não sabiam nada desde que para ali haviam entrado. Trabalhando dentro dos edifícios e não fora deles, e junto dos soldados e oficiais, ele recolhia aqui e ali informações que partilhava com Pablo, mas com a condição absoluta de este manter segredo sobre elas, para não chamar a atenção sobre a sua fonte. Foi assim que soube que os Estados Unidos tinham entrado na guerra depois de atacados pelos japoneses, que os alemães tinham sido derrotados pelos ingleses no Norte de África, e, a mais sensacional notícia que o seu amigo fotógrafo lhe confidenciou num final de dia, chamando-o de parte, assim que tinham atravessado o portão para o aquartelamento dos homens:

— Ouve, Pablo, mas guarda segredo por enquanto: parece que os alemães foram derrotados na Rússia.

— Derrotados, como?

— Em grande escala! Foram cercados numa cidade chamada Estalinegrado e todo um exército teve de se render. Estão a bater em retirada em toda a Rússia, deixando milhões de mortos e de prisioneiros no terreno.

— É, pá, mas isso é incrível! Será mesmo verdade?

— Parece que sim, sem dúvida. Eu estava a trabalhar no laboratório e a porta estava entreaberta e ouvi dois oficiais a conversar no corredor. Percebi que essa tal derrota em Estalinegrado aconteceu há dois meses e representou o fim da campanha da Rússia. Eles estavam a comentar que, com o Inverno à mistura, a retirada foi uma catástrofe e agora temem um contra-ataque dos russos no Verão. E um deles dizia que se, ao mesmo tempo, os Aliados abrirem uma Frente ocidental, a Alemanha não vai ter forças que cheguem para as duas frentes. O sacana do Estaline, hem, quem diria!

Pablo estava exultante, apetecia-lhe sair a gritar aos quatro ventos que os alemães estavam a ser corridos da Rússia. Pelo menos, ir gritá-lo aos barracões dos desgraçados dos prisioneiros soviéticos, tratados abaixo de todos os outros, se tal fosse ainda possível.

— Paco, achas que isto pode ser o princípio da inversão do destino da guerra?

— Ei, mais devagar, amigo! Se for, não é para tão cedo! E, depois, não sabemos do que serão ainda capazes estes cabrões.

— Mas, de facto, se tiverem de enfrentar duas frentes, e com os Estados Unidos a virem em socorro da Europa, por muito bons que sejam a matar, os filhos da puta, não vão chegar para tudo...

— E o resto? Os soldados não são tudo.

— Que resto?

— As bombas que estão aqui a fabricar, por exemplo. As V-2.

— O que têm elas, não são bombas como as outras?

— Não: as outras são disparadas por canhões, que têm de ser levados para o terreno e têm um alcance limitado etc.

— E estas?

— Estas... — Francisco voltou a fazer o sinal de segredo, levando um dedo à boca — consta, pelo que apurei e fotografei, que são uma coisa completamente diferente.

— Diferente, como?

— Não são bombas, são aviões.
— Aviões?
— Aviões não tripulados, com um alcance de milhares de quilómetros, voando a baixa altitude, cinco vezes mais pequenos que um avião normal e completamente cheios de explosivos. Imagina o poder de devastação que uma coisa destas não terá sobre as cidades ou exércitos.
— Mãe Santíssima, Paco! Isso é mesmo real?
— É real, sim, não é ficção. Mas ainda não estão operacionais.
— E quando é que estarão?
— Não faço ideia, pá. Não posso saber tudo. Só podemos esperar que não estejam prontas a tempo de eles ganharem a guerra.

No início do ano de 1945, a guerra ainda não tinha acabado, não bastante a nova Frente ocidental ter sido aberta em Junho de 1944, com o desembarque dos Aliados na Normandia. Desta vez, a notícia, que deixara todo o campo num estado de entusiasmo jamais visto, chegara-lhes quase ao mesmo tempo que o próprio desembarque, pois os alemães, por seu lado, não tinham conseguido disfarçar a angústia que a mesma lhes causara. Pela primeira vez em anos, eles sentiam que pairava entre os Kapos um sentimento de algum desnorte, até algum temor, que transparecia no olhar deles, mas que estava longe de os tornar menos agressivos ou perigosos, antes pelo contrário. Mas alguns procedimentos começaram a ser mudados no campo e, entre eles, esteve a partida, logo no início do ano, do major Stechini, despachado para outras funções, algures na Alemanha, segundo se dizia. Com a sua partida, Pablo perdeu o seu protector e logo o seu estatuto de privilégio. Acabaram as suas suaves funções de jardineiro na zona das mulheres e crianças e foi imediatamente adstrito ao trabalho nas pedreiras, o mais duro de todos. Apesar de tudo, como lhe explicaram os veteranos das pedreiras, sempre era mais suportável no Inverno, em que o trabalho ajudava a suportar o frio, do que no Verão, em que partir à picareta paredes de pedra e carregar blocos de cinquenta quilos às costas sob o calor era uma tarefa desumana, na qual tantos sucumbiam de desidratação ou de paragem cardíaca. Mais de três anos de um tratamento brando, quando comparado com o dos outros prisioneiros, os legumes e as frutas que o major Stechini tantas vezes lhe deixava levar e que continham preciosas vitaminas, e os seus jovens dezoito anos davam-lhe agora uma capacidade de resistência que raros dos seus companheiros de trabalho tinham. Isso, mais o pedido que o pai lhe deixara por interposto de Jean--Pierre: "Sobrevive a qualquer preço!". Esse pedido tinha-se transformado para ele num ponto de honra. Sobreviver àquilo e nunca mais deixar que o tratassem como um animal. Não, não iria esquecer-se nunca da súplica do pai, do seu último desejo antes de morrer: que ele sobrevivesse àquilo a qualquer preço. E lembrou-se disso quando uma manhã, ao chegar dez minutos atrasado à pedreira, sentiu uma mão, larga como um alicate gigante, fechar-se sobre o seu ombro:

— Então, hoje estavas sem pressa de vir trabalhar?

Virando-se, deu de caras, com terror, com a face vermelha do Oberscharführer Otto Schultz, um dos guardas mais temidos pelos prisioneiros.

— Peço desculpa, não encontrava as minhas botas, sargento.

— Ah, não encontravas as botas! Tinham-tas roubado, não é? Vocês são todos uns ladrões! Perdeste um par de botas? Isso vale bem um par de bastonadas! — E, curvando-se ligeiramente para que o seu 1,90 metro não lhe dificultasse o golpe, o sargento Schultz assentou-lhe uma violenta bastonada no joelho direito. Mas rapidamente e antes que ele tombasse no chão, nova bastonada atingiu-o no joelho esquerdo, fazendo-o mergulhar de cara na areia do terreiro.

— Agora, levanta-te e vai trabalhar!

Pablo levantou-se, segurando-se apenas na planta dos pés, dir-se-ia um boneco desengonçado, e começou a caminhar em direcção à pedreira, sentindo que não comandava as pernas, mas apenas a sua vontade de sobreviver. E trabalhou assim o dia inteiro, subindo as escadas e carregando os cinquenta quilos de pedras às costas, uivando baixinho de dores, por vezes amparado ou empurrado discretamente por companheiros que seguiam atrás, mas seguindo sempre, degrau a degrau, sabendo que era isso ou a morte. Cada semana que passava sentiam a guerra a aproximar-se do fim e já não parecia haver dúvidas sobre o seu desfecho. A partir de Março, começaram a ver ocasionalmente aviões russos a sobrevoar o campo, muito lá no alto, dir-se-ia bombardeiros a caminho da Alemanha. E, depois, voando mais baixo, aviões americanos e ingleses, no que aparentava serem voos de reconhecimento. Mas foi quando os alemães começaram a destruir o que se dizia serem câmaras de gás onde gaseavam prisioneiros, a fazer grandes fogueiras para queimar documentos e a fuzilar presos que tinham colaborado de perto com eles, que perceberam que o fim estava próximo. A partir de Abril, viam passar os *Einsatzgruppen*, as unidades especiais das ss encarregadas dos fuzilamentos, a caminho do Castelo de Hartheim, nos arredores do campo, e depois eram horas de fuzilaria sem cessar. Onde enterrariam os corpos, se é que os enterrariam? Quando aquilo começou, o primeiro pensamento de Pablo foi para Francisco: se, como parecia, o objectivo dos alemães era fuzilar as possíveis testemunhas do que ali se havia passado e poder desmentir a versão oficial de um simples "campo de trabalho para prisioneiros de guerra ou inimigos do Reich", Francisco estava na primeira linha daqueles a eliminar.

— Paco, por amor de Deus, não podes voltar para o lado de lá! Tens de te ocultar aqui! Nós protegemos-te de alguma maneira.

— Eu sei, Pablo. E, embora tenha alguns negativos comigo, que fui subtraindo cuidadosamente, sei que, vivo, posso ser uma testemunha preciosa se algum dia esses filhos da puta forem levados a julgamento. Por isso, já tinha tomado a decisão de a partir de hoje não voltar lá mais. Vou mudar de camarata todos os dias e mudar de nome. Pelos meus cálculos, devemos estar aqui uns vinte mil homens e penso que isto está perto do fim: mesmo que me procurem aqui, talvez não me consigam encontrar até lá.

No último dia de Abril, subitamente, apagaram-se as fogueiras, cessaram as demolições e calou-se o som dos fuzilamentos. Os *Einsatzgruppen* desapareceram de vista; depois, no Primeiro de Maio, desapareceu metade da guarnição e, a partir daí, já não houve revistas nas casernas nem alimentação distribuída: os prisioneiros foram abandonados à sua sorte. No dia 3, quando um sol envergonhado se levantou sobre Mauthausen e aqueles milhares de destroços aparentemente humanos começaram, a medo, a pôr as cabeças fora das casernas onde tinham vivido anos de horror e da mais aviltante humilhação, descobriram que eram os únicos habitantes daquele lugar: todos os seus carcereiros tinham desaparecido.

Durante os dois dias seguintes, tal como todos os outros, Pablo vagueou pelo campo em busca de comida e de Mercedes. Encontrou Mercedes por acaso, quando, na companhia de Francisco, o ajudava a tentar recuperar os negativos dos milhares de fotografias que ele havia feito ali ao longo dos anos. Passou por ela sem a reconhecer e teria seguido adiante, se ela não o tivesse chamado:

— Pablito!

Estava com duas companheiras e com o pequeno Luisito ao colo, mas com um ar absolutamente perdido, como se ainda não tivesse consciência de que o pesadelo acabara. Tinham passado dois anos desde aquela noite, a última noite de Pablo no pavilhão das mulheres, a primeira noite de sexo da sua vida, a sua "noite inesquecível", como ela havia dito. Dois anos! Dois anos, quem diria! Por ela, haviam passado talvez uns trinta, seguramente vinte. Há dois anos, tinha uns vinte e três, juventude, formas no corpo, malícia no olhar, fogo em toda ela, apesar de presa e sem horizonte. Agora, não era nem uma sombra do que fora, como uma árvore a quem tivessem chupado toda a seiva deixando só um tronco ressequido que nem um lume alimentava. A criança ao seu colo crescera só dois anos e continuava uma criança, mas ela deixara de parecer a mãe da criança, e sim a avó. Primeiro, Pablo não a reconheceu, depois fez um esforço tão evidente que não lhe podia escapar:

— É, Pablito, estou irreconhecível, não é? Só os homens não envelhecem e não só putos como tu ainda não têm idade para envelhecer, como mulheres como eu, aqui, envelhecem muito mais depressa! Mas, porra, diz que te lembras de mim, ao menos!

— *Cómo que no, Mercedes?*

— *Ah, cómo que no!* — E, de repente, veio-lhe aquele sorriso de que ele se lembrava bem. — *Cómo que no*, se te dei um tratamento como deve ser! Graças a mim, passaste de inocentezinho a homem sem ser com uma puta de cinquenta pesetas. E ainda gozei contigo, meu querido! Pablito, masturbaste-te muitas vezes a pensar naquela noite?

Pablo, corou, embaraçado pela conversa diante das outras — o que nada parecia atrapalhar Mercedes.

— Eu? Sim... algumas vezes.

— Muitas?

— Sim, muitas.

— Ah, *cariño*, como gosto de ouvir isso! Eu também, meu lindo: muitas, muitas vezes.

Ele não achava o que dizer mais. Estava a olhar para ela sem saber o que devia sentir: gratidão, pena, constrangimento, solidariedade? Mas que merda, o longo calvário de ambos tinha chegado ao fim, os nazis tinham fugido de Mauthausen, em breve seriam libertados, e as suas vidas poderiam recomeçar algures, e ele estava ali constrangido porque a primeira mulher com que fora para a cama, dois anos antes, numa noite, é verdade, inesquecível, tinha envelhecido trinta anos em dois e, agora, lhe cobrava ele só ter passado, entretanto, de dezasseis para dezoito anos?

Mas, depois, Mercedes caiu em si, como se se tivesse visto ao espelho. Ou toda a vida de ambos pela frente.

— O teu pai?

— Está morto.

— Sinto muito. E agora, Pablito, o que vais fazer?

— Suponho que vou voltar a França e tentar encontrar a minha mãe e a minha irmã. E tu?

— Eu? Bem, eu não tenho família para onde voltar. Tenho um irmão em Espanha, mas Espanha está-me vedada por causa do meu marido morto. Os cabrões dos fascistas perseguem as famílias dos que combateram pelos *rojos*. Tenho um curso de Enfermagem, acho que vou tentar ser enfermeira em França. Arranjar uma casinha, criar o Luisito, encontrar um homem da minha idade que não seja facho e seguir a vida. Que achas?

— Acho bem, Mercedes querida. Mereces isso tudo e mais ainda.

— Tu também, meu lindo. Um beijo?

— *Cómo que no?*

Depois, Pablo não resistiu a ir ver a horta e o jardim do major Stechini. Um Verão e um Inverno ao abandono tinham bastado para destruir todo o seu trabalho de três anos. Onde antes havia canais de rega, muretes de protecção, sementeiras para a Primavera e onde, por esta época do ano, deveria haver já legumes a brotar da terra, havia apenas terra seca e gretada, restos escurecidos do que outrora haviam sido sinais de vida arrancados milagrosamente à adversidade dos elementos pela persistência das suas mãos. Mas, olhando à volta, lançando um olhar amplo a todo o campo de morte de Mauthausen, onde os que lhe davam vida eram emissários da morte, e que agora o haviam desertado, incendiando-o e acrescentando-o de cadáveres, que sentido faria esperar que a sua horta permanecesse ainda como um absurdo sinal de vida?

No dia 5 de Maio, uma data que nem Pablo nem nenhum dos outros quarenta mil esqueletos ambulantes que estavam em Mauthausen jamais esqueceria em toda a sua vida, as tropas do 3º Exército dos Estados Unidos penetraram silenciosamente no campo, com um medo justificado de quem sabia que iria encontrar o que nunca a mais negra mente humana seria capaz de imaginar. Além dos mortos-vivos, encontraram centenas de corpos dos recém-fuzilados, atirados para valas comuns a céu aberto e outras centenas de corpos de prisioneiros de guerra russos mortos de tifo e cujo cheiro pestilento tornava insuportável o ar nas imediações.

Depois de alimentados os prisioneiros que já não comiam há dois dias, e depois de encaminhados para o hospital de campanha montado pelos americanos os casos mais graves de fraqueza e doença extrema — muitos dos quais, porém, sucumbiriam nos dias e semanas seguintes —, os americanos tinham em mãos um problema urgente: enterrar as centenas de mortos antes que o tifo se generalizasse a toda a gente. Mauthausen fora o penúltimo campo de extermínio nazi a ser libertado pelos Aliados, e o relatório da sua libertação subiu toda a cadeia de comando até chegar ao topo, ao general Eisenhower, comandante-chefe da Frente ocidental. Revoltado com o que leu e viu em fotografias, Eisenhower teve uma ideia genial. Mandou juntar na Câmara Municipal de Linz, a vinte quilómetros de distância de Mauthausen, todas as forças vivas da cidade: vereadores, conservadores de museus, comendadores, advogados, professores universitários, médicos, padres, notários, comandantes da polícia, dos bombeiros, banqueiros e comerciantes de referência — umas cento e cinquenta figuras representando a elite de Linz. Quando lhes perguntaram se sabiam o que se passava ali ao lado desde 1938 — os comboios com os desterrados, o trabalho brutal nas pedreiras (de que alguns deles eram donos), as condições sub-humanas de vida, as câmaras de gás, os fuzilamentos —, todos negaram veementemente terem conhecimento de tais coisas, ocorridas lá tão longe, a vinte quilómetros de distância, e mostraram-se espantados e até indignados com o que acabavam de saber. Então os americanos ordenaram-lhes que no dia seguinte se apresentassem ali mesmo, no edifício da Câmara Municipal, logo de manhã, e vestidos com os seus fatos de cerimónia. E assim eles fizeram, crentes de que, como a elite que eram de Linz, iriam participar em alguma cerimónia determinante para o futuro da cidade, num pós-guerra civilizado, sem vencidos nem vencedores. Então, vestidos na sua máxima dignidade de dignatários austríacos, de fraque, colete e camisa branca, gravata de riscas cinzentas, luvas de pelica e cartola, foram metidos em autocarros e transportados até Mauthausen. E, aí, mandaram-nos despir apenas as luvas, deram-lhes pás, e durante dois dias, sob a ameaça das metralhadoras ligeiras dos soldados do 3º Exército dos Estados Unidos, foram forçados a abrir as sepulturas e nelas enterrarem as centenas de corpos dos últimos mortos de Mauthausen. Sob o olhar silencioso de Pablo Segovia e da objectiva implacável de Francisco Boix i Campo.

Mas, apesar de tudo, a vingança dos espezinhados é quase sempre mais complacente do que a barbárie dos seus carrascos. Talvez porque o primeiro desejo de quem sobrevive não seja o de querer matar por igual. Ou porque o sobrevivente ainda não acredite que pode vingar-se impunemente e trate ainda, e só, de gozar o facto de ter sobrevivido. Os dignatários austríacos não tiveram de pagar com uma única vida nem de responder em tribunal por sete anos de voluntária cegueira e conivência. Tiveram apenas de arrostar com dois dias de humilhação, de sujar os seus trajes de cerimónia, enterrando umas centenas de corpos: uma pequena parte dos cem mil mortos que se calcula que Mauthausen tenha produzido ao longo dos seus sete anos de existência — exactamente metade dos infelizes que por lá passaram.

Olhando os cavalheiros austríacos transpirando nos seus trajes de cerimónia, alguns tapando a boca e o nariz com lenços de seda branca, enquanto cavavam a terra e empurravam para lá os corpos, já em decomposição, dos mortos do campo, Pablo não sentia nada de especial. Nem um desejo de vingança consumado ou por consumar, nem um princípio de justiça ou de castigo moral a acontecer perante os seus olhos. Talvez pensasse apenas na infinita miséria humana, na extrema falta de dignidade com que se pode morrer e com que se pode viver. Ou sobreviver.

8.

De cada vez que o seu olhar se perdia na paisagem de Landes, aqueles bosques de um verde intocado desembocando lá ao longe nos braços de mar que entravam pelas rias e pelas ilhas e enseadas, Pablo sentia que os deuses o queriam compensar pelos anos de sofrimento da sua juventude — em Mauthausen e, antes, na guerra civil e no campo de internamento para refugiados do Sul de França. Era como se o destino se tivesse enfim saciado de o fustigar, como se a morte tivesse desistido de o rondar, e então a vida abrira-se-lhe à frente, num vasto horizonte de verde e de azul, de manhãs luminosas, de finais de dia com reflexos de ouro sobre a superfície da água e de noites semeadas de pontinhos de luz assinalando, ao longo do recorte da costa, as vilas, as aldeias e os portos de pesca da terra de Landes, para onde ele tinha vindo viver.

Regressara a França poucos dias depois de completar dezoito anos, repatriado de Mauthausen através da Cruz Vermelha, num comboio que fizera o percurso inverso daquele há quase quatro anos. Um comboio que transportava não propriamente sobreviventes, mas antes restos, despojos físicos, do que antes haviam sido seres humanos, agora deserdados de saúde, de alegria, de família, de lugar de regresso, de vida a que voltar. Da janela do comboio, na travessia da Alemanha e da Itália, vira cidades em ruínas ainda fumegantes, casas e fábricas destruídas e gente vagueando por entre as ruínas, aparentemente tão perdidos de destino quanto eles. E campos bombardeados, árvores queimadas, colheitas perdidas no chão, searas por fazer, animais mortos caídos na soleira das casas: só então se deu conta da barbárie que se passara lá fora, para lá dos muros da prisão em que estivera nos últimos anos e onde acabara por se convencer de que toda a vida que existia começava e acabava ali e se resumia a sobreviver um dia atrás do outro.

Fora directo ao campo de internamento de onde partira com o pai, em Dezembro de 1941. No dia seguinte apresentou-se nos escritórios dos registos, onde era suposto as autoridades dos campos terem guardado os dados relativos a todos os internados espanhóis que por ali tinham passado ou que ainda lá estavam. Esperava que assim fosse, de facto, que tivessem os registos em ordem e que, entre eles, constasse o paradeiro actual da sua mãe e da sua irmã, a pequena Sara, de quem ele já quase nem se lembrava. Foi recebido por uma funcionária ainda nova, com um ar cansado mas simpática, e que ainda mais simpática se tornou depois de consultar o seu próprio registo e confirmar que ele tinha saído dali para Mauthausen quatro anos antes e que agora estava de regresso: sobrevivera à traição dos franceses e à demência dos alemães. Mas, infelizmente, os passos seguintes confirmaram também que os registos estavam actualizados e que podiam ser implacáveis.

Sara não sobrevivera sequer ao Inverno em que ele e o pai haviam partido: morrera em Janeiro de 1942, de difteria, devido às condições lamentáveis de alojamento dos refugiados espanhóis naqueles campos de internamento do Sul de França. E a mãe morrera oito meses depois, em Setembro desse mesmo ano, por causas que o boletim não especificava com clareza. Dizia apenas: "Marí Luz Segovia Rodríguez, n. Almeria, Espanha, 04.08.1904-12.09.1942. Doença não determinada, fraqueza geral, provavelmente tuberculose".

Pablo ficou a olhar para o boletim, as mãos a tremerem-lhe. A mãe morrera "provavelmente de tuberculose"? Não, seguramente morrera de tristeza. De uma tristeza tão funda, tão invencível que fora capaz de matar uma mulher de trinta e oito anos. Que nunca antes, por piores que fossem os desafios, se deixara vencer, enquanto tivesse junto a si filhos para cuidar e, mesmo longe de si, um marido por quem esperar. Os nazis tinham-lhe levado o marido e o filho, a França de Vichy e de Pétain tinha-lhe levado a filha. E, antes disso, Franco tinha-lhe levado o seu país. Porque haveria ela de continuar a viver?

— Posso ficar com isto?

A funcionária do guichet olhou-o comovida:

— Não, infelizmente, tal é impossível. Temos de manter os registos todos no arquivo, como compreende. Para situações destas, justamente. Mas pode pedir uma certidão...

Ele abanou a cabeça e devolveu o papel.

— O seu pai morreu... lá?

— Sim.

— E era toda a sua família?

— Toda, não tenho mais ninguém.

— Ninguém em Espanha?

Pablo respondia metodicamente, quase nem escutando as perguntas.

— Os meus avós, pais da minha mãe. Mas não sei se ainda estarão vivos e eles não se davam com os meus pais, cortaram relações com a minha mãe, por causa da guerra civil.

— Mas agora as coisas mudaram. Talvez possa escrever-lhes, e nós podemos ajudá-lo a encontrá-los.

Pablo fez um gesto largo com a mão, sacudindo essa possibilidade.

— Não, não quero. De qualquer maneira, eu não poderia voltar a Espanha: Franco não esquece nem perdoa. Nem aos que combateram do outro lado nem aos filhos deles.

Agradeceu-lhe e virou costas para sair. Quando ia a transpor a porta, ela chamou-o:

— Desculpe perguntar, mas para onde pensa ir agora? O que vai fazer?

Pablo abriu os braços, num gesto de impotência.

— Não faço ideia. Não tenho estudos, não conheço ninguém aqui. A única coisa a meu favor é falar francês e alemão, além de espanhol. Vou procurar trabalho, claro. Mas não sei por onde começar.

— Espere aí: eu conheço uma pessoa, um rapaz espanhol que esteve ligado às Forças Livres Francesas que combateram aqui contra os alemães, no final da guerra. Ele, antes, também esteve aqui internado no campo e, agora, fundou uma associação de ajuda aos espanhóis que combateram na guerra, ou que estiveram na Resistência ou nos campos de concentração. Vou falar com ele sobre si.

Pablo deteve-se pensativo.

— Como se chama ele, lembra-se?

— Espere aí, tenho aqui o nome dele e da associação que ele dirige. — Rebuscou numa gaveta durante uns instantes e soltou uma exclamação de triunfo:

— Ah, encontrei! Aqui está: chama-se Rafael Gómez Nieto e a associação é…

— Rafa! — exclamou Pablo, e duas grossas lágrimas escorregaram-lhe dos olhos ao longo da cara.

— Conhece-o?
— Conheço. Afinal, afinal, parece que não estou completamente só no mundo.

Desta vez Rafael não o deixou sozinho a lutar contra um adversário mais forte do que ele. Estendeu-lhe uma mão e levantou-o do chão onde ele estava, sem família, sem amigos ou conhecidos, sem lar, sem trabalho, sem destino algum. Rafael era um herói de guerra, cujo pai escolhera, ao contrário de David Rodríguez, não ficar nos campos de internamento de França à espera da sorte que viesse. Mal os nazis tinham invadido a Polónia e as potências aliadas declarado guerra à Alemanha de Hitler, ele respondera ao apelo feito a partir de Londres pelo general De Gaulle e conseguira fugir com a família toda para a Argélia, gastando quase todas as economias que trazia para comprar quatro lugares de porão clandestinos num navio, também clandestino, que zarpou de noite de Toulon para Argel. Aí, pai e filho alistaram-se nas Forças Francesas Livres, que estavam a ser formadas sob o comando do general Leclerc, em Oran. A Argélia representava então a retaguarda da França Livre, o território de onde um dia o que restara do Exército francês poderia, quem sabe, voltar a lutar em terras francesas pela libertação do solo pátrio. Mas tiveram de esperar longos anos, e Francisco Nieto, o pai de Rafael e veterano da Guerra Civil Espanhola, já não pôde participar nesse momento para que tanto haviam treinado e esperado na Argélia, pois que quando chegou a altura de as forças francesas, sediadas em África, serem finalmente chamadas a partir para Inglaterra, ele estava doente, internado no hospital de Oran com febre amarela. Limitou-se a abençoar o seu filho, a confiar-lhe a sua medalha da Virgem de Macarena que o abençoara nas trincheiras e nos combates da guerra civil e a agarrar-lhe a mão, até ele o forçar docemente a largá-la. Rafael embarcou, então, para Inglaterra no Natal de 1943, numa longa e perigosa viagem, de olhos infatigavelmente postos no horizonte em busca de sinais de um periscópio dos tão temidos U-2 alemães. Mas, numa manhã de nevoeiro, como tinha de ser, a costa sudoeste da Inglaterra apareceu entre as brumas e a 9ª Companhia da 2ª Divisão Blindada de Leclerc pisou terras inglesas de onde iria partir o assalto, pelo oeste, à Alemanha nazi. A 9ª Companhia era formada por cento e cinquenta homens, quase todos espanhóis, e daí o nome pelo qual logo ficou conhecida: La Nueve. Porém, comandava-a um francês, o capitão Raymond Dronne, e, sob as suas ordens, Rafael comandava, por sua vez, o blindado Guernica. Em 9 de Agosto de 1944, La Nueve desembarcara em Utah Beach, conquistada e limpa dois meses antes pelos marines americanos à custa de uma mortandade inimaginável e heróica. O capitão Dronne levava uma simples ordem explícita de Leclerc: *"Foncez sur Paris!"*. E ele assim fez. Nos altos comandos aliados, havia um consenso político-diplomático para que as primeiras forças a entrar em Paris fossem, por desejo expresso do general De Gaulle, forças francesas, mesmo que da Resistência. Mas elas não estavam lá e, assim, avançou o que estava à mão e lá tinha chegado mais depressa: a Nueve entrou em Paris, à cabeça de todas as forças aliadas, ao cair do dia 24 de Agosto de 1944. Foram espanhóis, derrotados da Guerra Civil Espanhola, os primeiros soldados que, sem o saberem, os repórteres fotográficos registaram a receber os aplausos, os beijos e os abraços dos parisienses. E entre eles estava Rafael Gómez, no alto do seu blindado Guernica, já cravejado de balas. E, de Paris, continuaram em frente, libertando também Estrasburgo e entrando pela Alemanha adentro até Berchtesgaden, o ninho de Hitler, onde o fim da guerra o apanhou, em Maio de 1945, já o Guernica de Rafael tinha sido destruído por um obus e substituído pelo Quixote. E agora ali estava, de regresso ao campo de Argelès-sur-Mer, de onde havia partido cinco anos antes, à frente da organização que fundara — a Ajuda aos Espanhóis Livres —, dedicada a tentar integrar os que regressavam da guerra ou dos campos nazis numa vida tão normal quanto possível, uma vez que o regresso à Espanha de Franco lhes estava vedado.

— Então, diz-me lá, Pablito, o que sabes tu fazer?

Rafael e Pablo estavam sentados a uma tosca mesa de madeira do campo. Comiam atum de conserva com tomate e cebola e bebiam uma garrafa de vinho tinto Beaujolais do ano: um banquete aos olhos e aos sentidos de Pablo. Tinham passado nove anos desde Almeria, nove anos desde os finais de tarde na livraria do pai, as garrafas de Rioja, o queijo manchego, as azeitonas, o presunto. Tinha passado toda uma vida. E eles tinham sobrevivido num imenso cemitério de cadáveres, num horizonte sem fim de destruição. Agora, porém, tratava-se de falar da vida, de toda a vida que tinham pela frente. Pablo lançou um olhar à volta do campo. Sim, também era um campo de internamento, mas já não eram forçados a estar ali, já havia uma sensação de liberdade e uma hipótese de felicidade. Ainda lhe custava a acreditar que o pesadelo dos últimos anos tivesse chegado ao fim: todos os dias, quando acordava, precisava de tempo para se habituar à ideia de que tudo tinha acabado e de que agora se tratava de viver. Mas estava um lindíssimo dia de Agosto, havia um som de uma bica de água que corria algures e, de onde estava sentado, podia ver, florida de amarelo, uma buganvília que trepara por uma parede branca acima. E tudo isso era real. Como real era a presença de Rafael.

— Eu? Bem, eu... não sei fazer nada! A minha escola foi a guerra e Mauthausen...

— Mas falas francês bem?

— Sim. E alemão menos mal, que aprendi no campo.

— Já não é nada mau! E disseste-me que percebes de hortas e jardins?

— Sim, isso percebo, foi o que me safou no campo.
— Óptimo! Vamos ver o que se arranja para ti, alguma coisa há-de aparecer.

Aparecera uma quinta na região de Villeneuve-de-Marsan, não longe da cidade costeira de Capbreton, em Landes, essa região de ria, lagoas e mar, entre Bordéus e Armagnac, coberta pela maior floresta de pinheiros-mansos da Europa. Eram cinquenta hectares de terra de cultivo e de pastoreio, pertencentes a um casal de habitantes locais de meia-idade. Jean-Luc, o proprietário, tinha combatido na Guerra Civil Espanhola durante uns meses, integrado nas Brigadas Internacionais, do lado dos republicanos, até que estes, num gesto de boa vontade que se viria a revelar inútil e prejudicial, tivessem aceitado dissolver e repatriar os combatentes estrangeiros que integravam as brigadas. Quando Rafael lhe contou que Pablo era filho de um ex--combatente republicano que tinha morrido em Mauthausen e que ele próprio acabava de regressar de quatro anos no campo, onde ambos tinham estado internados e tinham morrido milhares de combatentes da Guerra Civil Espanhola, Jean-Luc nem hesitou em contratá-lo. Melhor: em abrigá-lo, porque, de facto, só o contratou verdadeiramente quando, para sua agradável surpresa, descobriu que Pablo era, não um precioso auxiliar, mas um verdadeiro entendido em quase todos os trabalhos do campo. Só não percebia nem de vinha nem de gado — no caso, o rebanho de ovelhas que o casal possuía e do qual, além da carne e da lã, comercializava os queijos que produzia numa queijaria artesanal na própria quinta. Mas isso não foi problema, porque Pablo passou a ocupar-se de toda a parte agrícola, deixando para o casal a parte do gado e da vinha, poupando-lhes tempo e energias. E em breve, como seria de adivinhar, Pablo estava a interessar-se por tudo o que tinha que ver com a vinha, desde o seu tratamento e vigilância, até à vindima, em que participava sempre, e até a interessar-se pela parte da adega. E, ao fim de dois anos, já estava a seguir atentamente o elaborado processo de destilação do armagnac caseiro de Jean-Luc, feito a partir de uma pequena e antiga vinha de cepa Côtes de Gascogne, capaz de produzir umas trinta garrafas/ano daquela delicada aguardente que, para os seus produtores e não apenas, é incomparavelmente melhor que qualquer cognac. Embora ali não fosse exactamente a região demarcada do Armagnac, nem lhe fosse portanto lícito vendê-lo como tal, Jean-Luc tinha um imenso orgulho e prazer naquela pequeníssima produção familiar, que reservava para consumo próprio e de visitantes e para oferecer no Natal a três ou quatro amigos. De resto, produzia também um tinto e um branco bastante razoáveis, guardando o suficiente para o consumo da casa durante o ano inteiro e vendendo o grosso da colheita, antes de entrar em cuba, para as grandes marcas locais: uns três mil litros nos anos bons.

O casal Jean-Luc/Marianne afeiçoou-se naturalmente a Pablo, como a um filho que não tinham e, para melhor o instalar, para que ele tivesse a sua privacidade, Jean-Luc até adaptou um alpendre exterior a quarto e casa de banho, prolongando-o e construindo paredes exteriores. Depois da casamata atulhada de corpos, sem luz e malcheirosa de Mauthausen, aquilo era um verdadeiro recomeço de sonho — como tudo o resto, aliás. Pablo viveu ali durante cinco anos, até se casar. Casou-se com uma rapariga da aldeia, Anne-Marie, com a mesma idade do que ele, funcionária dos correios, nem bonita nem feia, que sabia cozinhar bem e que não gostava de ouvir falar das suas histórias passadas — o que, a ele, em nada o perturbava ou desagradava, pois esse era um assunto que preferia guardar para si. Pablo mudou-se, então, para uma casa na aldeia que ficava a poucos quilómetros do domaine de Jean-Luc e Marianne, mantendo inalteráveis as suas rotinas de trabalho na quinta e também a sua relação de estreita amizade com o casal, apenas então já não partilhada em todos os jantares em conjunto mas somente quando ele e Anne-Marie lá iam jantar. Mas entre a sua mulher e os seus amigos havia um certo afastamento que lhe era visível e perceptível, embora ele não soubesse dizer de quem partia e quais as razões.

A sua rotina entre a aldeia e o trabalho na quinta só era quebrada pelas idas à praia, sobretudo no Verão, que alguém, nascido à beira-mar como ele, não podia dispensar. Anne-Marie, que não partilhava dessa paixão ou necessidade, acompanhava-o poucas vezes, preferindo ficar em casa ou na cidade a caminho da praia para visitar parentes ou amigas. A água do mar era geralmente fria e o vento do Atlântico soprava com força, mas Pablo mergulhava sempre nas ondas porque tinha a crença de que a água do mar tudo limpava, o sal cicatrizava todas as feridas e o sol, quando depois se estendia na areia e o recebia de frente, secava todas as lágrimas passadas. Havia habitualmente pouca gente na praia, mesmo de Verão, e ele ficava ali horas a sós consigo mesmo, só então se entregando sem medo ao curso das suas memórias que, o resto do tempo, fazia por evitar. Com o tempo, foi-se tornando uma pessoa que falava pouco e que gostava de estar sozinho, que contemplava mais do que olhava, que sentia mais do que compreendia. Mas isso nem lhe desagradava nem o assustava, como se os quatro anos de Mauthausen lhe tivessem criado uma necessidade imperiosa e interior de um Lebensraum também só seu. Gostava de animais, de plantas e de música. Gostava de estar ao pé do mar e de se sentar, de vez em quando, a conversar com Jean-Luc e Marianne ou com os dois ou três amigos que tinha no café da aldeia. Com um deles, Marc, que tinha um pequeno barco de pesca em Capbreton, saía por vezes para irem à pesca ao fim do dia e regressavam de manhã cedo, navegando à primeira claridade da aurora entre os bancos de areia ainda envoltos em neblina. E ele gostava daquilo, gostava da companhia de Marc, também dado a longos silêncios, gostava de ver as luzes na costa durante a noite, o farol do porto varrendo as águas quietas da baía à frente deles, gostava de desembrulhar o jantar frio que Anne-Marie tinha preparado para eles — o empadão de pintada ou o coq au vin com batatas —, para ser acompanhado com a garrafa de vinho tinto que partilhavam e, depois, com o armagnac contra o frio, gostava do brilho luzidio dos peixes quando os içavam no anzol e de lhes passar a mão pelo dorso húmido e frio antes de os enviar para o fundo do barco, com essa rápida e tão primitiva sensação de triunfo consumado. E, não, nunca se sentiu apaixonado pela sua mulher, ou por outra qualquer, nem isso igualmente o preocupava ou dava que pensar.

De seis em seis meses, mais ou menos, metia-se no comboio e rumava a Paris durante dois ou três dias para se encontrar com um pequeno grupo de "espanhóis da Resistência", todos no exílio em França. Lá estava sempre Rafael, lá estava, ao princípio, Francisco Boix i Campo, o fotógrafo de Mauthausen, seu companheiro dos últimos tempos no campo de concentração. Francisco ganhara a sua aposta, o seu grande desejo: as fotografias do campo que conseguira esconder dos nazis foram usadas em Nuremberga e tornaram-se provas decisivas para a condenação de vários dos carrascos. Foi um dos seus últimos actos e a sua última consolação: ter assistido à condenação daqueles homens infames e ter podido contribuir para ela. Mas Mauthausen tinha-lhe destruído a saúde irremediavelmente e morreria pouco depois, aos trinta anos de idade. Durante muitos anos, Pablo não esqueceu a frase que ele lhe dissera no campo, quando o amigo lhe perguntara se ele tinha de fotografar todos os horrores a que assistia e que os alemães gostavam de documentar:

"Tudo. Eu tenho de assistir e fotografar e engolir. Mas na esperança, puta que o pariu, de que um dia isso se vire contra eles." Fizera perto de vinte mil fotografias em Mauthausen e as que conseguiu salvar e levar até Nuremberga foram suficientes: as fotografias não mentem. Cumprira a sua missão.

Já ele, Pablo, levava uma vida tranquila, despida de ambições e de missões por cumprir. Outra que não fosse a de viver um dia atrás do outro, sem o terror de não saber, em cada dia, se seria o último. E assim viveu, nas suas rotinas, uma estação a seguir à outra, cinco anos até depois da guerra acabar, dez até depois de se casar com Anne-Marie. Tiveram, entretanto, dois filhos, Isabelle, vulgo Belle, nascida dois anos após o casamento, e David, em homenagem — que ele impôs — ao avô morto em Mauthausen, e nascido três anos depois da irmã. Mas a paternidade não o mudou muito, assim como não mudaram os seus sentimentos para com a agora mãe dos seus filhos, ou o facto de se ter tornado chefe de uma família que era a sua, do seu sangue. Dir-se-ia que no fundo de si mesmo Pablo Segovia Rodríguez não tinha ainda conseguido fazer o luto pela sua família de origem — a sua mãe, o seu pai, a sua irmã — e que isso o impedia de se entregar por completo à própria família que ele criara. Não que fosse um pai severo ou absolutamente desinteressado. Era apenas uma presença na vida deles, e eles na sua: falava com eles se eles falassem consigo, interessava-se por eles se eles se interessassem pelo que ele fazia, e era tão distraído que chegava a esquecer-se do dia de aniversário deles se Anne-Marie não lho lembrasse. Era uma ausência presente, uma figura flutuante. Mas a partir dos oito, nove anos de David, e como todos os pais, tentou com que o filho se interessasse por algumas das coisas de que ele gostava, como ir à pesca ou fazer as sementeiras do campo e colher depois as favas, as batatas, as cebolas. Mas David não gostava de andar de barco nem de ficar longas horas à espera que um peixe mordesse o anzol, e Pablo desconfiava que ele fazia até o possível por enjoar e obrigá-lo, a ele e ao seu amigo Marc, a dar por finda a pesca e recolher a terra. E na terra o seu entusiasmo era igual, fosse a cavar com a pequena enxada que ele lhe tinha oferecido, fosse a semear, fosse a apanhar o que havia na terra: aquele mistério de uma semente que se transformava num tubérculo ou num legume, que toda a vida espantara Pablo, nada dizia ao seu filho. De modo que, uns anos depois, quando, após várias vezes desafiado por Marc, por Jean-Luc e por outros amigos da tertúlia da aldeia, Pablo se dispôs finalmente a experimentar a caça — um ritual com que os homens de Landes substituíam a missa de domingo das mulheres —, ele nem sequer fez nenhuma tentativa para desafiar o filho a acompanhá-lo: limitou-se a ver se o filho manifestava algum interesse nisso, e vendo que não, foi mais uma oportunidade encerrada à nascença. Verdade que ele próprio levou algum tempo a entusiasmar-se com a caça e para isso muito contribuiu, além do apoio dos amigos, a paixão pela caça e a devoção pelo dono por parte do cão que lhe ofereceram para o acompanhar nas suas novas andanças: um setter inglês, que baptizou de Rojo. Ele teve medo a princípio, entre as memórias da caça com o pai na infância e aquilo que para ele simbolizava a imagem de um homem com uma espingarda na mão e o som do tiro: guerra, fuzilamento, morte. Aos poucos foi-se deixando ir e percebendo que também aquilo fazia parte de um processo de habituação a uma vida normal e tão feliz quanto possível. Percebia que a caça o fazia feliz quando assistia ao despertar do dia, antes mesmo de os animais estarem acordados e só um vento ligeiro e os regatos que atravessavam a pé davam sinais de vida, quando via a alegria e a atenção de Rojo caminhando à sua frente e, depois, lançando-se como uma bala para recolher uma peça morta. Ou quando o grupo de seis ou sete caçadores parava para almoçar, ao fim de várias horas, e espalhava sobre uma toalha o farnel que todos levavam, ali ficando a comer e a contar os lances da caçada da manhã, antes de retomarem a jornada até quase o sol se pôr e apenas conseguirem enxergar o caminho de regresso. E, enfim, chegar a casa exausto e estender no chão da cozinha a parte que lhe coubera daquele dia: perdizes, galinholas, coelhos ou lebres, que Anne-Marie saudava com entusiasmo e que transformaria, com sabedoria e gosto, em fantásticos cozinhados: nisso ela era mais do que uma apoiante e uma genuína filha de Landes. As aves, aves de caça e aves de capoeira — o capão, a pintada, o pato —, eram a sua especialidade e a tradição da terra. E, juntos, ela e ele produziam aquilo que fazia as delícias de todos os que convidavam a experimentar: um foie gras que ela fazia com trufas que ele desenterrava, das suas andanças pelo campo ou na caça. Nisso, entendiam-se bem.

E assim viveram, acomodadamente casados, durante dezassete anos. Um dia, Anne-Marie recebeu uma proposta para se mudar para Bordéus, a grande cidade a norte. Iria, explicou, chefiar um posto de correios e ganhar praticamente o dobro. Poderia viver em casa da irmã, que não tinha filhos e que tinha espaço para todos: seriam uma companhia mútua, e eles pouparíam numa renda de casa. Os miúdos teriam acesso a um liceu a sério e a toda uma vida nova, não a vida sem horizontes de uma pequena aldeia de província. Não acrescentou "e eu também", mas não era preciso.

— Realmente, é uma boa proposta — assentiu Pablo.
— Também acho.
— Querendo mudar de vida...
Ela ficou calada.
— E eu? — perguntou ele.
— Tu não vais querer mudar-te para Bordéus, pois não?
— Que faria eu, um agricultor, em Bordéus?
— Bom, mas Bordéus não é assim tão longe, podes visitar-nos aos fins-de-semana.

— E haveria lugar para mim em casa da tua irmã?
— Com certeza: no meu quarto. E também, de vez em quando, nós podemos vir cá. Ou, se eu não puder vir, vêm os miúdos, já têm idade para viajar de comboio sozinhos.

Ela ficou em silêncio, evitando olhar para ele, sentindo que talvez tivesse dito qualquer coisa a mais. Pablo olhava em frente, pensativo, passando a mão pelo dorso de Rojo, enrolado aos seus pés. Passou-se assim um longo e difícil minuto.

— Anne-Marie?
— Sim, Pablo?
— Já falaste nisto aos miúdos?
— Já.
— E eles querem ir?
— Querem muito.
— Pois eu também acho que deves aceitar essa proposta. Deves mesmo.

Ela distendeu-se.
— Ah, fico contente que penses assim!
— Penso. Mas, olha para mim: tu queres sair daqui, e eu não iria fazer nada em Bordéus. Enquanto não puder voltar a Espanha, prefiro ficar aqui onde estou e onde estão agora as minhas únicas amarras. Mas essa história dos fins-de-semana, entre nós os dois, não vai funcionar e ambos o sabemos.
— Porque dizes isso?
— Porque é evidente. Talvez funcione com os miúdos e vamos ver, mas connosco não. E não é só a impossibilidade de um casamento ser vivido em terras diferentes, é também o que esta separação significa.
— O que estás a querer dizer?
— Tu sabes: significa que chegámos ao fim de um ciclo. Que tu queres seguir um caminho diferente, uma vida diferente, na qual eu não te acompanho, nem tu querias que te acom-

panhasse. Anne-Marie, tu ainda nem fizeste quarenta anos, és uma mulher nova, podes começar tudo de novo e não apenas um trabalho novo numa nova cidade.
— Ou seja?
— Acho que o nosso casamento pode acabar aqui. Sem dramas nem conflitos, sem ficarmos a fingir que não acabou e a arrastar um corpo morto fingindo que está vivo.

9.

Sentada no seu gabinete do hospital, Inez observava atentamente no ecrã do computador a ressonância magnética que mandara fazer à doente que iria receber de seguida. Subiu e desceu várias vezes as imagens no ponto que lhe interessava, mas não havia grandes dúvidas: infelizmente, as suas suspeitas confirmavam-se: cancro da mama, localizado no seio direito e já de dimensão importante. Aparentemente, sem metástases à volta, mas isso só a cirurgia e análises posteriores poderiam determinar com segurança. Desligou o RM e passou à ficha clínica da doente: María del Pilar Huesca, quarenta e dois anos, natural de Madrid, divorciada, dois filhos, jurista no Banco de Espanha, sem outras indicações clínicas. A sua fotografia sorridente na ficha mostrou-lhe um rosto de que se lembrava bem, de uma mulher loira, bonita, na flor da vida. Parecera-lhe alguém optimista e despreocupada, muito longe de imaginar que a sua vida iria levar uma volta completa assim que entrasse na porta daquele gabinete. Tão despreocupada que esperara tranquilamente dois meses por uma consulta ali, no Hospital de San

Rafael, um hospital público pertencente à Ordem Hospitalar de San Juan de Dios. Que explicara com a mesma despreocupação que tinha vindo à consulta apenas porque detectara um "caroçozinho" debaixo da mama e "queria que a doutora me deixasse sossegada quanto a isto". Despira-se, e Inez palpara-a minuciosamente dos dois lados. Sentiu o "caroçozinho", mas não disse nada. Mandou-a vestir-se e sentar-se e disse-lhe:

— Vou passar-lhe uma credencial para fazer um raio X e uma ressonância magnética aos dois seios.

— É mesmo necessário, doutora?

— É. Não posso saber o que é isso sem ver estes exames.

— E onde é que os faço, aqui?

— Pode ser aqui ou, se conseguir noutro local onde façam mais rápido, melhor. Marque nova consulta comigo para assim que lhe disserem que tem os exames. Vou passar-lhe também uma credencial para consulta prioritária que apresentará na marcação, lá em baixo.

Só então é que Inez lhe detectou o primeiro sinal de alerta, na forma como subitamente uma sombra pareceu toldar-lhe o olhar. O primeiro sinal de medo nos doentes vinha sempre através dos olhos, aprendera ela.

— Quer dizer que isto pode ser... pode ser mau?

— Qualquer caroço ou quisto, às vezes até uma simples borbulha, a partir de certa idade, tem sempre de ser visto. E, em especial, nas mulheres e na mama.

Como muitas outras vezes, Inez esforçou-se para mentir o melhor que sabia. Ou para não dizer a verdade toda. E a verdade é que a sua forte suspeita era a de que aquele "caroçozinho" era, sim, um tumor e já em franco desenvolvimento. Mas o que adiantava dizer-lhe isso agora? Entre os exames e a nova consulta, ela iria viver semanas de angústia a que poderia ser poupada, sem danos acrescidos.

Isso fora há cerca de três semanas. Agora, ela esperava do lado de fora do gabinete para entrar e já não havia forma nem pretexto algum para lhe ocultar a verdade inteira. Essa era a sua tarefa seguinte. Inez rodou na cadeira giratória, ficando de frente para a janela nas suas costas. Gostava de olhar por essa janela que dava para um jardim situado entre os dois blocos das traseiras do hospital. Eram os blocos novos, que pareciam fazer guarda ao bloco mais antigo, um sólido edifício de tijolo à vista pousado à frente daqueles e, tal como os outros dois, também de quatro andares. O gabinete de Inez ficava no último andar, ao nível da copa das árvores, mas, nas pausas do trabalho, quando estava bom tempo, gostava de descer lá a baixo, ao jardim, e ficar sentada nos bancos de pedra, observando as árvores ou as esculturas de pedra que adornavam as paredes do piso térreo no edifício antigo. E no Verão havia um canto do jardim de que ela gostava particularmente, onde os jacarandás floresciam a partir de Maio, e os seus ramos em flor entrelaçavam um conjunto de estátuas, onde presumia figurar a de São Rafael, o padroeiro do hospital. "Todos os jardins do mundo são bonitos", pensava muitas vezes quando ali se sentava, "mas aquele, com o suave ondular das árvores com a brisa, o canto dos pássaros que dentro delas se escondiam e o murmúrio da água correndo numa pequena fonte que mal se via, apenas se ouvia, trazia um sinal de paz e de vida que nenhum diagnóstico feliz conseguia transmitir da mesma forma tão intensa." Todos os hospitais do mundo deviam ter um jardim assim, pensava para consigo. O seu tinha-o e a paz com que ela encarava tantas vezes os seus dias tensos devia muito àquele pequeno jardim.

— Bom, María del Pilar — Inez suspirou profundamente, olhando a doente enquanto ela se sentava à sua frente. Era final de tarde de um dia de Janeiro, e a luz dourada do entardecer, quase noite, trazia um brilho especial aos olhos dela, fazendo-a parecer ainda mais bonita e feliz do que Inez se recordava. Reparou que vinha vestida com um elegante conjunto de calças e casaco pretos sobre uma blusa branca, como quem a seguir vai ter um jantar e uma noite especiais.

— Bom, lamento muito, mas não tenho boas notícias para si.

Bastou um tiro só. Certeiro. Imediatamente o brilho no olhar da outra foi substituído por um céu carregado de nuvens e logo inundado de chuva. Lágrimas.

— É um tumor?

— É.

— Maligno?

— Tudo indica que sim. Mas só saberemos depois de o extrair e de o analisar.

— E é grande?

— É, é grande: tem cerca de quatro centímetros. Aparentemente sem metástases e só no lado direito.

Calaram-se as duas, o tempo de Pilar procurar na mala um lenço de papel com que enxugou as lágrimas. E, a seguir, tentou sorrir.

— Caramba, como é que não desconfiei disto?

— Nunca achamos que nos possa acontecer a nós...

— E logo agora, que tudo me estava a correr tão bem!

Inez ficou a olhá-la, sem saber o que dizer. Apeteceu-lhe convidá-la para jantar, mas não faria sentido. Os médicos aprendem também a manter a distância necessária dos doentes. Necessária a quê? Ah, isso não sabia dizer ao certo, mas aprendera assim e parecia-lhe mais seguro. Ou mais fácil.

— Bom, vamos tratar de marcar a cirurgia?

— Vamos.

Uma hora depois, Inez tinha visto mais dois doentes, coisas banais, felizmente, nada de comparável ao caso de María del Pilar, nada que lhe tornasse o final do dia de trabalho mais triste e carregado. Fechou o relatório do dia na ficha própria do computador, desligou-o, despiu a bata e vestiu o casaco e o casacão, antes de pegar na mala e lançar um olhar à volta para se certificar que não se esquecia de nada, e então sair, apagando as luzes do gabinete. No elevador do quarto andar entrou um colega da Imagiologia que lhe dirigiu um elogio, não percebeu se sincero e espontâneo, se puro reflexo instintivo de macho:

— *Cada vez más guapa, Inez!*

Por deferência, sorriu. Depois, no segundo andar, entraram duas enfermeiras e outro médico, que percebeu que pertenciam todos ao mesmo serviço e vinham a queixar-se de qualquer coisa no serviço: a conversa mais banal no hospital e ela nem sequer lhes prestou atenção. No rés-do-chão, foi a última a sair e ficou hesitante entre ir directamente para o parque de estacionamento dos médicos, onde deixara o carro, ou ficar a relaxar uns minutos no seu jardim. Olhou o relógio: eram sete e meia da tarde e o turno da noite ia entrar agora ao serviço no hospital. Uma escuridão completa cobria o jardim onde apenas avistava um casal que fumava no escuro e falava entre si baixinho, como se tivessem medo de acordar os pássaros que já se tinham recolhido para dormir entre os ramos das árvores. Lembrou-se que tinha ficado de confirmar com uma velha amiga do liceu encontrar-se com ela num "José Luis" a dois quarteirões de distância, para beberem uma *copa* e comerem umas *tapas*, enquanto punham em dia uma conversa de meses sem se verem e falarem. E assim, despachava o jantar e ia para casa calmamente à hora que lhe apetecesse, porque Martín estava em viagem e em casa esperava-a um jantar solitário, numa sexta-feira à noite.

Ultimamente, Martín estava frequentemente em viagens de trabalho. Desta vez, em Salamanca, onde tinha em mãos um projecto de um hotel de campo de cinquenta e seis quartos, fora da cidade, com o qual andava verdadeiramente entusiasmado.

Mostrara-lhe os planos do hotel, e ela tivera de concordar que era dos melhores trabalhos dele que já vira: era o seu traço característico, mas com qualquer coisa de novo e de desafiante, num elemento onde até então ele trabalhara pouco, que era no meio de uma natureza despida e agreste. Mas ele soubera tirar partido dessa envolvência, desenhando os dois corpos do hotel entre as pedras e a vegetação rasteira do lugar, unindo o que já lá estava e o que era novo através de terraços e quedas de água, de tal maneira que até se poderia acreditar que primeiro estava lá o hotel e, depois, tinham vindo as pedras e a vegetação para o enquadrar. Mas esse era apenas um dos vários projectos em que ele agora estava mergulhado. Tinha outros três em Madrid — um edifício de escritórios de sete pisos no Retiro, a recuperação de uma antiga fábrica para *coworking* em Manzanares, e uma escola pública num bairro degradado da periferia. E um projecto para outro hotel em Gijón, a terra natal de Inez, uma vivenda nas Baleares, um museu em Córdova, uma vivenda em Málaga e outra na Comporta, em Portugal. De repente, o seu atelier estava cheio de trabalho, e o seu nome emergia na praça e começava a aparecer nas revistas que interessavam. Consciente do momento que estava a atravessar, exigira passar de arquitecto contratado a arquitecto-sócio do atelier, obrigando a sociedade a aumentar o capital, a dar-lhe quarenta por cento das quotas e um lugar na administração. Mas isso era apenas um começo: Inez conhecia bem o seu lado de predador, o seu lado ambicioso e implacável — em breve, tomaria conta da sociedade ou ir-se-ia embora e fundaria a sua própria sociedade e um atelier apenas com o seu nome. Tinha a favor do seu talento e ambição a sua juventude, a sua energia, a sua bela presença e a imprensa da especialidade, cujos jornalistas — quase só jovens meninas ou gays — ficavam fascinados com o seu charme, o seu sorriso de crocodilo, o seu estilo de jeans Armani com blazers emoldurados em écharpes de algodão paquistanês. E depois, as suas belas e espalmadas mãos, de longos dedos de pianista, que desenhavam em frente a um vazio planos de edifícios que ele os convidava a imaginar, apontando-lhes um horizonte onde nada viam, mas onde era delicioso imaginarem-se perdidos sob a sua bússola. Inez vira-o fazer esse número algumas vezes e não percebera se sentia ciúmes ou indiferença, admiração ou desdém.

Na antevéspera, de manhã, e ao contrário do que era habitual nele, Martín atrasara-se a fazer a mala para Salamanca. Ainda teria de passar no atelier e no banco para tratar de qualquer coisa inadiável. Ao contrário do costume, não verificou os bolsos da roupa que despira na véspera nem a depositou no cesto da roupa suja da casa de banho. Estava atrasado e pediu-lhe que o fizesse por ele.

— Querida, desculpa-me, estou mesmo atrasado. Não sei como é que calculei as horas, mas fiz borrada. Tenho de sair a correr. Telefono-te de Salamanca. Bom fim-de-semana, querida.

E saíra mesmo a correr.

Agora, sentada no banco de pedra do jardim do hospital, saboreando a paz do final de um dia de trabalho, Inez pensava nessa despedida apressada dele e no acaso que ela ocasionara. Aliás, pensava nisso há dois dias, não conseguia impedir-se de pensar: seria mesmo um acaso ou uma partida do destino? O facto é que, tomando em mãos a tarefa de arrumar as roupas que ele despira de véspera e que não tinha tido tempo de arrumar antes de sair, ela começara por atirar a camisa, as cuecas e as meias para o cesto de roupa suja da casa de banho, antes de esticar as calças, dobrá-las pelos vincos e pendurá-las no armário dele, no quarto de vestir. Depois, antes de pendurar também o casaco que ele vestira no dia anterior, maquinalmente vistoriou os bolsos para se certificar de que não havia nada lá esquecido. No bolso de fora da direita encontrou apenas umas moedas; nada no bolso de fora da esquerda; nada no bolso interior esquerdo e, quando já se dirigia para o cabide com o casaco na mão, sentiu uma pequena superfície no bolso interior direito: um cartão-de--visita. Pendurou o casaco e olhou o cartão, sem grande interesse:

PARADISE NOW — (EXECUTIVE RELAXATION)
Salão de Massagens Tântricas Unissexo

Calle de Atocha, 242, 7º B
(*marcação prévia:* 252336678)

E, por cima do cartão, Inez viu escrito, na bela caligrafia de arquitecto de Martín, um nome: Patricia.

Foi como se tivesse esbarrado contra uma parede sem aviso. Sentou-se numa cadeira do quarto a olhar para o cartão uns bons dez minutos, sem conseguir perceber que estava em estado de choque. O marido frequentava um salão de massagens — de massagens tântricas. Que, segundo o que ela sabia, eram aquelas em que, com mais ou menos filosofia à mistura, a massagista conduz o cliente até ao orgasmo. Sem relações sexuais outras para além disso, segundo também julgava saber. Pois, então, era esse o segredo escondido na vida do seu marido: massagens tântricas. E, ao que parecia, até tinha uma massagista preferida — Patricia, de seu nome. E, não fosse esquecer-se do nome dela, na agitada vida que era a dele, achara melhor escrevê-lo no próprio cartão do salão de massagens. Só que se esquecera dele no bolso do casaco, no único dia em que, atrasado, não cuidara de arrumar devidamente a sua roupa e certificar-se de que não deixara nada de importante nos bolsos do casaco ou das calças.

— Oh, Martín, que imprudência a tua! — suspirou baixinho.

Um quarto de hora depois, assim que tinha tomado um duche e fez para si o primeiro café do dia, sentou-se em frente ao computador e pesquisou na net "Paradise Now, Calle de Atocha". A primeira indicação era igual ao cartão: massagens tântricas unissexo. Depois, vinha a secção "A nossa política". E esta era: "marcações prévias, inteiro sigilo e privacidade, cortesia e respeito mútuo, estrito cumprimento do código de conduta tântrico", com um asterisco que remetia para a leitura do dito código e que ela dispensou. Passou à secção "As nossas instalações" e teve de reconhecer que a casa — ou melhor, o salão — parecia justificar o adjectivo "executive": a apresentação das instalações era feita através de um vídeo que começava com a recepção, onde dois "terapeutas", como eles os chamavam — um homem e uma mulher, ambos na casa dos trinta anos, bonitos e vestidos com T-shirts cinzentas com as iniciais da casa, PN —, pareciam aguardar os clientes atrás de um balcão de vidro translúcido, nas costas do qual se projectavam imagens de um aquário onde vogavam serenos peixes exóticos, ao som de uma música de fazer filhos; seguia-se uma visita, ao longo de corredores de pedra de lioz branco iluminados a partir do chão, até uma cabine de massagem, alumiada por velas em toda a volta da mesa, disposta no centro, e paredes que projectavam imagens de praias desertas, de bosques, de planícies, do espaço, do fundo do mar, de palácios indianos e de jardins encantados; e, finalmente, o que designavam por "sala de relaxamento", que percebeu ser contígua à sala de massagens, e que, embora de diminuta superfície, continha um duche que escorria sobre umas pedras que, por sua vez, desaguavam num pequeno jacuzzi, também em pedra, frente a uma parede coberta de trepadeiras até à água. "Perfeito", pensou ela, "nada a dizer: faz-se uma massagem, tem-se um orgasmo tântrico, seja lá isso o que for, e depois toma-se um duche e retempera-se e recompõe-se tudo no jacuzzi." Só lhe restava ver o principal e, obviamente, Inez não resistiu: era a secção "Os nossos terapeutas". Abriu e avançou para a subsecção "Elas".

Estavam todas em bikini ou disfarçando a nudez em ângulos fotográficos que permitiam adivinhar mas não ver, e escondiam o rosto atrás de máscaras ou do cabelo. Mas dava para perceber que eram todas simplesmente maravilhosas. Eram umas oito ou nove, e Inez correu-as todas até se deter longamente na única que lhe interessava: Patricia. Era, teve de concluir, arrasada, a mais bonita e a mais sexy de todas: talvez ainda nem tivesse trinta anos, morena, de pele e cabelo escuro, enfrentava a câmara de frente, protegida por uma máscara preta que deixava ver os olhos cor de azeitona e que fora alargada para nela caber a sua boca aberta em meia-lua e um sorriso feito para derrubar homens. Nas outras fotografias, vestia um conjunto transparente de calças e casaco brancos, onde tudo o que era exuberante no seu corpo, mais do que indecentemente exposto, era indecentemente transparecido.

"Cabrão, escolheu a melhor!"

Depois, claro, movida por um misto de ciúme e tentação, abriu a página dos "terapeutas". Eram não mais de sete, indo dos vinte e oito aos cinquenta e oito anos, de cabelo abundante ou quase carecas, altos ou de estatura média, mas todos com uma pose atlética, saudável e, julgou ela, "profissional" — fosse isso o que fosse. Correu a página uma, duas e três vezes, demoradamente, como se estivesse a escolher um vestido ou um par de calças.

"Se me atrevesse a experimentar, seria com este", pensou, detendo-se na fotografia de um rapagão de pele levemente escura e cuja cara, encoberta parcialmente pela máscara, apenas deixava ver claramente uma fiada de dentes brancos que sorriam um sorriso rasgado, simultaneamente malandro e acolhedor. Leu novamente a sua descrição: "Juan, trinta e dois anos, cubano, 1,87 metro, cinco anos de experiência profissional".

No intervalo para o almoço, nesse mesmo dia, já tinha percebido que não ia conseguir controlar mais a sua curiosidade, a sua tentação ou lá o que fosse. Ligou para o salão e foi atendida por uma voz feminina, tão suave quanto toda a suavidade que parecia emanar de todo o Paradise Now. Explicou que tinha sabido da existência deles através de um amigo cliente e que ele lhe tinha dito que também atendiam mulheres. Isso era verdade?

— Claro, senhora, temos muitas clientes.

— Desculpe-me a pergunta: a vossa política de privacidade é mesmo a sério?

— Absolutamente, minha senhora. Ao chegar e antes de subir, telefona-nos e certificamo-nos de que não se encontra com nenhum outro cliente cá em cima. E o mesmo à saída. Mas, diga-me, que tipo de massagem estaria interessada em ter?

— Então... a massagem tântrica, não é?

— Sim, mas temos duas modalidades: apenas exploratória ou completa.

— Completa... como?

— Bom, está a ver, até ao final. Prazer completo. Uma hora.

— Ok, e como funciona, pago aí?

— Pode pagar aqui, em dinheiro ou multibanco. Mas para garantir a reserva, tem de pagar cinquenta por cento até vinte e quatro horas antes. Por aplicação telefónica para este número ou por transferência bancária para o Iban que eu lhe enviarei de seguida para o seu telemóvel.

— Ok, entendi.

— Então, deseja fazer a reserva agora?

Inez sentiu um arrepio gelado percorrer-lhe o corpo inteiro. Aquilo era como mergulhar de noite num mar desconhecido e descer até vinte metros de profundidade apenas confiando num instrutor de mergulho que nunca tinha visto antes. A voz suave da outra, habituada, seguramente, a lidar com outras como ela em situações idênticas, foi o que lhe permitiu respirar e decidir.

— Sim, desejo.
— E quando, senhora?
— Amanhã às dezanove e trinta, pode ser?
— Pode, sim. Deseja um terapeuta homem ou mulher?
"Que pergunta estúpida!", pensou para consigo. E, todavia...
— Homem.
— Sim, claro. E, por acaso, teve ocasião de dar uma vista de olhos à nossa página de terapeutas masculinos? Alguma preferência?
Novo arrepio. E nova pausa para vir à superfície procurar ar.
— Sim, por acaso, vi. Creio que o Juan, o cubano. Seria possível?
— Um instante, deixe-me ver — a voz suave fez uma longa pausa, o tempo de mais um longo mergulho debaixo de água. — Sim, amanhã, às dezanove e trinta, o Juan está livre. Marcamos?
— Marcamos.
— Obrigada, senhora...
Ah, o nome! Tinha de dar um nome! Rápido, mas que nome? Lembrou-se estupidamente de os *Cinquenta tons de cinza* e pensou em dizer Anastasia, mas recuou a tempo.
— Tina.
— Ok, sra. Tina, está marcado. São duzentos euros, que inclui a seguir o uso da "sala de relaxamento" com jacuzzi, até trinta minutos. Como vai pagar o sinal de cem euros?
— Pela aplicação telefónica, pode ser?
— Pode, melhor para nós. Se não puder vir, perde o sinal. Contudo, peço-lhe que confirme a sua vinda amanhã, umas horas antes, e o mesmo se não puder vir.
— Combinado.
— Obrigada, com licença.
Desligou e ficou a olhar para o telemóvel. Mas logo depois, e antes que começasse a pensar muito no assunto, abriu a app e

transferiu cem euros para a Paradise Now. Só então olhou para a lista do restaurante onde estava a almoçar, a um quarteirão a pé do hospital, e que tinha preferido à cantina do próprio hospital precisamente para poder fazer aquele telefonema sem perigo de algum colega de trabalho se sentar na sua mesa ou alguém a interromper a meio do telefonema. Fez um sinal ao empregado de mesa e encomendou uma tortilha de espargos, uma salada verde e um copo de vinho branco. Enquanto esperava, recostou-se para trás na cadeira de braços, acendeu um dos seus raros cigarros para ocasiões especiais, e só então respirou verdadeiramente fundo.

"Eu fiz mesmo isto?", perguntou a si mesma.

"Calma", respondeu-lhe outra Inez. "Por enquanto, só abriste mão de cem euros. Na pior hipótese, perdeste-os; na melhor hipótese, investiste numa experiência única e uma hora de prazer garantido. E vingaste-te do teu marido. Agora, a escolha é tua: tens mais de vinte e quatro horas para decidir o que queres. A boa notícia é que a decisão depende só de ti e só te compromete a ti."

Nessas vinte e quatro horas, Inez não cessou de andar para trás e para a frente na sua decisão. Ia ou não ia? Tão depressa decidia uma coisa e convencia-se que tinha finalmente escolhido e tomado a decisão certa, como, passada meia hora, voltava atrás e concluía que o contrário é que estava certo. Em vão, procurava assentar numa coisa ou na outra, de modo a evitar que aquilo não se transformasse num inferno, antes mesmo de ter acontecido.

"Vejamos, Inez, pareces uma criancinha incapaz de tomar uma decisão. Mas já não és nenhuma criança, és uma mulher adulta, de trinta e sete anos. E não estás a decidir uma questão de vida ou de morte: se fores, não cometes nenhum crime, nem contra ti nem contra ninguém; e se não fores, também não passaste ao lado da taluda na Lotaria de Natal!"

Havia, claro, o facto de ser uma mulher casada. Mas, tirando o perigo de poder ser vista no salão de massagens tântricas — perigo esse que lhe tinham assegurado, e ela acreditava, que não existia —, Martín era o que menos a preocupava e o que menos problemas de consciência, se é que alguns, lhe causava. Pelo contrário, não fosse ele e a sua Patricia, e ela nunca teria chegado até à Paradise Now. Obviamente, se lá fosse, não lhe iria contar nada, mas até teria alguma graça que ele descobrisse que ela lhe pagara na mesma moeda e frequentava o mesmo templo de prazer do que ele. Não, o problema estava em Paolo. Isso era o que intimamente a retinha, sem o querer admitir para si mesma. Repetia a si própria que nunca ela ou Paolo haviam feito mutuamente uma jura de fidelidade sexual — até porque a condição de casada dela a tornaria impossível de cumprir. E Paolo sabia disso. Nunca tal assunto fora mencionado entre ambos: a outra vida sexual dela era tabu para ele e vice-versa, ela também não sabia nada da outra vida sexual de Paolo, se é que ele a tinha: assim é a vida dos amantes clandestinos. Sim, fazia sentido, mas, por qualquer razão, essa conversa consigo mesma cheirava-lhe a desculpa de quem não tinha a consciência limpa. É verdade que Paolo presumia, ou devia presumir, que ela tivesse outra vida sexual — mas com o seu marido, não com terceiros.

"Mas, caramba", explodiu com a sua consciência. "Eu não vou ter uma vida sexual com terceiros, nem sequer uma relação sexual! Vou ter, ao que suponho, uma hora de uma massagem, mais ou menos erótica, logo se verá, às mãos de um estranho que nunca mais voltarei a ver! É uma experiência, até uma terapia, para o stress que me causa esta relação oculta, escondida e à distância com um homem que eu não posso apresentar ao mundo como o homem que eu amo. Vou ali uma hora e acabou. Acabou, e depois o mundo continua!"

A decisão estava, enfim, tomada. Sentada no banco do jardim, Inez sentiu-se pela primeira vez calma desde a véspera. Telefonou para a Paradise Now a confirmar a sua ida daí a uma hora e telefonou à sua amiga a desmarcar o encontro para as *tapas*, invocando uma desculpa de última hora. Depois, levantou-se, endireitou as costas até se sentir quase a tocar a copa das árvores, e caminhou com passo firme para a garagem do hospital. Mais um dia de trabalho tinha terminado.

E não vacilou mais. Nem quando entrou na Paradise Now e foi recebida pela mesma menina de voz simpática na recepção, a quem entregou os cem euros em falta, em notas. Nem quando viu pelo canto do olho alguém deslizar por detrás de si e ouviu a menina da recepção chamar "Patricia, depois vem cá, tenho um recado para ti", e ela viu, muda de raiva, a sensual Patricia assentir com a cabeça e sorrir na sua direcção como se soubesse quem ela era. Nem quando uma porta lateral se abriu e, agora sem máscara, apareceu, igualmente sorridente e igualmente sensual, mais alto do que tinha imaginado, o seu "terapeuta":

— Tina? Olá, eu sou o Juan. Queres acompanhar-me? — E estendeu-lhe uma mão, que ela, atrapalhadamente, apertou.

E não vacilou quando chegaram ao gabinete de massagem, ele baixou as luzes, estendeu-lhe uma toalha e disse-lhe que se despisse toda e se deitasse de barriga para baixo na marquesa, que ele voltaria daí a nada. Quando voltou, ele próprio vinha em tronco nu, vestindo apenas uma espécie de boxers mais largos, cinzentos — a cor da casa — e com o logótipo PN de um dos lados. Inez rodou a cabeça o suficiente para ver que era um belo corpo de homem, bem desenhado, mas, "oh, Deus seja louvado!", murmurou em agradecido silêncio, sem musculação nem tatuagens, como se vê nos reality shows. Muito simpático, Juan tratou de a ir pondo à vontade, perguntando-lhe se era a primeira vez que fazia uma massagem tântrica e se estava nervosa, e dizendo-lhe que fechasse os olhos e se deixasse ir para melhor desfrutar da massagem, pois ia ver que no final teria valido a pena. Derramou-lhe um óleo quente nas costas, que lhe soube logo maravilhosamente, e, apenas após uns breves minutos de massagem nas costas, tratou de mostrar como era inútil a toalha que ela pudicamente tentara que tapasse o que devia ficar tapado, fazendo-a desaparecer num gesto tão suave como natural, ao mesmo tempo que lhe deixava escorrer o mesmo óleo quente pelo fundo das costas abaixo — e aí ela percebeu que aquela ia ser uma massagem completamente diferente de tudo o que experimentara até então. Mas agora já não havia nada a fazer: apenas, como dissera Juan, fechar os olhos e deixar-se ir. Completamente nua, exposta de costas ao olhar de um homem que conhecera quinze minutos antes, não pôde impedir-se de sorrir à sua própria coragem ou libertinagem, no momento em que o sentiu afastar-lhe bem as pernas e começar, sem cerimónia alguma, a explorar o seu corpo como se tivesse acabado de o alugar por uma hora — não para desfrute dela, mas dele. E sorriu outra vez, sem saber ao certo porquê, ao pensar que era ela quem pagava duzentos euros por essa hora.

Compreendera por que razão a menina da recepção lhe perguntara ao telemóvel se queria uma massagem com uma mulher ou um homem. Era dos livros que não há como uma mulher para conhecer o corpo de outra mulher e ser capaz de a fazer aproveitar-se disso. Mas Juan e os seus anunciados cinco anos de experiência no ramo contrariavam — e de que maneira! — essa ciência, dita certa. Durante essa longa, interminável e, no final, breve hora, ele explorou cada centímetro desconhecido e adormecido do seu corpo, cada curva, cada saliência, cada lado oculto, cada lado exposto, cada dobra, cada extensão, cada músculo, cada nervo pronto a explodir. E sempre cumulando-a de elogios e de incentivos a que se deixasse ir e ir:

— Que belo corpo que tens! Que sorte que tem o homem que te possui! Ora, abre-me mais esta perna, isso! Agora, sente como a minha mão no teu seio esquerdo estabelece uma ligação com a tua coxa direita, sentes? Agora, vira-te de costas arqueadas, vou-te massajar devagar entre as coxas.

De cada vez que ela estava à beira de se passar, ele acalmava-a; de cada vez que ela se descomprimia, ele excitava-a de novo, lentamente, pedaço por pedaço do seu corpo. Já perto do final, deitou-a de costas para baixo na marquesa e deitou-se ele mesmo sobre ela, todo nu também, mexendo-se muito lentamente, corpo contra corpo, pele com pele, completamente à sua mercê. Depois, já ela estava completamente disposta a aceitar qualquer coisa, sentou-a na marquesa, virada contra ele, e sentou-se ele também, em frente dela e em posição de lótus. Mandou-a olhá-lo, colocou as mãos dela no peito dele, e, sempre com toda a lentidão do mundo, começou a masturbá-la, com um dedo sábio primeiro, com dois dedos depois, e com três dedos quando ela já quase gritava sem se conseguir conter e apenas perguntava:

— Posso tocar-te?

Ele sorriu e fez que sim, e ela veio-se, enquanto olhava para o membro erecto de Juan, apertando-o com uma mão e tentando fazê-lo gozar também. Mas em vão, porque ele era um terapeuta. Profissional.

— *Eres muy guapa. Muy guapa.*

Foi o máximo que lhe arrancou. Toda ela se expusera até ao limite, em frente e às mãos de um belo desconhecido, e ele apenas cumprira a sua função, a sua parte do contrato. Mas, pelo menos, como acabara de constatar, não lhe fora indiferente. E deixara-a segurar nele enquanto lhe expunha sem toalha, nem véus, nem disfarce algum, todo o seu prazer de fêmea. Um contrato justo, de acordo com o melhor que poderia esperar daquela experiência.

Teve ainda um último e secreto prazer, ou compensação, quando, tendo passado à zona de relaxamento e estando mergulhada toda nua no jacuzzi, o viu aparecer, também nu, segurando as suas roupas numa mão. Por qualquer razão que mais tarde talvez se detivesse a analisar, gostou que ele tivesse aparecido nu e que a tivesse visto mais uma vez nua, também: como se não tivesse sido em vão, apenas uma hora contratada, o que se passara antes. Mas sim uma intimidade conquistada: "Conheces o meu corpo e eu conheço o teu. Nada apagará isso".

— *Adiós, Tina, cariño. Espero que vuelvas.*
— *Adiós, Juan.*

Uma hora depois, estava estendida no sofá da sala da casa, outra vez nua sob o roupão de banho, ainda sentindo as mãos de Juan percorrendo o seu corpo de alto a baixo, virando-a de frente, de costas e de lado, e pensando se aquilo lhe tinha mesmo acontecido ou se fora mais um dos sonhos eróticos acordada com que por vezes gostava de se entreter. Comia salmão fumado, acompanhando com um copo de vinho branco, quando Martín telefonou. Atendeu, sem hesitar.

— Querida, já tinha ligado várias vezes, mas estava desligado.
— Fiquei sem bateria, esqueci-me de pôr o telemóvel a carregar ontem à noite.
— Ah, ok, e está tudo bem?
— Claro, um dia normal. E por aí?
— Por aqui está a correr tudo muito bem. Acho que o meu projecto para o hotel está a fazer sucesso. Hoje dei uma entrevista para uma revista de design e fui entrevistado para o jornal da noite da televisão regional: é óptima publicidade.
— Boa, fico contente por ti!

— E a seguir, tive um jantar com uma amostra das "forças vivas" locais, num restaurante muito giro. Depois conto-te.

Inez imaginou-o no jantar com as "forças vivas locais": uma ou duas meninas a fazerem-se ao piso. Olhou para o relógio: onze e trinta da noite. Estaria com alguma delas ao lado ou já teria despachado o assunto?

— Que bom, trabalho e distração: não há melhor do que isso!

Um curto silêncio do outro lado da linha. Depois, a voz de Martín soou mais séria:

— Querida, o que se passa? Estás com um tom zangado...

Percebeu que ele tinha razão. Estava a aliviar a sua consciência tentando convencer-se à força de que ele a estava a enganar naquele momento. Mas era tão forçado, que Martín parecia ter adivinhado.

— Não, não. Estou só cansada. Foi um dia difícil.

— Ok, vai dormir, então. Amanhã, à hora de almoço, já aí estou. E, à noite, vou-me enrolar com a minha mulher sexy, *yes*?

— Sim, tudo bem. Até amanhã, então.

Desligou, mas trinta segundos depois, o telemóvel tocou outra vez. Era Paolo. "É uma conspiração, parece que todos adivinharam!", pensou, antes de atender. O código entre ambos era simples: ele só lhe telefonava à noite, sabendo que ela estaria em casa com Martín, se fosse urgente. E só deixaria tocar uma vez. Se ela pudesse falar, ligaria de volta; se não pudesse, ele teria de esperar pelo dia seguinte: amantes clandestinos. Esperou um minuto e ligou de volta:

— Paolo, querido, que se passa?

— Nada, meu amor, só precisava de ouvir a tua voz e saber que estás bem. E que ainda me amas.

Sentiu um murro no peito. Pôs-se de pé, mas nem assim se

sentiu mais segura. De repente, um sopro frio desceu-lhe pelo corpo abaixo.

— O que se passa, querido?

— Rumores. Por enquanto, apenas rumores. E algumas notícias preocupantes.

— Sobre ti, sobre nós?

— Não, Inez, sobre todos nós. Já ouviste falar do Sars-cov-2?

— Não.

— Chamam-lhe também covid-19, de *Corona virus disease*, 2019. Parece que é uma nova variante do Sars-cov, também aparecida na China, mas muito mais letal e sem vacina ou tratamento conhecido. Dizem que nasceu do cruzamento entre um morcego e um daqueles animais exóticos que eles importam de África e que vendem nos mercados de rua.

— Mas todos os anos aparecem vírus desses vindos de lá, querido. O que tem este de especial?

— Um colega meu do hospital acaba de regressar de Wuhan, da província de Hubei, onde parece que tudo começou. Esteve lá a trabalhar com um médico chinês, que lhe contou a história e que depois a foi contar no Twitter. Contou que se tratava de um vírus novo e incrivelmente transmissível e letal. E sabes o que lhe aconteceu, ao médico chinês?

— Não?

— Desapareceu, foi preso, ninguém sabe.

— A sério?

— Sim, e o meu colega viu, de repente, todos os médicos de licença serem chamados para o hospital, ambulâncias e ambulâncias a chegarem a toda a hora com doentes em dificuldades respiratórias, todas as camas das uci a serem requisitadas e uma corrida a todos os ventiladores disponíveis em Wuhan e nas províncias vizinhas. E, depois, fecharam as saídas e entradas na cidade e o meu colega foi convidado a ir-se embora, do dia para a noite. Chegou ontem aqui.

Inez estava a tentar raciocinar depressa e perceber a dimensão da mensagem que Paolo lhe transmitia. Não era fácil: vinha de outro planeta. Ambos, tanto ele como as suas notícias, vinham de outro planeta.

— Bem, querido, mas isso passa-se lá longe, na China...

— Não, amor, não há longe, nos tempos de hoje. Há duzentos mil voos no céu todos os dias. Wuhan tem ligações aéreas com trinta e cinco destinos estrangeiros. Só nas últimas vinte e quatro horas recebemos três casos de "sintomas não identificados", como lhes chamam, aqui, no hospital de Bérgamo. Eu prefiro chamar-lhes casos suspeitos de covid-19.

— Querido, calma, não estarás a exagerar?

— Não: por ora, são apenas suspeitos porque ainda não conhecemos bem os sintomas. Mas eu sou capaz de apostar que não são suspeitos, mas são mesmo reais. Febre, cansaço, perda de paladar, dificuldades respiratórias: estão lá os sintomas todos que esse médico chinês descreveu. E sabes que nós, aqui, no Norte de Itália, estamos na Rota da Seda, do Xi Jiping: há milhares de chineses aqui e milhares de italianos a irem e virem de lá. É um instante até isto pegar fogo.

— E como é que se propaga, esse covid-19, Paolo?

— Ainda não se sabe ao certo, Inez. Mas pelo ar, pela respiração, é quase garantido. Pelo tacto, também é provável. É um cenário de terror, querida!

Inez respirou fundo. Tinha tantas saudades dele!

— Paolo, querido, preciso de te ver! Preciso desesperadamente de te ver!

— Eu também, minha linda.

— Mas eu preciso mais. Preciso de estar contigo, de falar contigo.

— Sobre quê?

— Não interessa agora. Mas trata de me vires ver, se possível, já no próximo fim-de-semana, está bem?

— Está. Eu também preciso muito de estar contigo, de sentir o teu corpo, de o olhar, de me encostar a ele...

— Eu também, querido.

— Bom, vamos dormir. Mas, faz-me um favor...

— Sim, querido?

— Leva esta conversa a sério. Fala com quem tu conheceres que possa ter influência ou poder de decisão. Diz-lhe que se preparem para uma ameaça de saúde pública como nunca viram. Que preparem todos os centros de saúde e hospitais de Espanha, todos os médicos e enfermeiros e Unidades de Cuidados Intensivos como se estivessem em tempo de guerra. Se acontecer o cenário que eu temo, isto vai ser qualquer coisa de nunca visto.

— Está bem, querido, vou pensar com quem posso falar. Mas assustaste-me a sério. Agora só queria adormecer encostada a ti.

— Adormece, amor. Imagina que estás encostada a mim. Eu imagino isso todas as noites.

Inez olhou-se ao espelho da casa de banho, vendo o seu corpo nu através do roupão de algodão branco entreaberto. Meia hora antes tinha pensado que iria adormecer a imaginar — melhor, ainda a sentir — outra coisa: as mãos de Juan deslizando sobre o seu corpo, contornando-o, sentindo-o, desfrutando-o. Agora, o espelho mostrava-lhe a imagem de um corpo soberbamente nu e solitário, onde duas lágrimas sem sentido escorriam por onde, horas antes, as mãos de um desconhecido tinham possuído o vazio. Ou o que ele supusera ser o vazio.

10.

— É tudo muito assustador, querida. Nunca vi nada assim, nunca vimos nada assim. Cada dia entram mais doentes em estado crítico no hospital e já tivemos de fechar uma ala para alargar o serviço de Cuidados Intensivos. Mas ao ritmo a que isto vai, não creio que seja suficiente durante muito tempo. E o que nos aterroriza é isso mesmo: é uma vaga sem fim à vista, ondas sucessivas de doentes que fazem engrossar a vaga e nós não conseguimos surfá-la.

— Mas não vão todos para os Cuidados Intensivos, pois não?

— Não, a maioria começa por entrar em Enfermaria, em enfermarias já reservadas só para os doentes covid. Mas num instante vemos o estado deles agravarem-se e temos de os passar para as UCI e pô-los com ventilação invasiva, dependentes dos ventiladores. E, depois, morrem. A uma taxa impressionante e sem que a gente saiba o que fazer. É de dar em louco!

— Mas como é que eles chegam ao hospital, com que sintomas?

— As queixas são geralmente fraqueza, febre, vómitos, garganta arranhada, até se pode confundir com a gripe, o que torna isto ainda mais perigoso. Mas, por exemplo, quando se queixam de perda de paladar ou de olfacto, aí já não há dúvidas de que apanharam o vírus. Porém há doentes que nos chegam sem se aperceberem do estado de gravidade em que estão e só quando lhes aplicamos o oxímetro é que vemos que têm oitenta ou até setenta por cento só de oxigenação: poderiam morrer sufocados sem darem por isso.

— Tudo velhos, não é?

— A maior parte, sim. Ou melhor, quase todos os que morrem têm mais de setenta anos e, sobretudo, mais de oitenta, mas há muitos, mais novos, que não morrem, mas ficam doentes e passam mal.

Inez ia fazer-lhe mais uma pergunta, mas, na hora de falar, hesitou e preferiu não a fazer. Ele, porém, percebeu:

— Diz, amor?

— Ia perguntar se vocês já chegaram ao ponto de... de...

— De ter de escolher?

— Hum, sim.

— De quem tratamos ou deixamos de tratar, de quem morre ou de quem vive? Ainda não, felizmente. E espero bem, por todos os santos dos céus, que nunca lá cheguemos.

Calaram-se os dois, a pensar naquilo: o limite que nenhum médico imagina com que a sua actividade possa ser confrontada um dia. Tentando desanuviar o ambiente, Paolo pegou na garrafa de cava e voltou a encher os dois copos.

— Que grandes vinhos estes que vocês têm aqui em Espanha!

Inez sorriu-lhe. "O meu guerreiro! O meu guerreiro está a descontrair-se", pensou com ternura, olhando-o. Adorava esses sinais de vitalidade em Paolo: o prazer de um bom vinho, de uma boa comida, de um bom banho de mar, de um passeio na praia, de uma viagem de carro numa estrada bonita, de uma noite de luar.

— Mas vou dizer-te uma coisa, querida, e desculpa voltar ao tema, é mesmo para encerrar. Vocês em Espanha ainda não se deram conta do que aí vem. É como se não acreditassem que esta tempestade destruidora não vai saltar as fronteiras e chegar aqui em dois tempos. Mas vai: assim como chegou da China até nós, vai passar de Itália para toda a Europa, e daí para o mundo inteiro. Os chineses, que deixaram escapar esta porcaria, já se estão a fechar e, em breve, faremos o mesmo aqui, na Europa. País a país.

— Porque dizes isso, amor?

— Porque, apesar da falta de tempo para ir seguindo o que se passa em Espanha, vejo que vocês não se estão a preparar para o que é uma autêntica guerra. Deveriam agora estar a contar espingardas, isto é, hospitais, UCI, médicos, enfermeiros, camas, ventiladores, unidades de retaguarda, a mobilizar laboratórios para fazer testes etc. Os italianos deram um mês de avanço a todos os outros países europeus para verem o que se está a passar em Itália e prepararem-se para o mesmo. Mas aqui em Espanha, pelo que leio nos jornais, está tudo mais ou menos tranquilo: continuam com as mesmas discussões de ontem, a Catalunha, as Autonomias, a monarquia, o catálogo LGBT (agora, parece que acrescentado de um V que julgo querer dizer vários outros géneros) e quando a coisa desabar em cima de vocês terão desperdiçado esse mês de preparação precioso. Vais ver...

— Acho que tens razão, querido. Sabes, não é fácil governar a Espanha. Para fazer frente a esta pandemia, por exemplo, nem sequer conseguimos ter uma política pública de saúde concertada nem actuar em rede com os hospitais, porque cada Autonomia tem a sua própria política de saúde.

Ele riu-se e estendeu-lhe a mão por cima da mesa.

— Bom, querida, não me quero meter na vossa política. Era só um aviso e oxalá eu esteja errado, mas não creio…

Inez olhou lá para fora através do vidro da grande janela do restaurante do Port Olímpic, onde jantavam. Não havia luar, desta vez, e viam-se poucas estrelas num céu de Inverno meio manchado de nuvens. Mas as luzes na marina permitiam ver os mastros dos barcos acostados, num suave balançar da ondulação que entrava pelos molhes adentro. Alguns tinham pousadas gaivotas à proa ou à popa, uma espécie de guardiões nocturnos daquelas embarcações agora tapadas com lona e amarradas na solidão do porto na espera dos dias de luz e de Verão que eram o seu destino natural.

Já tinham comido as entradas — ostras para ela e *risotto* de *setas*, uma especialidade catalã, para ele — e esperavam agora pelo prato principal. Ela pedira perdiz estufada com castanhas, e ele hesitara em pedir o mesmo ou a perna assada de *cordero lechal*, o seu prato favorito em Espanha, e fora ela que resolvera o problema dizendo-lhe que mandasse vir o cordeiro, que lhe daria metade da perdiz. Feliz como uma criança a quem tivessem dado um presente inesperado, Paolo consultou demoradamente a lista de vinhos e mandou vir então um Emilio Moro 2018, Ribera del Duero, tinto, para beberem a seguir à obrigatória cava para abrir o apetite e as saúdes iniciais.

Aquele jantar, num restaurante escolhido por precaução propositadamente fora do centro de Barcelona e dos restaurantes mais badalados da cidade, onde algum conhecido dela de Madrid, ali de passagem, a pudesse encontrar em companhia íntima com um homem que não era o seu marido, era o último jantar, a última refeição, que iriam ter naquele curto fim-de-semana de dois dias e meio. Ela chegara a meio da tarde de sexta, para um congresso de Dermatologia, cujo anúncio tinha desencantado no hospital e assim o vendera a Martín — que, aliás, só estranhara o facto de desta vez o congresso ser em Espanha e não no estrangeiro; e ele chegara, vindo de Bérgamo e do caos do seu hospital, já na noite dessa mesma sexta-feira, tendo dito simplesmente no serviço que ia descansar dois dias. Pouco haviam saído desde então do pequeno hotel que ela reservara no centro histórico, discreto e quase familiar. Mas no sábado à tarde haviam passeado como namorados pelas Ramblas, onde Paolo comprara açafrão, cominhos, malaguetas e outras especiarias numa banca de marroquinos, e tinham visitado o Museu Picasso, que ele não conhecia e onde ela o guiou para que ele visse os desenhos de juventude de Picasso, os retratos a lápis que ele fizera do seu pai, quase fotográficos, ou os incríveis quadros realistas de um primeiro Picasso desconhecido de quase todos, como a *Primeira comunhão* ou a *Ciência e caridade*, onde o mais fundo e imerso de uma Espanha antiga, conservadora, católica e temente a Deus, encontrava uma testemunha fiel e crente no jovem e futuro génio cubista.

— É incrível — exclamara Paolo, diante dos quadros. — Nunca pensei que Picasso tivesse pintado assim. Achava que isto para ele era arte passada e decadente.

— Mas é verdade, querido. Sabes, uma vez vi uma entrevista em que ele dizia que a pintura abstracta não existe como ponto de partida, mas apenas como ponto de chegada. Na base de tudo está um desenho, uma estrutura clássica: depois é que tudo se vai esbatendo. Como os retratos dele da Dora Maar, que ele distorce de propósito quando está farto dela.

— Será por isso que ele é tão fabuloso que, quando olhamos para um quadro dele, entre vários outros e mesmo sem sabermos que é dele, somos logo atraídos para esse quadro?

— Claro, porque o esqueleto inicial do quadro é a sua alma, é o que vai perdurar, distorça ele o que distorcer, e é isso o

que nos atrai. Estou a lembrar-me, por exemplo, de A *engomadeira*, que está em Nova York, no MET.
— Não, está no Guggenheim.
Ela olhou para ele, sinceramente espantada.
— A sério? Tens a certeza?
— Absoluta. Vi-o com os meus olhos.
— Com esses teus olhos lindos?
— Estes mesmos.
E abriu os braços para a receber. E ela foi ao encontro daquele abraço, ali mesmo, em pleno museu. Ele sentiu o cheiro dela, a maciez do seu cabelo negro que ele adorava e a consistência cheia e firme do seu corpo. A custo, afastou-a docemente, reparando nos olhares de reprovação ou de inveja que os envolviam, e vinte minutos depois estavam no hotel, devorando-se um ao outro como dois famintos. E, quando acabou, sorriu para si mesmo pensando que Pablo Picasso teria gostado do desfecho final da visita deles ao seu museu.

Mas o tempo dos amantes clandestinos é sempre desesperadamente curto, desesperadamente apressado. No domingo, ao final da manhã, Paolo já estava a apanhar o último voo directo para Milão, de onde seguiria para Bérgamo. Despediram-se discretamente, apressadamente, no átrio do aeroporto, ele seguindo na direcção dos voos internacionais e ela para a secção dos voos domésticos, onde iria ter de aguardar duas horas pelo seu voo para Madrid. Nos breves segundos de um fugaz e disfarçado beijo, que bem podia ser apenas de amigos, Inez sentiu-o tenso, até mesmo um pouco distraído ou desamparado. Conseguiu segurá-lo ainda por uma mão e fazê-lo olhar para ela a direito:

— Querido, estás tão nervoso! Porquê?

Ele forçou um sorriso, mas era tão falso que não conseguiria enganar ninguém, muito menos ela.

— Sim, talvez, estou a pensar no que me espera já amanhã de manhã e todos os dias depois... até, até, sabe-se lá quando!
— Não penses nisso agora, tenta dormir um pouco no avião para amanhã estares mais repousado. Vai correr tudo bem, vais ver!
— Ah, isso é o que nós dizemos: *"Andrà tutto bene!"*. Mas é apenas uma questão de fé, não de ciência.

Depois de o ver partir, Inez tentou também distrair-se durante aquelas duas horas. Entrou na livraria-quiosque e procurou um livro que a atraísse, mas não encontrou nada que lhe apetecesse ler e optou então por comprar duas revistas de decoração, que tinham a vantagem de distrair e fazer imaginar, sem dar que pensar. Comprou também a edição local do *El País* e passou os olhos pelos principais títulos. Um deles chamou-lhe imediatamente a atenção: "Espanha teme importação do coronavírus". O texto contava que já tinham sido registados os primeiros três casos confirmados da infecção em território espanhol, todos eles trazidos de Itália por espanhóis que tinham estado de férias nas estâncias de ski dos Alpes italianos. Alguns epidemiologistas contactados pelo jornal temiam que aquilo fosse apenas a ponta do iceberg, mas adiantava-se que o governo de Madrid garantia estar atento à situação e que o Serviço Nacional de Saúde estaria a postos para responder rápida e eficazmente ao que aí pudesse vir. E o mesmo garantia o governo autónomo da Catalunha. Como dissera Paolo, em Espanha a tranquilidade ainda era o que predominava. "Uma calma assustadora", pensou ela.

Eram sete da tarde quando meteu a chave na porta de casa em Madrid e pousou o saco de viagem no chão depois de entrar. Da sala vinha o som da televisão ligada, sinal de que Martín estava em casa — o que ela menos desejava. Sentiu um cansaço sem motivo, uma vontade de ficar só, de tomar um banho e ir directa para a cama sem ter de conversar com ele. Mas no caminho para o quarto tinha de passar pela sala. Martín estava estendido no sofá, parecendo seguir com muita atenção o noticiário televisivo.

— Então, querida, fizeste boa viagem?

— Normal. — Foi até ao sofá e inclinou-se para lhe dar um beijo ao de leve, roçando-lhe a boca.

— E o congresso, que tal foi?

— Não foi especialmente interessante, também. E tu, que fizeste? — apressou-se a desviar o assunto dela.

— Ontem, estive a trabalhar no atelier e hoje de manhã fui jogar ténis com o Ramon e depois fomos comer um peixe ao 4 Mares: muito bom.

— Boa! Olha, estou cansada. Acho que vou tomar um duche, fazer uma torrada com um chá e sigo directa para a cama.

— Hum — Martín virou-se para a olhar, um pouco intrigado. — Ok, de facto, pareces cansada. Diz-me uma coisa: tenho estado aqui a ver as notícias de Itália, deste vírus da China, que achas disto?

— É preocupante.

— Achas que vai chegar cá?

— Vai, sim.

— De certeza?

— De certeza absoluta. Aliás, já chegou.

— Sim, eu sei, mas vai chegar aqui com a mesma força de Itália?

— Igual ou pior.

— Credo! Não estarás a exagerar?

— Deus queira que esteja!

E afastou-se, caminhando para o quarto, enquanto ele ficava a observá-la, como sempre admirando a sua forma de se deslocar como que rodando sobre um eixo formado pelas ancas e com os ombros rectos e altos oscilando ao ritmo dos seus passos.

No quarto, Inez despiu-se rapidamente, pegou no pijama

de algodão azul e seguiu para a casa de banho, onde pôs um duche a correr. Assim que a água atingiu a temperatura que queria, entrou lá dentro, encostando a porta de vidro, que se foi embaciando aos poucos, formando o abrigo onde ela agora se queria refugiar e esconder. Deixou que a pressão forte da água lhe encharcasse o corpo todo, o cabelo incluído, e despejou sobre si uma porção abundante de gel de duche, desejando que ele pudesse lavá-la daquele vírus que entrara fundo no seu corpo e na sua alma, esse vírus que ela sabia já que teria de enfrentar implacavelmente nos dias e meses que se iam seguir. O vírus de uma tristeza sem fim à vista.

Nos dias que se seguiram parecia que nada de substancial tinha ainda mudado na rotina do hospital ou mesmo na rotina dos habitantes de Madrid e de toda a Espanha. O vírus continuava a ser chinês e italiano e, com perplexidade, mas como se de coisa distante se tratasse, todos olhavam para as imagens de Wuhan deserta e fechada sobre si mesma, a China fechada ao mundo, as regiões da Lombardia e do Veneto, no Norte de Itália, a entrarem progressivamente em modo de caos hospitalar, mas as sirenes de alarme não soavam ainda. E, todavia, a Itália, ficava ali ao lado! Só dez dias depois de ter regressado de Barcelona, Inez detectou os primeiros sinais de alguma organização. O seu hospital foi declarado "de retaguarda" face à covid-19: não receberia doentes infectados, mas aumentaria as consultas e cirurgias de doentes que deixariam de ser atendidos pelos "hospitais covid"; os médicos, enfermeiros e auxiliares teriam de passar a usar máscaras protectoras em todas as zonas de serviço e de atendimento de doentes e haveria frascos com líquido de desinfecção das mãos em todos os pisos. Mas, mesmo assim, a maioria dos "especialistas", ouvidos a toda a hora nas televisões e jornais, não parecia ainda muito convencida. Havia quem declarasse que o aparente descontrolo que se verificava em Itália era fruto da desorganização do seu Serviço Nacional de Saúde, embora a Itália fosse conhecida por ter um dos melhores serviços públicos de saúde europeus. Havia quem jurasse que o novo coronavírus, contas feitas, no final, acabaria por matar menos que o vírus anual da gripe comum e que a vacina contra a gripe ainda era a melhor defesa. Outros especialistas garantiam solenemente que o vírus não permanecia em superfícies nem se transmitia ao contacto, pelo que lavar e desinfectar as mãos era inútil, e uma alta responsável pelo Ministério da Saúde ia ainda mais longe garantindo que o uso de máscaras era não só inútil, como até contraproducente, pois que dava uma "falsa sensação de segurança" — sugerindo assim que o vírus também não se transmitia pelo ar. Como se transmitiria então, ninguém sabia ao certo — o que, no limite, já fizera nascer um movimento internacional de negacionistas para quem tudo não passava de uma monstruosa invenção, uma conspiração mundial das esquerdas e da pedofilia internacional, ligada a Obama, aos Clinton e a Bill Gates, contra o presidente Trump e os nacionalistas de várias pátrias. Enfim, não indo tão longe, mas também recusando-se a ceder ao medo, uma prestigiada cientista veio declarar que o coronavírus era "um vírus bonzinho" porque "só mata velhos", e que a solução era então fechar os velhos em casa ou nos asilos e cortar-lhes qualquer contacto com os outros, avisando-os desde já que não contassem ver os filhos e netos no próximo Natal.

    E assim começou a acontecer em Espanha e em toda a Europa. Os velhos foram trancados em casa e acantonados nos lares. Proibidos de sair à rua, de passearem nos jardins públicos, de se sentarem nos bancos de pedra a darem de comer aos pombos ou nas mesas sob as copas das árvores a jogarem dominó uns com os outros, de se espalharem pelos terreiros a lançarem a malha ou a *pétanque*, de se juntarem nos seus almoços mensais nas tascas para comerem o sável e a lampreia na sua época que antecede a Primavera ou celebrarem a chegada das primeiras sardinhas de Junho. Cortaram-lhes as visitas dos filhos e dos netos nos lares, passaram-se meses até que os deixassem simplesmente vislumbrá-los através da janela do lar do outro lado da rua, e deram-lhes em troca cadeiras em frente aos televisores para que pudessem seguir em directo a dimensão da ameaça que ali os prendia, encurralados como animais à espera da hora em que o inimigo invisível viria para os ceifar sem defesa e olhando, com terror, as auxiliares que lhes traziam as refeições e os remédios, que os carregavam para as camas ou para os lavabos e que, quem sabe, um dia, sem aviso, podiam trazer consigo também a mensagem da morte. Porque lá fora deixara de haver lugar para eles. Nem para viver, nem sequer para morrer. Em breve, o vírus que só matava velhos já não tinha lugar para os matar nos hospitais. E em breve também eles começaram a morrer daquela devoradora infecção, nos lares: às dezenas, de início, depois às centenas e aos milhares. Estavam ali trancados, diziam-lhes, para os proteger do inimigo invisível que andava à solta lá fora, nas ruas das cidades e das aldeias, entre os seus familiares e amigos, entre os vizinhos, os empregados das lojas, os mais jovens, a quem o vírus não matava como a eles. E assim trancados dia e noite entre quatro paredes, olhando a medo o mundo através das janelas fechadas dos lares e julgando-se protegidos do inimigo mortal, eis que, sem o saberem, ele entrava pela porta da frente, trazido no bolso ou nas malinhas de mão dos que frequentavam o mundo lá de fora e depois tratavam dos velhos dentro dos lares.

Todos os dias, Inez telefonava a Paolo, mas muitas vezes os seus telefonemas não eram atendidos. Ela imaginava-o mergulhado no caos dos Cuidados Intensivos do hospital de Bérgamo, onde agora os mortos eram tantos que tinham tido de recorrer ao Exército para remover os cadáveres para fora da cidade, cujo crematório já não dava vazão aos corpos em fila de espera. Bérgamo perdia cem almas por dia, e o crematório só conseguia queimar vinte e cinco. Alguns deles eram enterrados sem que os administrativos tivessem mesmo sido capazes de encontrar as famílias para lhes comunicar que o pai, a mãe, o avô tinham acabado de entrar para a estatística que todos os dias era actualizada nos jornais televisivos da noite. O silêncio no telemóvel de Paolo consumia-a durante o dia inteiro, tirava-lhe o apetite, impedia-a de se concentrar no trabalho, tornava-se obsessivo, esmagador, paralisante. E, à medida que o dia caminhava para o final e que se aproximava a hora de voltar para casa e de entrar em vigor o período interdito das comunicações extraconjugais, o desespero de Inez aumentava mais. Ou ele atenderia agora, na última hora de liberdade dela, ou ela iria ter de atravessar toda uma noite sem notícias dele até à manhã seguinte, pelo menos. Toda uma noite no seu papel de mulher fiel e diligente, de dona de casa atenta e presente, o jantar na mesa, a conversa corrente com Martín, as desculpas já tão gastas, o sono ou o cansaço, a arte de se furtar às mãos dele como dono do corpo dela, enquanto os seus pensamentos estavam lá longe, num hospital de Itália ou no seu apartamento de Bérgamo, onde imaginava a roupa espalhada no chão e a cama desfeita de vários dias de exaustão, e onde Paolo agora dormiria, sem um consolo, sem um ombro, sem um beijo da mulher que amava e que o amava. E, então, rolando devagar na cama para virar costas a Martín, Inez podia saborear o último conforto do dia, o único que lhe restava naqueles dias de desnorte: puxar para si a almofada onde encharcava as lágrimas que não tinha onde entregar. "Ah", pensava mesmo antes de o Lexotan a fazer adormecer, "amar era isto!"

Menos de um mês depois de se ter despedido de Paolo no aeroporto de Barcelona, as previsões dele martelavam-lhe os ouvidos como bofetadas em cada "Telediario" da noite: em 19 de

Março, os números de infectados em Espanha aproximavam-se dos de Itália — 10 mil casos por dia —, e o governo de Madrid decretava enfim o estado de emergência, fechando restaurantes, centros comerciais, ginásios, cabeleireiros, comércio local. Mas dez dias depois os números continuavam ainda a subir, oitocentos e cinquenta mortos por dia, e, desta vez, fechavam as escolas também e as empresas eram forçadas a mandar os trabalhadores não essenciais para casa, em teletrabalho. Enquanto as Autonomias, que tinham começado por reivindicar o direito a serem elas a decidir as suas próprias medidas, aos poucos se iam rendendo e pedindo socorro ao governo central, a Espanha toda habituava-se à presença diária do director de Saúde Pública — uma figura estranha, macilenta, com uma voz efeminada e triste — que todos os dias trazia novos números da catástrofe em curso. E, por todo o lado multiplicavam-se os relatos e as imagens impensáveis de todo um sistema a entrar em ruptura: faltavam máscaras, fatos de protecção para o pessoal clínico, testes de despistagem, e, acima de tudo, camas nos hospitais e ventiladores para os que já não conseguiam respirar por si próprios. O governo estava à deriva, o sistema de saúde estava à deriva, a Espanha estava à deriva. Nesses dias de Março, quando regressava do hospital a casa, ao final do dia, Inez atravessava uma cidade de Madrid como nunca a tinha visto: uma cidade deserta, com os seus milhões de habitantes trancados em casa, espiando as ruas vazias pelas janelas e, por vezes, gritando e insultando os poucos que passavam — e esses não eram mais que os emigrantes marroquinos ou sul-americanos de bicicleta ou motorizadas recolhendo as encomendas de *takeaway* dos restaurantes para as levar aos sitiados, ou ocasionais polícias, trabalhadores de saúde, como ela, ou outros, declarados essenciais. Os portões de Recoletos estavam fechados, as fontes de Cibeles não corriam, as lojas estavam trancadas, quiosques, floristas, museus, galerias, bares, restaurantes, tudo parecia morto como se uma impensável tragédia se tivesse abatido sobre a cidade, numa espécie de morte assumida e voluntária. E nesse silêncio opressivo de uma cidade sem trânsito nem sinais de vida à vista, ela detinha-se ainda nos sinais vermelhos, cumprindo um ritual sem sentido, ou talvez não, e sintonizava o rádio do carro no canal de música clássica pensando numa coisa que uma vez Paolo lhe dissera: "Nos piores momentos da minha vida, foi a música que me salvou".

    No primeiro fim-de-semana de Abril foi visitar os pais na sua aldeia das Astúrias, agradecendo a todos os santos por eles ainda estarem de perfeita saúde, física e mental, e de viverem semi-retirados do mundo, numa casa no meio das montanhas e perto de uma pequena aldeia no meio do nada. Mas, para lhes mostrar como a situação era séria, apareceu-lhes de máscara e luvas, disse-lhes que não poderia haver beijos nem abraços e carregou consigo embalagens de máscaras, de luvas, de desinfectante, *ben-u-ron* e vitamina D. Depois, fez um inventário minucioso da despensa da casa e foi até ao supermercado da aldeia, regressando com o carro atestado de mercearias, comida enlatada, bacalhau seco, enchidos, frutas de conserva, enfim, uma quantidade de coisas tal que lhes assegurasse que eles não teriam de sair de casa para se abastecerem nos tempos mais próximos. A seguir, telefonou ao homem que prestava eventuais serviços de jardinagem na casa e convenceu-o a vir até lá, mesmo sendo um sábado, e juntos carregaram braçadas de lenha para dentro de casa, suficientes para várias semanas de lume sempre aceso, porque a Primavera estava atrasada e ali o frio era a sério. Finalmente, insistiu em preparar sozinha o almoço para os três — uma pescada à basca, o prato preferido do pai — com o peixe que trouxera de Madrid, abriu uma garrafa de vinho branco tirada do frigorífico, e só então, sentando-se à mesa com os pais, descansou, enfim.

    — Filha, não posso, ao menos, dar-te um abraço?

A mãe falava em abraço, mas estendia a mão para ela ao longo da mesa, com os olhos húmidos de lágrimas, e Inez teve de fazer um enorme esforço para se conter e não deixar que as lágrimas lhe viessem também aos olhos.

— Não, mãezinha querida, é mais seguro assim. Temos de nos habituar assim até que este pesadelo passe. Pai?

Virou-se para o pai, que a olhava, comovido. Ele empertigou-se na cadeira, suspirou e rezou:

— Nós Vos damos graças, Senhor, por estes dons que por Vossa divina liberalidade vamos receber.

— Amém — responderam Inez e a mãe.

Inez debruçou-se sobre o prato fumegante e passou um olhar em volta da sala de jantar, pelo louceiro com os seus pratos de fundo azul dos jantares de Natal e dias de festa, a jarra com flores sobre a mesa que a mãe nunca dispensava, a garrafa de cristal para o vinho, a toalha de linho branco debruada com motivos verdes, os castiçais de prata de quatro lumes herdados dos bisavós e as cadeiras vazias onde no Natal se sentavam Martín, Natalia, a irmã de Inez, o marido e os dois filhos de ambos, e o tio Afonso, o irmão do pai. Tudo estava no seu lugar, tudo estava em ordem.

11.

— Dr. Paolo Murati, pede-se a sua comparência urgente na UCI, cama 7-B.

Interrompido pela chamada nos altifalantes do bar, Paolo acabou à pressa o seu expresso, levantou-se e entregou a chávena no balcão: tivera apenas tempo para uma pausa de pouco mais de dez minutos, tanto quanto lhe levara a despir o fato, as máscaras sobrepostas, as luvas e os protectores das sapatilhas usados na UCI. Mais uma vez, tentou ligar para o número de Inez em Madrid, mas o telemóvel dela continuava impedido, e, mesmo em andamento, redigiu-lhe uma breve mensagem: "Tentei ligar-te no único intervalo que tive até agora, mas estavas ocupada; não sei quando poderei voltar a tentar, isto está um inferno! Beijos, amor. Cuida-te!".

Na antecâmara da UCI, voltou penosamente a vestir tudo outra vez, peça por peça, e esforçando-se para o fazer com calma e meticulosamente, pois sabia que disso poderia depender a sua vida. Para se descontrair, costumava imaginar, tal como fazia em criança, que era um astronauta dentro de um fato espacial, pisando cuidadosamente o solo lunar para não levantar poeiras radioactivas. Mas detestava aquela bolha de plástico que o envolvia, lhe roubava os movimentos e o fazia deslocar-se como um sonâmbulo. E detestava que as máscaras não permitissem ver com nitidez a cara dos que trabalhavam consigo e à sua volta, pois sempre achara essencial perceber pelas suas expressões se era preciso animá-los, dar-lhes confiança ou, pelo contrário, ganhar forças na confiança que lia no olhar deles. E sabia também quão importante isso era para os doentes. A auxiliar que o ajudou a equipar-se, quando já lhe tinha vestido a sobrecapa de plástico por cima da bata verde-água que identificava os médicos na UCI, fê-lo virar e com uma caneta de feltro preta escreveu o nome dele nas costas. Depois, rapidamente e em silêncio, ambos passaram em revista toda a preparação, e só então Paolo soltou um suspiro e empurrou a porta onde estava escrito "Unidade covid — Só Pessoal Autorizado e Equipado". No fundo dessa sala, e separada dela por uma parede de vidro, outra porta tinha escrito "UCI covid — Entrada Restrita". Paolo cruzou-se aí com um colega que vinha a sair e a quem acenou com a cabeça, mas sem estar certo de o ter reconhecido.

 Na cama 7-B estava um doente a quem ele dera entrada há uns dez dias ou mais e cuja evolução vinha acompanhando. Era um homem de setenta anos, com excesso de peso e hipertensão arterial. Começara a ser ventilado logo após a entrada, mas sem grandes melhorias na respiração e sem reagir aos tratamentos à base de corticóides e antivirais. Ao quinto dia — Paolo confirmava-o agora, lendo a sua ficha pendurada aos pés da cama —, ele tinha-o posto em coma induzido e com alimentação intravenosa, depois de lhe explicar o que ia fazer e por que razão tinha de o fazer. Viu lágrimas assomarem aos olhos do doente, e a sua expressão assustada e indefesa — que ele já tinha visto tantas vezes noutros doentes, mas a que nunca se habituara — dizia-lhe que,

a partir daquele momento o outro sabia que o seu destino estava nas mãos do médico que tinha à sua frente. Sem fuga possível.
— E quanto tempo me vai pôr a dormir, doutor?
Como se estivesse numa aula de pilates, Paolo encheu o peito de ar subindo os ombros e depois soltou lentamente o ar, antes de responder.
— Não depende de mim, mas do seu organismo. De como ele reagir. O coma induzido vai ajudá-lo a respirar melhor.
Seguiu-se um silêncio desconfortável e depois a pergunta que Paolo já esperava:
— E volto a acordar, doutor?
— Acreditamos que sim. E, pode crer que só fazemos isto, e com o seu consentimento, porque acreditamos que, se o não fizermos, você não se safa. O raio da coisa atacou-o mesmo a sério.
Fora há cinco dias, mas nada mudara para melhor na situação do doente: mantivera-se desde então, na definição técnica e para informação da família, "em situação crítica". Até há minutos. Agora, todos os indicadores constantes dos painéis estavam no vermelho e tinham feito soar a campainha de alarme. O pH do sangue tinha descido para além do limite suportável, os ionogramas estavam a descompensar, a tensão estava em vinte por catorze, pulso fraco e, acima de tudo, a oxigenação descera a setenta e dois por cento: o doente ia sufocar rapidamente. Mas, antes disso, era o coração que o mataria e fora o coração que fizera soar o alarme: estava em paragem cardíaca.
— Preparar o desfibrilhador — disse Paolo para a enfermeira Gabriela, Gaby, a sua preferida, o seu "anjo", como ele lhe chamava.
Mas ela tinha antecipado a sua decisão e já tinha o desfibrilhador pronto numa banqueta que empurrara até junto da cama do doente e os eléctrodos na mão, prontos para os passar a Paolo.

— Afastem-se! — disse Paolo para Gabriela e outra enfermeira que viera também ajudar. Sem perder tempo, Paolo verificou que os eléctrodos estavam carregados, pegou nas pás, contou até três, como sempre fazia, e aplicou-os simultaneamente nos dois lados do tórax do doente, já clinicamente morto. O choque eléctrico fez soerguer o corpo, parecendo trazê-lo de volta à vida. Paolo contou cinco segundos e parou, olhando para o visor do electrocardiograma: nada, uma linha contínua, inerte. Ganhou fôlego, suspendeu a respiração e tentou outra vez: um, dois, cinco, oito segundos. Nada. Uma campainha aguda, intermitente, fez-se ouvir num dos aparelhos — a "campainha da morte", como lhe chamavam, pois que não havia outro nome menos sinistro para a sua função.

— Estamos a perder o doente — disse baixinho à outra enfermeira, ao mesmo tempo que maquinalmente desligava a campainha de alarme.

Paolo deteve-se, as mãos erguidas segurando ainda as pás. Um estertor quase imperceptível no corpo adormecido do doente indicou-lhe que ele tinha acabado de atravessar a linha sem retorno: não, não voltaria a acordar e não havia nada mais a fazer por ele, nenhuma manobra desesperada de reanimação era possível num doente em coma e sem respirar, cujo coração já não reagia. Paolo olhou para o grande relógio no alto da parede central da enfermaria, que também servia para aquelas ocasiões:

— Hora da morte: onze e trinta e cinco — ditou para a enfermeira. Depois sentou-se numa cadeira junto à cama, ficando a olhar o morto, em silêncio.

— Vim o mais cedo que pude...

— Vieste a voar, nem deves ter bebido o café! — disse Gabriela, tirando-lhe docemente as pás das mãos e começando a arrumar os instrumentos.

— Mas ainda perdi meio minuto, talvez, a mandar uma mensagem à Inez...

Gabriela pousou-lhe uma mão no ombro:

— Paolo, por favor! Perdeste meio minuto? Tu, que perdes aqui todas as horas de todos os teus dias, sem teres sequer tempo para beber um café até ao fim? Sabes muito bem que ele não se ia safar. Desde que aqui entrou...

— Quantos já foram hoje?

— Sete, até agora.

— Meu Deus, eu já nem pergunto quando é que isto terá fim, mas só quando é que isto abrandará?

— Sim, até já temos saudades de fazer outras coisas — respondeu-lhe Gabriela, parecendo que falava consigo mesma.

— Salvar vidas, por exemplo — concluiu ele.

— Isso também.

Paolo lançou um último olhar ao morto e levantou-se, forçando-se a reagir:

— Enfermeira — não conseguira ainda distinguir quem era a outra enfermeira, nem pela cara, nem pelo nome escrito nas costas e que ainda não tivera oportunidade de ler —, liberte-me esta cama assim que puder e, quando me vir sair, lembre-me de telefonar à família dele. Gaby, quem são os mais urgentes a seguir?

Ao final do dia, a UCI nº 3 do hospital, dirigida por Paolo, tinha perdido vinte e três doentes para a covid. A Itália inteira tinha perdido setecentos e cinquenta e oito só nesse dia. Às dez da noite, três dos seis médicos da UCI foram rendidos por outros tantos que tinham folgado, e os três restantes, entre os quais Paolo, tiraram um intervalo de uma hora para irem jantar na cantina do hospital. Esses iriam fazer o turno completo de vinte e quatro horas, atravessando as intermináveis horas da noite, cambaleando de sono e de exaustão entre mortos e agonizantes. E ao fim da noite, às primeiras horas de uma nova manhã que eles não sabiam sequer se era de sol ou de chuva, de frio ou de tempo ameno, se era dia de semana ou sábado, talvez domingo, contariam os cadáveres da noite, libertariam as camas para os que esperavam na enfermaria e celebrariam as raras vitórias obtidas, vendo sair por aquela sinistra porta, e de volta para a enfermaria, um ou dois doentes em cuja ficha clínica Paolo tinha escrito quase com raiva: "Alta para recuperação em enfermaria".

Ao jantar, entre os colegas médicos e médicas, enfermeiras e enfermeiros, Gabriela, que viera sentar-se ao seu lado, disse-lhe baixinho:

— Temos duas baixas entre os enfermeiros.
— Quem?
— O Andrei, o ucraniano.
— O que lhe aconteceu?
— Tinham acabado de limpar o chão do corredor, o tipo escorregou e partiu um pulso.
— Merda, ele é bom!
— Pois é, vai-nos fazer muita falta.
— E quem mais?
— A Lucia, aquela morena bonita, que tu estás sempre a ganhar coragem para convidar para jantar.
— Mentira! É a brincar. O que tem ela?
— Duas más notícias: testou positivo e não está bem: febre alta, tonturas, vómitos, oxigénio em baixo, já não a deixei sair daqui. Está na enfermaria covid.
— E a outra má notícia sobre ela?
— É muito discreta, a rapariga, mas teve de telefonar para casa a avisar que ficava internada, e descobri que é casada e tem um filho pequeno. E trata o marido por *amore mio*.
— Ah, ok. Essa, vamos safá-la, caramba!

Gabriela sorriu e Paolo sorriu também.

— Vamos, claro. Ela é muito nova e tu sabes perder ao amor. Só não sabes perder lá dentro. Felizmente!

— Ah, mas estás enganada sobre mim, Gaby: eu também não sei perder ao amor. Disfarço é bem.

O dia estava a nascer quando Paolo atravessou a porta de saída para a rua, deixando para trás o edifício do imenso conjunto do Hospital Papa Giovanni XXIII. Atordoado de sono e de cansaço, precisou de algum tempo de concentração para se lembrar onde estacionara o carro, vinte e quatro horas antes. Ligou o aquecimento do Alfa Romeo e na luz esbranquiçada da manhã nascente começou a dirigir lentamente em direcção à cidade. Uma cidade absolutamente deserta — não por ser pequena, apenas com os seus 122 mil habitantes em quarenta quilómetros quadrados, ou porque passasse ainda pouco das sete da manhã —, mas porque todos estavam escondidos, barricados em casa, espiando o inimigo das janelas ou das varandas, os mais afoitos.

À saída do parque do hospital, um grande cartaz, com uma flor desenhada, dirigia-se aos médicos, enfermeiros e todos os que ali trabalhavam: "*Grazie a voi*". E pouco depois na berma da estrada, outro cartaz gigante gritava e prometia: "*Andrà tutto bene!*". Cada vez que o via, Paolo não era capaz de evitar um sorriso triste e murmurar para si mesmo, entre dentes: "*No, no andrà!*".

Ao longe, já conseguia distinguir as luzes da Città Alta que ainda permaneciam acesas e os contornos dos edifícios medievais, com os seus telhados vermelhos, acima dos quais despontava a cúpula da Basílica de Santa Maria Maggiore, mandada erguer em 1137 para proteger os habitantes de Bérgamo da peste negra que varria Itália e a Europa: uma coincidência com os tempos de agora que lhe despertava novo sorriso de ironia. Então, como agora tudo aquilo que enfrentavam era demasiado violento para a capacidade dos homens, e até mesmo dos deuses. Ele sabia-o bem. Como todos os que enfrentavam aquela coisa maligna no hospital, sentia bem a impotência desesperante dos esforços que faziam diante da violência atordoadora daquela onda que parecia não ter fim nem contenção. Tal qual como, quando em criança, tentava conter com areia a subida da maré contra os muros da construção que fizera junto à rebentação das ondas.

Sempre em velocidade lenta, entrou na cidade e escutou na rádio as notícias das sete e trinta da manhã: os números da véspera, sempre a subir, entre infectados, internados e mortos, fazendo da Itália o cemitério da Europa e de Bérgamo, o epicentro do vulcão. Aliás, estava a testemunhá-lo pessoalmente nesse preciso momento, conduzindo ao longo da Via Sentierone, a mais movimentada e comercial da Città Bassa, e agora atulhada de camiões militares que esperavam em fila para ir buscar os cadáveres dos mortos ao hospital, onde ele e os seus colegas os tinham visto morrer e de que as agências funerárias já não davam conta. E para onde os levariam, avisariam as famílias, pelo menos?

No fim da Sentierone e depois de passar a Torre dei Caduti — uma homenagem a mortos, outra vez, estes debaixo do fogo dos canhões da desumana Primeira Guerra Mundial —, virou em direcção à Porta Nuova e entrou na pequena rua onde ficava o seu apartamento, um quarto andar com uma vista soberba sobre a Città Alta e as montanhas, lá ao longe. Conseguiu ter forças para se despir, entrar no chuveiro e, a seguir ainda, ir ao frigorífico e sacar um sumo de laranja que acrescentou com umas pedras de gelo e, no instante em que ia estender a mão para o telemóvel, este tocou. Inez.

— Querido, até que enfim!!! Onde estás?

— Acabei de chegar a casa e tomar um duche, um daqueles que não se esquecem mais na vida. E ia ligar-te neste segundo.

— Só agora saíste?

— Foi: vinte e quatro horas. Agora, vou dormir umas doze e entro às dez da noite para fazer a noite toda.

— Como foram as coisas hoje, por aí?
— Uma catástrofe sem fim à vista. Cada dia é pior do que o outro. Ouvi agora na rádio: quinhentos e oitenta e dois mortos em Itália ontem. E catorze só na minha enfermaria. E dois enfermeiros bons apanharam a doença, vamos ficar ainda mais apertados. À vinda para casa vi camiões do Exército prontos para irem buscar os mortos ao hospital. Isto já não é medicina, querida, é carnificina.

Do outro lado da linha, Paolo percebeu que ela estava a chorar.

— Oh, meu Deus, tem cuidado contigo, Paolo!
— Eu tenho, querida. Temos todo o cuidado do mundo, fazemos tudo o que podemos, mas mesmo assim a verdade é que o sacana do vírus consegue entrar por algum lado. Eu, qualquer dia, acho que já nem tenho pele nas mãos de tanto as lavar e desinfectar!
— Bom, meu querido, não baixes nunca a guarda, é só o que te peço. Depois, o resto, o que te queria pedir, sei que é impossível...
— O que era?
— Oh, tu sabes: queria tanto voltar a ver-te! O efeito Barcelona já passou há muito.
— Pois já, a mim também. Mas agora não dá, querida, não tenho hipótese nenhuma de abandonar o hospital. Nem quereria.
— Eu sei que não quererias. Mas eu não poderia ir aí? Nem que fosse só dois dias? Ficava em tua casa à espera que voltasses do hospital e dormíamos juntos, uma noite, pelo menos...

Paolo sorriu, comovido.

— Não, querida, não dá. Aliás, nem sequer se pode viajar agora para Itália.
— Talvez eu arranjasse maneira de viajar, como médica.
— Não, Inez, não te quero aqui. Seria mais uma preocupa-

ção para mim. Vamos falando sempre que for possível, já é uma grande ajuda para mim.
— Está bem, meu amor, vai dormir agora.
Depois de desligar o telemóvel, Inez ficou a imaginá-lo a adormecer no quarto onde ele deixava sempre uma ténue luz acesa em frente à cama, iluminando um nicho onde estava colocado um vaso romano, quase intacto e ainda com terra e conchas incrustadas, que um doente agradecido lhe oferecera, supostamente proveniente das ruínas de Pompeia.
— É autêntico? — perguntara-lhe ela, da única vez que tinha estado em Bérgamo, em casa dele.
— Não sei e é melhor não tentar saber ou ainda vinha cá a polícia prender-me por ter aqui um objecto classificado. Mas gosto muito dele e gosto de adormecer a olhar para ele.
A imagem de Paolo a adormecer deitado na larga cama onde haviam dormido juntos nas noites passadas em Bérgamo, depois de ele a ter levado a jantar nos seus restaurantes favoritos da Città Alta, aumentou ainda mais as saudades que tinha e o desejo irreprimível de o voltar a ver e voltar a estar fisicamente junto dele. Ocorreu-lhe que no dia seguinte poderia, ao menos, propor-lhe uma daquelas sessões de vídeo-sexo com que já se tinham entretido algumas vezes anteriormente, através do computador e via Skype. A melhor dessas sessões acontecera num final de tarde de um dia em que estava sozinha em casa, depois de Martín ter viajado mais uma vez para fora de Madrid. Resolvera tomar um banho de imersão para descontrair e aproveitara para ler um longo artigo científico que lhe interessava, colocando o portátil sobre uma plataforma de madeira em forma de ponte sobre a banheira, que servia para colocar o sabão, os cremes, a esponja etc. E tinha o telemóvel ao alcance da mão quando Paolo lhe ligou, perguntando onde estava e o que fazia.
— Olha, neste momento estou espojada na banheira.

— Ah, quem me dera estar aí a assistir!

E foi então que lhe ocorreu:

— Mas podes! Liga-me pelo Skype.

E serviram um ao outro vinte minutos de striptease mútuo, terminando como seria de prever, com grandes planos mútuos dos respectivos momentos de apoteose final. No fim, ficou uma sensação de impotência e frustração irritante, mas tinha valido a pena. Ele adorava vê-la e ela adorava exibir-se. Aliás, gostava de se exibir para ele e não só — era uma coisa inata nela e desde sempre. Mesmo antes de Paolo ter entrado na sua vida, descobrira-se já uma exibicionista — coisa que absorvera sem escrúpulos nem grandes preocupações ou introspecções. Martín, por exemplo, conhecia-lhe bem esse lado mal escondido e isso excitava-o, ao ponto de ser sempre ele quem primeiro a desafiava a fazer topless na praia, fosse perante desconhecidos ou, sobretudo, perante amigos. E ela, regra geral, não se fazia rogada, a menos que não lhe agradassem os mirones ou achasse que ia deixar os amigos pouco à vontade. Não sendo o caso, porém, gostava de caminhar até à água sem a parte de cima do bikini, sabendo que os olhares dos homens e das mulheres se fixavam no seu peito altivo e cheio, sem ser demasiado grande, que oscilava suavemente quando ela caminhava. Sem surpresa, descobrira também como havia gostado de se despir e ser massajada toda nua diante do jovem cubano, na casa de massagens. Tal como via as coisas, um corpo bonito era uma dádiva da natureza que não durava para sempre. Na verdade, não pertencia ao próprio, mas à natureza, tal como uma árvore bonita, e era quase egoísmo que o seu proprietário guardasse a sua vista só para si ou para quem compartilhasse a sua cama. Aliás, se não fosse assim, por que razão houvera sempre mulheres e homens que se expunham nus para que os pintores os pintassem ou os fotógrafos os fotografassem? Para que ficasse memória dos seus corpos antes que o tempo desfizesse a obra de arte que a natureza construíra.

Mas agora Inez sabia que, por mais que lhe apetecesse, e mesmo por mais que achasse que isso até podia servir para o distrair e ajudar a enfrentar aqueles dias com outro ânimo, não se atreveria a propor-lhe um Skype erótico. Ele poderia achar que ela não percebia o que ele estava a viver, que não era capaz de entender que a vida tem momentos bons e momentos tenebrosos e que não é possível estar a viver os momentos tenebrosos, e esquecê-los e apagá-los ou pô-los entre parênteses, simplesmente recordando os outros. Recorrendo aos atributos do corpo dela. Não, este era o momento de sofrer com ele. De sentir o sofrimento dele, de sofrer por causa dele. De temer por ele.

E não lhe era assim tão difícil imaginar o que Paolo estava a passar porque todos os dias os relatos da progressão da covid em Espanha se assemelhavam mais aos de Itália. Os peritos diziam que Espanha estava apenas um mês atrasada em relação a Itália na progressão do vírus e, logo depois, já só quinze dias. No final de Abril, estava claro que Espanha era o segundo pior país da Europa em número de casos e de mortos por cem mil habitantes. E, embora o hospital de Inez mantivesse o seu estatuto de "hospital de retaguarda", sem receber doentes covid, ela mantinha contactos com colegas nos hospitais que recebiam e tratavam dos doentes covid e o que eles lhe contavam deixavam-na cada dia mais aterrorizada. Parecia-lhe evidente que o governo não controlava a situação, que toda a gente navegava à vista e que ninguém sabia ao certo o que estava ainda para vir e o que fazer. Impressionava-a sobretudo o número alucinante de mortos nos lares, onde o vírus, quando entrava, era como fogo na pradaria, dizimando os velhinhos indefesos, às dezenas de cada vez. Mortos nos lares, como coelhos caçados na toca, sem sequer terem uma hipótese de porem a cabeça de fora, de tentarem fugir para a salvação. Um era contaminado e todos os outros o eram de seguida, sentados nas suas cadeiras em frente aos televisores, à espera de que a morte os viesse buscar também. Porque não os testavam logo todos, porque não isolavam imediatamente os contaminados, porque não os levavam para os hospitais?

Incapaz de continuar a conviver com as suas interrogações sem resposta, resolveu telefonar a um antigo colega de curso, com quem mantivera na altura da faculdade um episódico namoro, que para ela fora apenas um entretenimento entre noites de estudo, mas que, desconfiava, para ele fora mais e mais duradouro do que isso, a avaliar pelo facto de ele nunca se ter casado e de sempre ter tido para com ela uma relação que era um misto de atracção e azedume, de cada vez que se encontravam ou falavam ao telemóvel. Entretanto, José María — era esse o seu nome — seguira uma carreira brilhante na sua especialidade de Cirurgia Cardiotorácica e era hoje director de serviço num hospital público de Madrid e voluntário da primeira hora, embora essa não fosse a sua área no combate à covid-19.

Ligou-lhe e, depois de ouvir os habituais elogios carregados de uma subtil recriminação mal recalcada, perguntou-lhe directamente porque estavam a morrer tantos velhos nos lares, longe dos hospitais — quase cinquenta por cento dos mortos covid, segundo números que circulavam, embora não oficiais.

— Porquê, Inez? Porque o vírus mata velhos, como todos sabemos. Mata, sobretudo, quem tem doenças associadas e, a partir dos setenta anos, todos têm doenças associadas e menores resistências. Pela mesma razão pela qual a gripe mata mais velhos do que os outros.

— Ok, José, mas porque morrem eles nos lares ou em casa?

— Ora, porque é onde estão!

— Não, não, não me venhas com essa! Onde morrem os de cinquenta anos e os de quarenta?

— Morrem muito menos. Muito poucos, por enquanto.
— Eu sei. Mas os que morrem, morrem onde? Em casa?
— Não. Aqui: nos hospitais.
— Ah, José, era aí que eu queria chegar! Porque é que os mais novos morrem nos hospitais e os velhos morrem longe dos hospitais? — Escutou um longo silêncio do outro lado da linha. Seguido de um suspiro.
— José?
— Sim, estou aqui.
— Então, ouviste a minha pergunta?
— Claro que sim, Inezita. Esperta e inconveniente, como sempre. Que queres que te diga?
— A verdade?
Ouviu novo suspiro.
— A verdade? A verdade é esta, Inez, mas jura-me que fica entre nós.
— Juro-te.
— Pois bem, a verdade é que estamos a chegar a uma situação de salvarmos quem pudermos. Estamos a chegar ao limite, ao descontrole. Nunca pensei que pudéssemos chegar a este ponto e tão rápido, mas chegámos: não temos camas, nem ventiladores, nem médicos, nem enfermeiros. O nosso Serviço de Saúde não tem capacidade de resposta para salvar todos.
— Estão a escolher?
Novo silêncio do outro lado e depois a resposta.
— Estamos. Já estamos.
— Então é por isso que os velhos não chegam a ir para os hospitais?
— É.
— Meu Deus, e isso é oficial?
— Não, claro que não é oficial, nem nunca será sequer admitido. Mas vou-te mandar agora um vídeo que recebemos on-

tem, destinado a todos os serviços de internamento covid e onde reconhecerás, talvez, um alto responsável do Ministério da Saúde a esclarecer preto no branco quais são as nossas instruções. E, se queres que te diga, de certo modo, até lhe agradecemos, porque assim nos livra do fardo moral de ter de ser cada um de nós a decidir por si. Ou cada serviço, cada hospital a decidir, sem querer saber dos outros.

Depois de desligar a chamada, Inez foi ver o vídeo que José María lhe enviara. Era difícil acreditar que aquilo pudesse ser verosímil, que um médico pudesse falar assim para outros médicos, que um comandante de uma guerra — porque de uma guerra se tratava (agora ela já não tinha dúvidas) — pudesse falar assim para os seus oficiais. Mas ali estava um médico, supervisor dos hospitais do Estado, dirigindo-se a outros médicos, directores clínicos e chefes de serviço, e transmitindo-lhes as instruções superiores que deveriam observar: de ora avante, nenhum doente covid com mais de setenta anos e com sintomas graves da doença seria admitido nos hospitais quando a Enfermaria covid ou a UCI já estivessem cheias ou na iminência de virem a estar nos dias próximos. "A nossa tarefa prioritária é salvar vidas, concentrando-nos nas vidas que têm mais probabilidades de serem salvas", explicava ele. Quanto aos velhos infectados, deveriam permanecer onde estavam, nos lares ou em casa, sendo monitorizados à distância pelos respectivos centros de saúde — muito embora os médicos dos centros de saúde não fossem aos lares e os dos seguros de saúde privados também não fossem às casas dos doentes covid. Enfim, concluiu Inez, lembrando-se do que alguém dissera, estamos perante um "vírus bonzinho porque só mata velhos", e agora trata-se de os fazer morrer longe dos hospitais para não atrapalharem o serviço e os outros. "Eis", pensou ela, "a humanidade revelada na sua verdadeira essência, quando um morcego se cruza com um pangolim num mercado de rua de uma cidade chinesa."

E tudo lhe era agora mais difícil de aceitar e de fazer de conta que lhe passava ao lado. Aceitar o dia-a-dia do seu hospital onde toda a gente dava graças a Deus por terem sido poupados e preservados de serem expostos ao pavor de terem de tratar doentes covid, embora cá fora todos fizessem questão de exibir os seus cartões e os seus estatutos de médicos e enfermeiros e subentender que estavam "na linha da frente" do combate. Aceitar a angústia da sua relação à distância com Paolo, o terror permanente de que, ele sim, sucumbisse à doença no campo de batalha onde estava mergulhado até à alma e aos ossos, a dificuldade que era conseguir compatibilizar horários para ao menos falar ao telemóvel com ele uns minutos em cada dia e os remorsos que sentia por essas dificuldades de horário e esse afastamento do homem que amava e que a amava tivessem como única razão a hipocrisia da situação falsa em que ela vivia. E que a impedia de estar ao lado dele, como devia e como queria. Como faria sentido. E, por isso, inevitavelmente, cada vez lhe era também mais difícil chegar a casa todos os dias e encarar Martín como se nada fosse, como se nada de essencial se tivesse quebrado entre eles e como se ela estivesse, de facto, ali, e não gritando a cada instante para estar longe dali.

Sabia que Martín já tinha percebido que alguma coisa se passava com ela, mas não daria nunca o primeiro passo para ser ele a desencadear a conversa. Era demasiado cobarde ou demasiado comodista para tal. Uma vez confessara-lhe que a sua filosofia de vida perante um problema era: "Se achas que podes resolvê-lo, enfrenta-o; se achas que não, espera que ele se afaste". Manifestamente, ele tinha optado agora pela segunda opção. Mas, ao perguntar-se a si própria porque era ele tão cobarde que não se atrevia a interpelá-la, Inez esbarrava fatalmente na pergunta inversa e para a qual não encontrava resposta: "E porque és tu tão cobarde que não tomas a iniciativa?".

E, assim, deu consigo a pensar que, graças a silêncios cobardes e oportunos, vivem-se relações, às vezes, de uma vida inteira. Ela conhecia alguns exemplos: uns de infelicidade estabelecida para sempre, mas outros, porém, milagrosamente salvos pelo silêncio e pela oportuna cobardia. Quem sabe seria por isso que tantos escolhiam calar-se, esperando que o tempo resolvesse por eles o dilema. E, às vezes, resolvia.

Mas Martín, pensava ela, olhando-o disfarçadamente enquanto ele fazia o jantar na cozinha aberta para o living e com uma lareira de duas faces aquecendo ambas as divisões, sobreviveria bem sem ela. Era um homem bonito, jovem, culto, um arquitecto a subir rapidamente na carreira, bem relacionado, com bom gosto, com capacidade e habilidade de ter uma vida mais do que agradável, fosse casado ou solteiro. Ok, talvez gostasse dela, até bem mais do que ela supunha, mas facilmente encontraria quem o fizesse, se não esquecê-la, ao menos distrair-se dela. Nem que fosse a Patricia das massagens, ou várias outras Patricias, que estariam disponíveis com facilidade.

— Bom, aqui está: ervilhas estufadas com ovos escalfados e paio serrano. — A aparição dele, carregando a travessa da cozinha, sobressaltou-a. — Bebes uma *copa* de tinto?

— Sim.

Martín pusera também a mesa e acendera as velas entre eles. Serviu o vinho e serviu o prato dela e depois o dele. Ergueu o copo:

— Bom apetite!

Ela ergueu o copo, em silêncio, e provou as ervilhas: estavam óptimas, não eram de lata, ele fora ao mercado. A seguir, traria a sobremesa e faria o café: um marido perfeito. Depois, ela levantaria a mesa e poria a loiça na máquina. Um casal perfeito. Uma vida perfeita.

— Estou preocupado com esta história da covid — disse ele.
— Estás?
— Estou. Ainda bem que o teu hospital está fora disso.

Inez olhou-o através da luz das velas. "Que homem bonito!", não pôde evitar pensar.

— E estou preocupado com a minha mãe, não sei se não seria melhor metê-la num lar. — A mãe de Martín, viúva, com setenta anos, vivia sozinha numa agradável casa do centro de Madrid.

— Num lar? Para quê, para ela morrer lá, como estão a morrer todos os velhos nos lares?

Martín embatucou.

— Bem, mas lá, pelo menos, tinha assistência permanente, enquanto em casa, sozinha, se alguma coisa lhe acontece...

— Martín, ouve-me: nos lares não têm assistência nenhuma, nem médicos nem enfermeiros, e se a covid entra por ali adentro vão todos de rajada e deixam-nos morrer lá, nem sequer os levam para os hospitais. Onde ela está mais segura é justamente em casa. Desde que não saia de lá e desde que não deixe ninguém estranho lá entrar.

Martín olhou-a, curioso.

— Como é que tu sabes isso?
— O quê?
— Que não os levam para os hospitais quando adoecem nos lares?

— Sei. Sei de fonte segura. Acredita em mim: onde a tua mãe está bem é em casa. E é onde ela se sente bem.

— Entregue àquela filipina que vai lá três dias por semana? A... como é que ela se chama?

— Doris.

— Isso.
— A Doris vai passar a ir lá todos os dias da semana, leva-lhe o almoço e deixa-lhe o jantar feito e dá-lhe os remédios. E, ao fim-de-semana, vamos lá tu ou eu. Já tratei disso.
— Já trataste disso? E não me disseste nada? Quanto é que isso me vai custar a mais?
— Não interessa, tens dinheiro para pagar. Mas falei à Doris e fui lá com ela. Comprei um termómetro e um oxímetro, para medir a oxigenação do sangue, e duas vezes ao dia ela vai tirar-lhe a temperatura e, ao menor sintoma suspeito, mede-lhe a oxigenação e telefona-me.
— A sério? E fizeste tudo isso sem me dizer nada?
— Esqueci-me. Mas que interessa isso? Interessa é que ficou resolvido e a tua mãe ficou mais descansada. Também lhe reabasteci a despensa, que estava a precisar, e a farmácia. Pode ficar um mês em casa sem sair. Mas, felizmente, tem a varanda, que é bem grande.
Martín não disse nada durante largos minutos, até beberem o café. Estava visivelmente furioso, mas não encontrava as palavras certas para o dizer. Finalmente, disse-o:
— Fizeste isso para me humilhar.
— Não, fiz isso para te ajudar. E, sobretudo, para ajudar a tua mãe. Já imaginaste a angústia dela ao ver estas notícias todos os dias e a pensar que estava sozinha, sem saber o que lhe poderia acontecer?
Ele não respondeu.
— Imaginaste?
Martín levantou-se e soprou as velas, apagando-as. Agora, sim, tinha um esgar de raiva na cara, quando a encarou.
— É curioso porque, depois disso, suponho que eu devia agradecer-te. Por teres, como dizes, ajudado a mim e à minha

mãe. Mas porque será que eu te sinto tão longe de mim como nunca te senti? Uma coisa terá que ver com a outra?

    E desapareceu para o quarto, batendo com a porta.

12.

Um sol brilhante e amigo aquecia aquela manhã de Abril em Madrid, pouco depois do nascer do dia, quando Inez se dirigia para o hospital. Conduzia lentamente, ao longo das ruas e avenidas desertas de uma cidade dir-se-ia fantasma, como se tivesse sido atingida por uma catástrofe nuclear que soterrara quase todos os seus habitantes por detrás das paredes das casas, nas garagens, nas caves, nos sótãos, em cemitérios desconhecidos, longe da vista, sem terem deixado vestígios de morte nem outros destroços, que não o vazio. Desaparecidos, sem mais.

Era uma cidade, a sua cidade, como ela nunca a tinha visto ou sequer imaginado, simultaneamente linda e assustadora, de portas trancadas, esplanadas vazias e sem cadeiras nem guarda-sóis, o Prado encerrado e, dentro dos seus altos portões, os Goya, os Velázquez, os Rembrandt falando a sós uns com os outros, as fontes sem água, o ruído incessante da cidade agora sepultado sob um silêncio de tragédia, apenas interrompido de vez em quando pelas sirenes de ambulâncias ou de carros de polícia — "aliás", pensou ela, "lançando inutilmente o seu silvo de morte para abrir caminho num trânsito inexistente, talvez apenas por hábito, ou para que os seus motoristas quisessem assim gritar, aos que estavam barricados nas casas, que a cidade ainda existia e a vida continuava. Ou o que restava dela".

Ia-se habituando a fazer aquele trajecto todas as manhãs num misto de espanto e de medo, a todo o momento esperando ver sair de uma esquina um monstro, qualquer coisa de também nunca visto, atravessar-se no seu caminho e então ali terminaria a sua ousadia de devassar uma Madrid morta de medo, morta, morta.

E cada vez lhe fazia menos sentido o trabalho no hospital, de onde os doentes tinham desaparecido por medo de apanharem a doença e de onde, igualmente por medo, muitos médicos tinham desertado, metendo baixa, invocando todos os pretextos imagináveis. Sim, havia os heróis da "linha da frente" e os cobardes silenciosos da retaguarda, de que ninguém falava, de que não convinha falar e que, para efeitos públicos e privados, eram também heróis. Assim, o trabalho era quase nenhum, os exames estavam suspensos, os almoços entre colegas tinham acabado e, pior que tudo, a sensação de ser inútil no meio de uma tragédia, onde todos os médicos deviam e podiam ser imprescindíveis, era-lhe insuportável e quase humilhante. Como poderia explicar um dia, depois de tudo aquilo ter passado, e se passasse, que sim, tinha continuado ao serviço durante a pandemia, com os milhares de infectados e as centenas de mortos por dia, mas que nunca havia tratado um doente nem visto um morto de covid, porque o seu hospital era de "retaguarda"? E que, pelo contrário, no seu serviço, onde tratavam os "outros" doentes, estes tinham fugido ou tinham sido mandados esperar que passasse a pandemia, com exames urgentes adiados, cirurgias suspensas sem data e tantos a morrerem em casa por falta de assistência, enquanto ela e os outros médicos no hospital não tinham nada que fazer?

Para entreter as horas vazias, Inez começara a ler tudo o que encontrava na net e nas revistas científicas sobre a covid-19, ao ponto de tudo saber e cada vez menos compreender, pois que uma certeza científica de um dia tornava-se uma falsa certeza no dia seguinte. Os médicos estavam nas mãos da ciência, isso ela sabia; e só a descoberta em tempo recorde de uma vacina poderia conseguir estancar aquela onda de contaminação global devastadora. Sim, é verdade que havia doenças mais mortíferas ainda que aquela: a malária, por exemplo, matava meio milhão de pessoas todos os anos e não tinha cura nem vacina. Talvez tivessem razão os que diziam que não se dava a mesma importância à malária porque era uma doença de países pobres, mas a verdade é que a malária não se transmitia entre pessoas, como a covid-19, pela simples respiração. Por pior que fosse, não tinha o potencial de contaminar a humanidade inteira em menos de um ano.

Tinha ido buscar o seu segundo café da manhã e estava absorta na leitura do *New England Journal of Medicine*, quando o telemóvel tocou: era Paolo. O coração deu-lhe um salto de alegria: àquela hora da manhã isso queria dizer que ele encontrara um intervalo para lhe falar no inferno que eram as suas manhãs.

— Estou, amor? Está tudo bem?

Antes de escutar a voz dele, ouviu a sua respiração, uma tosse seca e depois uma breve pausa.

— Querida, não tenho boas notícias...

— Então? — Agora o coração tinha partido a galope. — O que se passa?

— Chegou a minha vez, algum dia tinha de ser...

— O quê? Não me digas que... por favor...

— Sim, querida, infelizmente é verdade: apanhei esta merda.

Inez forçou-se a respirar fundo. Uma vez, duas, três vezes. "Calma, ele precisa que estejas calma."

— Quando é que soubeste?

— Esta manhã. Comecei a sentir-me mal de noite, vim mais cedo para aqui e fiz o teste mal cheguei. Deram-me o resultado há dez minutos, mas eu já sabia que era positivo.

— O que sentes?

— O normal: febre, enjoo, respiração difícil, prostração geral.

— E o oxigénio?

— Noventa e quatro.

— Merda! Vais ficar internado?

— Hum-hum.

Bastaram-lhe quinze segundos para pensar. A vida toda para a frente e para trás, em quinze segundos.

— Querido, eu vou já para aí! Não vale a pena dizeres que não!

— Não, não vens!

— Paolo, não me podes impedir disso!

— Posso e impeço.

— Não, eu vou!

— Inez, não sejas teimosa! Aliás, duvido até que conseguisses viajar para Itália.

— Arranjava um papel, aqui do hospital, a justificar a viagem, qualquer coisa...

— Não vens, Inez! Eu não quero. Vinhas fazer o quê? Nem sequer me poderias ver, comigo na enfermaria.

— Tu conseguias que eu te visse.

— Conseguia, mas não quero.

— Mas porquê?

— Porque, primeiro, são as regras e não vou abrir uma ex-

cepção para mim; e, depois, porque não te quero expor ao perigo de apanhares também o vírus: o que ganhávamos com isso?
— Eu via-te e tu vias-me.
— Vias? Com o fato, as máscaras, as luvas? Nem nos conhecíamos! Falamos melhor assim, ao telemóvel, do que cara a cara na enfermaria.
— Mas tu podes ter telemóvel na enfermaria?
— Posso, claro. Até podemos falar por FaceTime.
— Mas eu podia ficar aí em tua casa, enquanto tu estiveres internado. Ao menos, assim sentia-me ao pé de ti e tu sabias que estava aí.
— Amor meu, acredita que se eu sentisse que isso me ajudava, era o meu maior desejo. Mas, pelo contrário, saber-te aqui, nem que seja só nesta cidade infectada por todos os lados, só me ia causar mais angústia e atrapalhar a cura.

De facto, Paolo cumpriu o que havia prometido: nos dias seguintes ele e Inez falavam várias vezes ao dia por telemóvel, com muito mais frequência do que antes, quando ele estava imerso na UCI, onde os telemóveis não eram permitidos e só lhe ligava quando tinha um raro intervalo para sair da unidade. Agora, até falavam algumas vezes por FaceTime, vendo-se um ao outro, mas isso, em vez de ser um consolo para Inez, era antes um motivo de crescente preocupação, pois ela podia ver como o aspecto físico dele se ia deteriorando cada vez mais. Com o que tinha lido e aprendido sobre a doença e com a sua sensibilidade de médica, Inez percebia claramente que Paolo estava a piorar e não a melhorar, a cada dia que passava. E foi assim sem surpresa que, no final da tarde do quarto dia de internamento, ele lhe comunicou a tão temida notícia:
— Querida, tenho pouco tempo para falar, vão mudar-me agora para a UCI. As coisas pioraram subitamente.

Inez sentiu as lágrimas a inundarem-lhe imediatamente os olhos e fez um esforço supremo para não denunciar nada na voz.
— Como está o oxigénio?
— Está mal, querida, não sei...
— Sabes, sim. Diz-me.
— Está abaixo de noventa, não sei ao certo. Olha, estão a fazer-me sinal, vão levar-me, querida...
— Paolo, espera! Como é que sei de ti agora?
— Vou deixar o meu telemóvel à Gaby, a minha enfermeira e confidente. Ela vai dando-te notícias minhas. Quando vires o meu número, já sabes que é ela. A menos que seja eu, saído lá de dentro.
— Paolo, amo-te. Por favor, volta. Volta para mim, para nós. Quando voltares, juro-te que nada vai voltar a ser como dantes.
— Eu volto, querida. Quero muito viver.
— Nada vai voltar a ser como dantes, Paolo. Juro-te.
— Até já, amor.
— Até logo, querido.

Durante dez dias, ele lutou contra a morte na Unidade de Cuidados Intensivos do Hospital Papa Giovanni XXIII de Bérgamo, no seu próprio local de trabalho, onde nos dois meses anteriores lutara também, mas pela vida dos outros — muitos dos quais conseguira salvar, demasiados dos quais perdera. Agora sabia o que era estar do outro lado, agora sentia a mesma angústia deles, o mesmo medo, o terror das noites, o som ininterrupto das máquinas que o ligavam à vida e que davam contínuos sinais da sua vida suspensa por uma linha que ele sabia ser tão ténue como a de uma teia de aranha tecida entre ramos de pinheiro sacudidos pelo vento. Alternava momentos de lucidez com outros de torpor e adormecimento, sonhos e pesadelos com despertares angustiados, horas de esperança com horas de abandono, força para resistir com vontade de se deixar ir e, mesmo assim, seguia, maquinalmente, toda a evolução do seu estado clínico pelos procedimentos que lhe via fazerem e que sabia de cor o que eram e o que significavam. Mesmo através da máscara, adivinhou, apenas pela forma como o seu colega Luigi Aldini se dirigiu para a sua cama, que lhe vinham comunicar que o iam pôr em coma induzido — o último passo do processo, a derradeira tentativa para o furtar ao destino que parecia esperá-lo sem remissão. Quando Luigi lhe agarrou a mão e começou a falar, nem o deixou continuar. Olhou-o através da máscara e disse uma só palavra:

— Inez.

O outro acenou com a cabeça.

— Nós vamos avisá-la agora. Até já, Paolo.

Durante esses dias, Inez arrastou-se como uma sonâmbula entre o hospital, a casa e as ruas desertas de Madrid. Não havia sequer um café aberto onde se pudesse sentar a olhar o vazio, ninguém com quem pudesse desabafar, um canto escondido onde pudesse gritar e chorar à vontade. Mesmo sabendo que Paolo tivera razão em não querer que ela fosse para Bérgamo — onde nada iria fazer de útil, apenas angustiá-lo mais, como ele havia dito —, não conseguia deixar de pensar que era exactamente isso que deveria ter feito. Sentir-se mais próxima dele, velar por ele a uns quarteirões de distância, e não com uma fronteira pelo meio. Porque aqueles dias, sofridos hora a hora, minuto a minuto, e que imaginava que para ele estariam a ser de medo e sufoco permanente, para ela eram ainda piores, diferentes mas mais devastadores ainda. O fio que a prendia à vida eram os telefonemas de Gabriela, que chegavam também quando ela podia, quando saía da UCI para almoçar ou para apanhar um pouco de ar cá fora. Criara mesmo uma cumplicidade com ela, feita de dependência e de sofrimento partilhado, pois que sabia por Paolo, e tinha confirmado nas conversas com ela, quanto Gabriela estava ligada a ele, de outras formas que ela própria, mas mais antigas e igualmente fundas. E percebera quanto Gabriela o admirava e até que ponto aqueles dois eram uma verdadeira equipa, anos e anos juntos a salvarem vidas ou a perderem vidas, tanto se entendendo falando como em silêncio. Por vezes Gabriela não tinha sequer tempo para um telefonema e mandava uma simples SMS: "Tudo na mesma, consegui que comesse alguma coisa ao almoço. Bj".

Na manhã do décimo primeiro dia de UCI, soou o sinal de mensagem, vindo do telemóvel de Paolo. Estava sozinha no seu gabinete do hospital, uma manhã chuvosa, cinzenta, nem sombras lá fora da agitação habitual na entrada do hospital e um silêncio absurdo nos corredores lá dentro. Estendeu a mão para ler a mensagem de Gabriela: "Inez, escrevo porque não consigo falar. Paolo morreu esta manhã, às 11h40, hora daqui. Nunca recuperou a consciência do coma. Não sei que dizer mais. Um abraço daqueles que agora não se podem dar".

"Paolo morreu esta manhã."

"Às 11h40, hora daqui."

"Um abraço daqueles que agora não se podem dar."

As três frases martelavam-lhe a cabeça. Repetia-as vezes sem conta, umas a seguir às outras, por ordem, como se repetisse uma oração, o refrão de uma música de um disco riscado. Tentou trocar-lhes a ordem, mas foi como se estivesse a trair a própria ordem que a dor precisa de ter. Que a dor dela precisava de ter, a dor que não podia gritar, que não tinha onde gritar nem a quem gritar, e a que só as três frases repetidas por ordem conseguiam dar um sentido e uma organização àquilo que doravante seria o seu luto solitário.

— Paolo, Paolo *mio*, prometeste que voltavas e não voltaste. E agora, que faço, sem sequer me poderes ouvir a chorar-te? Sem ninguém me poder ouvir a chorar-te? Quero que saibas que não te perdoo, meu amor!

Fora de si, saiu do gabinete afogada em lágrimas, entrou no elevador e não fez qualquer esforço para disfarçar o estado de total desnorte em que estava frente às duas auxiliares que entraram no piso seguinte e que a olharam estarrecidas e mudas, desceu na garagem, entrou no carro, sintonizou o rádio no canal de música clássica tão alto que sentia os vidros do carro a estremecer, e começou a circular pelas ruas de Madrid desertas sem rumo, virando à esquerda ou à direita sem sentido, dando duas ou três voltas à mesma rotunda, e vendo tudo difuso por força das lágrimas que lhe turvavam os olhos e da chuva miudinha que começara a cair e embaciava o vidro, cujos limpa-pára-brisas não ligara. Sentindo-se navegar dentro de um sonho, ouviu uma sirene junto a si, viu umas luzes azuis que piscavam ao lado da janela esquerda, mas continuou a conduzir no meio da névoa até que um carro se atravessou à sua frente e, apenas por instinto, travou a fundo, mesmo a tempo de não chocar com ele. As luzes azuis eram agora cada vez mais intensas e a sirene gritava desabrida, um som insuportável. Devia ser o enterro de Paolo.

Viu uma mão bater-lhe no vidro da janela e fazer-lhe sinal para o abrir. Assim fez.

— Senhora, que se passa? Está bem?

— Eu? Se estou bem?

Virou a cara banhada de lágrimas e viu o rosto de um polícia muito jovem que a contemplava com um ar mais assustado do que assustador.

— Senhora, deu três voltas à mesma rotunda e a seguir passou dois sinais vermelhos. A senhora está bem?

— Não, senhor guarda, não estou muito bem, não.

O polícia jovem pareceu considerar o assunto com atenção.

— Bem, vamos começar pelo princípio. O que faz sem máscara?

Lentamente, Inez foi voltando ao mundo. Agarrou na máscara, no assento ao lado, e colocou-a.

— Esqueci-me, estava dentro do carro, também não era necessário.

— Bom, e tem autorização para circular?

— Sou médica. — Inez meteu a mão na mala e procurou a carteira profissional, estendendo-lha.

O jovem polícia observou a cédula profissional dela atentamente, comparou a fotografia com o rosto transtornado de Inez. E pareceu ficar impressionado, devolvendo-lhe a cédula.

— Desculpe que lhe pergunte, doutora: esteve a beber?

— Eu? Não, saí agora do serviço — respondeu Inez com um sorriso triste. — Antes tivesse estado!

O jovem polícia tossiu, embaraçado.

— Bem, acredito em si, doutora. Mas a que devo então atribuir o seu estado e... a sua conduta, a sua condução?

Inez mergulhou outra vez na mala e encontrou o maço de cigarros e um isqueiro. Acendeu um cigarro e aspirou duas longas baforadas antes de decidir-se a secar as lágrimas com a mão livre e olhar para ele.

— Quer que lhe diga? Quer que lhe diga mesmo? Acabo de saber que o meu namorado morreu. De covid. Em Itália. Também era médico e tratava doentes de covid. Foi infectado, estava internado nos Cuidados Intensivos há dez dias e morreu esta manhã. Paolo morreu esta manhã. Às onze e quarenta, hora local. Sem nunca acordar do coma.

O polícia tossiu outra vez, "mas era uma tosse inofensiva", pensou ela. Viu-o rodar sobre si próprio, uma estranha pirueta desconcertante. Levantou o boné para coçar a cabeça e ela reparou que tinha um abundante cabelo negro que luzia sob as gotas de chuva e o néon da sirene do carro-patrulha.

— Bem, doutora, e para onde ia agora?

— Para lado nenhum. Para lado nenhum, mesmo.

— E não seria melhor ir para casa? — Tinha voltado a pôr o boné e empertigara-se do lado de fora da janela.

— Pode ser...

— Onde mora, doutora?

— Eu? Em Recoletos.

— Ah, e consegue conduzir até lá?

— Não sei, não faço ideia onde estou.

— Ok, não faz mal. Dê-me a sua morada, eu vou à frente no carro-patrulha e levo-a até casa, está bem?

— Agradeço-lhe, senhor guarda.

Inez voltou a procurar na mala, encontrou uma caneta e um cartão seu e escreveu a morada nele, estendendo-o ao polícia.

— Aqui tem. Agradeço-lhe outra vez.

— Não tem de quê, doutora. Venha atrás de mim, então.

— Ah, senhor guarda! Só mais uma coisa: que dia da semana é hoje?

O jovem polícia pareceu surpreso.

— Hoje? Hoje é quinta-feira.

Agradecia que fosse quinta-feira. A empregada vinha todos os dias da semana menos à quinta-feira, e Martín estava no atelier. Ainda pensou tomar um duche antes de mergulhar na escuridão, mas pensou que isso não a limparia de dor alguma nem de miséria alguma: melhor seria fazê-lo quando acordasse. Foi ao armário dos remédios, partiu um Dormicum ao meio, engoliu-o com um gole de água. Depois, tombou sobre a cama esforçando-se por não pensar em nada, simplesmente olhando o tecto do quarto e esperando que o soporífero cumprisse a sua função, que a libertasse da insuportável evidência de que Paolo estava morto. Morto: não acordaria nunca mais. Não estaria vivo quando ela acordasse, não cumpriria a sua promessa.

Acordou com um som que vinha da sala, um som de televisão. Martín estava em casa e estava a ver televisão. Por alguma razão, não a tinha vindo acordar ou ela não tinha dado por isso. Voltou-se para olhar o despertador na mesa de cabeceira: 21h32. Se fosse do mesmo dia, como tudo indicava, devia ter dormido umas seis horas de seguida. Ficou a olhar para o despertador fixamente, hipnotizada: 21h32.

"Paolo morreu esta manhã, às 11h40, hora daqui." "Nunca recuperou a consciência do coma." "Um abraço daqueles que agora não se podem dar", 11h40-21h32. Só tinham passado dez horas. Paolo só estava morto há dez horas, o seu corpo só deveria ter começado a arrefecer quando ela tinha ido dormir. Fora longo e porém um buraco negro o dia da sua morte: morrera de manhã, ela dormira a maior parte do dia e todavia só agora a noite começava. A noite que deveria ser a da vigília do corpo presente de Paolo, mas, ah, onde estava ele, o corpo presente de Paolo, e onde estava ela, a sua amada ausente? Como velaria o seu corpo morto nesta noite, tão distante dele, como tantas das últimas noites em que ele estava vivo, desde que se tinham separado, dois meses antes, em Bérgamo, quando ele lhe falara dessa doença nova que o preocupava, que ela escutara distraidamente e que no final o matara, sempre à distância, sempre fora do alcance dela? E quem faria o luto dele, o luto destes mortos covid, que a família só pode ver à distância e apenas no cemitério e não mais de quatro parentes ao mesmo tempo? Estes mortos pestíferos, escondidos, estatísticos, silenciosos, sem direito a últimas palavras, a últimos cigarros, a um último olhar pela janela — uma árvore no jardim, um cão que passa, um afiador de facas que assobia, um raio de sol que bate no parapeito da janela?

Deitada na cama, Inez deixou-se estar por longos minutos, medindo toda a devastação da sua tragédia. A impúdica nudez da sua dor, que era física — em cada músculo, em cada nervo, em cada gesto que ensaiava — e era moral, impiedosa, castigando-a sem compaixão alguma. Da sala, o som da televisão era agora mais alto e também em tom de tragédia anunciada. Mas era apenas futebol: "Oh, Benzema tinha tudo para fazer golo, a baliza aberta e falhou inacreditavelmente!". Ah, o querido Real Madrid sofria, pelos vistos. E antes de chegar à casa de banho, já Inez tinha percebido pela gritaria que vinha da sala que o querido Real Madrid de Martín sofria às mãos do Sevilha, treinado por um tal de Julen Lopetegui. E instintivamente deu por si a torcer pelo Sevilha — como se isso lhe pudesse servir de algum consolo. Um longo duche também não produziu milagre algum, a não ser despertá-la do torpor do Dormicum. Em vão se ensaboou e esfregou meticulosamente, esperando absurdamente que isso a pudesse devolver à vida. Nem mesmo a imagem do seu corpo pujante e desafiante que o espelho em frente lhe mostrava, quase uma promessa de remissão e de eternidade, lhe conseguiu despertar qualquer outra coisa que não uma profunda saudade de Paolo, da recordação das suas mãos percorrendo-lhe o corpo todo, dos seus beijos em cada dobra do seu peito, das suas pernas, das ancas, dos lugares mais incríveis que ele percorria como um Corte Real descobrindo as costas do Labrador, e um esmagador desespero de pensar que nunca mais, nunca mais isso poderia voltar a acontecer. O espelho mostrava-lhe agora um magnífico corpo de mulher tornado inútil pela retirada sem remissão do seu usufrutuário. E, depois, o vapor do duche foi lentamente embaciando o espelho, e quando ela saiu para se secar, a dor era um estilete cravado no peito sem tréguas e tão nítida e violenta quanto a lucidez com que avançou para a sala para encarar o seu marido.

"O Real não consegue sair desta teia que o Sevilha lhe montou. O meio-campo não funciona e não chega jogo lá à frente, a Vinícius e a Benzema. Faltam vinte minutos para o final e o Sevilha parece seguro na sua vantagem de um a zero."

Martín estava estendido no sofá em frente à televisão, meio sentado, meio deitado, um copo de gin tónico na mão e o *El País* aberto no chão. Havia um prato de restos de comida na mesa ao lado, qualquer coisa como ovos mexidos e salsichas, sinais evidentes de marido sem mulher atenta. Ou marido em noite de futebol. Inez vinha vestida com um roupão de banho roxo, por cima das cuecas e do soutien, o cabelo ainda molhado do duche. Podia ser uma aparição provocante, e era, mas não para eles os dois, nas circunstâncias em que estavam ultimamente. Martín apenas virou ligeiramente a cabeça para dar conta da presença dela e continuou de olhos fixos no televisor.

— *Hola*.
— O Paolo morreu.
— Quem?
— O Paolo. Morreu às onze e quarenta desta manhã, hora de Bérgamo, a cidade onde vivia e trabalhava. Morreu de covid.

Inez falava como aqueles actores que, de tantos anos de teatro que têm, debitam qualquer texto com a mesma ênfase de qualquer outro, seja um texto dramático ou um texto infantil. Mas conseguiu atrair-lhe a atenção o suficiente para que ele desviasse os olhos do ecrã e a olhasse, finalmente curioso.

— Mas quem era esse Paolo?
— O meu amante. O meu namorado desde há três anos. O homem que eu amava e que eu mais amei em toda a minha vida. O Paolo era a minha vida. Morreu hoje, às onze e quarenta da manhã, hora de Itália.

Martín abriu a boca, estonteado, como um peixe à procura de ar. Mas antes que conseguisse dizer alguma coisa, foi antecipado pelo som histriónico do relator da TV: "Atenção, atenção ao contra-ataque do Sevilha! Jules passa para Youssef En-Nesyri, contorna Sergio Ramos, está isolado, vai marcar e… é golo! Golo do Sevilha! Dois a zero! Com o jogo a terminar, é o KO do Real!".

— Foda-se! Nãããão! — O copo de gin tónico que Martín tinha na mão voou atravessando toda a sala e terminou o voo estilhaçado em cacos de cristal contra a parede lateral, apenas a centímetros do óleo pelo qual ele tinha dado trinta e cinco mil euros na última edição da ARCOmadrid. Flores aquáticas boiando numa superfície líquida difusa, em tons de verde e roxo: "Transmite-me calma e paz", dissera ele, na hora de assinar o cheque.

Depois, desligou a televisão e finalmente encarou-a de frente. Tinha um aspecto absolutamente perdido, de quem acabara de levar um arraial de pancada, breve e inesperado, e estava simplesmente a tentar recompor-se para perceber de onde vinham os murros. "Talvez seja só da derrota do Real Madrid", pensou ela, sem acreditar e também sem evitar reparar como ele era bonito, mesmo na hora da derrota e da sova de pancada que acabara de levar sem aviso.

Inez continuava de pé, embrulhada no roupão, o cabelo ainda pingando água. Nada na atitude dela demonstrava medo ou hesitação, apenas dor e indiferença a tudo o resto, que os braços caídos ao longo do corpo e os sulcos cavados pelas horas passadas a chorar mais ainda acentuavam. Se, porventura, ele esperasse que ela adoptasse a posição de ré, logo que percebeu que não seria o caso, mais não fosse por ser ele quem estava prostrado e ela quem o contemplava de cima — o que não é a posição habitual dos réus em julgamento.

— Bom, senta-te aí, já percebi que temos de falar — e fez-lhe sinal para a poltrona em frente dele. Mas ela permaneceu em pé, onde estava.

— Não, não temos. Hoje, não.

— Como não temos? — elevou a voz, ameaçador. — Dizes-me assim, sem mais, que tens um amante há três anos e não tens nada mais para me dizer?

— Não, não tenho. Talvez nos últimos três anos te devesse

ter dito, mas agora não. Agora, ele está morto. Acabou. E hoje não estou em estado de falar disso, noutro dia sim. Tens esse direito, embora eu ache que essa conversa não servirá para nada.

— Ah, outro dia, quando estiveres para aí virada! E como é que eu vou encarar contigo e tu comigo até lá?

— Não vais ter de encarar comigo. Eu vou-me embora.

— Vais-te embora? — Subitamente, uma subtil nota de terror perpassou involuntariamente no tom de voz dele.

— Vou. Hoje, e talvez nos próximos dois ou três dias, vou dormir no quarto de hóspedes, se não te importares, e depois mudo-me.

— E mudas-te para onde, posso saber?

Martín estava vencido, estava aos seus pés, aterrorizado, indefeso, impotente. Agora, ela sentia-o. Um golpe atrás de outro golpe: primeiro a confissão dela de que tinha um amante há três anos — "o homem da minha vida"; depois, quando ele se preparava para exigir nada menos do que uma punição e expiação exemplar, eis que ela se furtava ao castigo declarando que o ia deixar; e o facto de o seu amante estar morto só acrescentava mais a sensação de impotência de Martín, pois que, como é sabido da psicologia, o único rival invencível de um homem na disputa por uma mulher é aquele que já morreu.

Por isso, Inez mediu bem as palavras e o tom em que as dizia. Ali estava, lindo como sempre, leve de vida como sempre, mas fiel ao que sempre esperara dele e nada mais, o homem com quem estava casada há oito anos. Devia-lhe, apesar da sua dor que tornava tudo o resto quase obsceno, essa coisa, afinal tão pequena e tão fácil para ela, vencedora sem grande luta, de um combate desigual: respeito. Olhou-o, pois, com o mais mortal olhar que uma mulher pode deitar a um homem que a ama, o da compaixão.

— Vou mudar-me para um lar.

— Para um lar? Tu vais mudar-te para um lar? — Havia um tom de alívio na voz de Martín, como se ela tivesse dito que ia viver para um convento.
— Sim, para um lar de velhos.
— A sério, estás a falar a sério? Vais fazer o quê, num lar de velhos?
— Vou dar assistência médica, num dos muitos, centenas ou milhares de lares de terceira idade onde os velhos estão depositados e abandonados à sua sorte para morrer de covid, sem que os levem para os hospitais e sem que os médicos queiram ir para lá. Abandonados para morrer, em silêncio.
Martín suspirou sem saber bem o que dizer.
— Já tinha reparado que essa história dos velhos abandonados para morrer andava a mexer contigo, mas não tinha percebido que pudesses chegar ao ponto de quereres ir para um lar tomar conta deles. Ou foi a morte desse... desse Paolo que te fez decidir?
— Não, já tinha decidido antes, a morte dele esta manhã não fez senão tornar mais forte a minha decisão. Mas já há vários dias que estava em contacto com um amigo do Ministério da Saúde para me encontrar um lar para onde eu pudesse ser transferida.
— Mas porquê, Inez? Porquê ires-te enfiar na toca do lobo?
Ela abanou a cabeça, não esperando que ele compreendesse.
— Não sei, talvez pelo desejo de não me sentir inútil.
Martín pareceu meditar na resposta dela e avaliá-la.
— E já o encontraste, esse lar?
— Já, devo ser transferida dentro de dias.
— E onde é, fica no centro ou fora de Madrid?
— Não, não é em Madrid. É em Sevilha.
Martín levantou-se enfim do sofá onde tinha visto o Real Madrid ser derrotado pelo Sevilha, o seu orgulho ser espezinha-

do, a sua vida ser desmantelada e a sua mulher abandoná-lo. Por um amante morto e por um asilo de velhos. E disparou em direcção ao quarto onde iria dormir sozinho.

— Foda-se! Sevilha outra vez! Merda para Sevilha!

Antes de apagar a luz no quarto de hóspedes — que era o quarto onde os seus pais ficavam quando vinham visitá-la a Madrid, e em cuja mesa-de-cabeceira estavam as fotografias deles e da família nos encontros da casa das Astúrias —, Inez consultou o telemóvel. Havia uma notificação de uma notícia importante: nas Astúrias, precisamente, no Hospital Central, em Gijón, e após um mês internado a lutar contra a covid, tinha morrido o escritor chileno Luis Sepúlveda, que ali vivia há anos e que havia contraído a doença durante um festival literário na Póvoa de Varzim, em Portugal. "Um perfeito dia terrível!", pensou. Conhecera Luis Sepúlveda há uns seis anos, durante uma visita aos pais e num almoço em casa de uns vizinhos amigos do casal Sepúlveda. A história deles era uma incrível história de amor e de resistência à adversidade durante a ditadura de Pinochet e que ele contara em parte num dos seus livros. Nesse almoço, Inez ficara sentada ao lado dele e em frente da sua mulher, uma conhecida poetisa, que os esbirros de Pinochet haviam torturado até ao limite, e que só os esforços da Amnistia Internacional haviam conseguido resgatar, ainda com vida, mas marcada para sempre. E, após anos de separação, ela e o marido, de quem se havia separado antes, tinham-se reencontrado no exílio, reatado o que, apesar de tudo, nunca fora quebrado, e retomado uma vida, tão feliz quanto possível, nas Astúrias. Uma história de amor tão bonita quanto os livros que ele escrevera e ela devorara antes de o conhecer — como *Um velho que lia romances de amor*, um dos seus livros de sempre. Lembrava-se que nesse almoço ela nunca falava, e ele, que vestia uma camisa vermelha berrante e que, a princípio, parecia tão tímido quanto ela, aos poucos foi libertando-se, falando cada vez mais, comendo e bebendo com prazer as suas *copas*, fumando as suas cigarrilhas e, sempre procurando o olhar cúmplice e silencioso dela, ia, aos poucos, com um pudor que só é verdadeiramente genuíno em quem sofreu de mais antes de ser feliz, soltando-se e rindo e contando histórias e anedotas, querendo saber e perguntando por coisas simples, como o queijo e o vinho que eram servidos ou as sardinheiras dos vasos à volta da mesa. Um exuberante amante da vida. Tal como Paolo. E tinha morrido no mesmo dia que Paolo — da mesma doença, da mesma febre de viver. "Os deuses", pensou ela, "castigam quem ama demasiadamente a sua obra — só podia ser essa a explicação para estas mortes sem sentido. De outro modo, sem essa grandeza, os seus sobreviventes enlouqueceriam."

Havia mais duas mensagens no telemóvel. A primeira era do seu amigo no Ministério da Saúde que estava a tratar de a transferir para o lar em Sevilha e que dizia que o processo estava concluído e queria só saber se ela confirmava que queria mesmo ir avante. Respondeu apenas: "Sim, mais do que nunca. Amanhã já, se possível". A outra era de Gabriela. Era um vídeo, enviado do telemóvel de Paolo, e o texto dizia: "Querida Inez, partilho contigo a despedida que todos fizemos hoje ao nosso inseparável Paolo, que verdadeiramente nunca nos deixará". E seguia-se o vídeo, três minutos e vinte e três segundos. Via-se um corpo, supostamente o de Paolo, embrulhado em lençóis e coberto por uma placa de alumínio, transportado numa maca, transpondo o portão do hospital de Bérgamo em direcção a uma carrinha funerária que o aguardava, vinte metros adiante. E, nesses vinte metros, estavam alinhadas em dois semicírculos umas cinquenta pessoas, médicos, enfermeiros, auxiliares, homens e mulheres, novos e mais velhos, de batas azuis ou brancas, todos de máscaras, batendo palmas, alguns ajoelhados, outros chorando no ombro dos mais próximos, outros ainda tocando ao de leve na maca à sua passagem. Três minutos e vinte e três segundos de silêncio devastador, de dor absoluta. E, depois da passagem da maca, uma jovem enfermeira transportava um retrato aumentado de Paolo, tirado antes de entrar na UCI, já de mãos enluvadas ao alto e bata azul vestida, mas ainda sem máscara colocada, e um sorriso aberto de par em par, um sorriso de confiança, aquele sorriso de amor à vida que ela conhecia tão bem, um sorriso que nada parecia ser capaz de destruir.

13.

"Casa de Repouso do Vale Encantado" — o nome brilhava em luz de néon azul sobre a fachada do portão do que poderia ser uma discreta quinta dos arredores de Sevilha. Enquanto o táxi que a trouxera da estação da Renfe se detinha no portão e o motorista saía para tocar à campainha e anunciar a sua chegada pelo intercomunicador, Inez não evitou, apesar do cansaço, um sorriso sarcástico ao ler o nome do lar. Porque seria que as funerárias e os lares tinham sempre nomes que, convocando um sentimento que se pretendia de paz, não fazia mais do que anunciar a morte. "Casa de repouso?" Repouso de quê e para quê? Repouso de viver e para esperar tão somente pela morte? E o "Vale Encantado" seria aquilo que, segundo alguns, é o que se vislumbra no instante em que definitivamente se fecham os olhos e se deixam de ver as coisas deste mundo? O que pensariam disto os que lá entravam pela primeira vez, os velhos depositados pelas famílias, já sem préstimo nem condições de vida autónoma, sem outro lugar para onde ir que não essas casas de repouso em vales encantados?

Duas mulheres esperavam-na à entrada da casa, e o acolhimento foi mais do que cordial, efusivo até. Percebeu que ser médica voluntária, para vir enfrentar o vírus mortal numa prisão de velhos de que todos fugiam, fazia com que a recebessem de braços abertos. E percebeu também que, quando ela avançou da escuridão exterior para a luz interior e despiu o casaco que trazia vestido e elas viram à sua frente uma mulher ainda jovem e bonita, e vinda de Madrid, de um hospital prestigiado, a surpresa e agrado delas foi ainda mais evidente. A mais velha, Mercedes, directora do lar, era mulher já passada dos sessenta anos, com uns olhos meigos e inteligentes que iluminavam um rosto cansado, porém dir-se-ia agora rejuvenescido pela presença de Inez. A outra era a enfermeira-chefe, Clara, mais ou menos da idade de Inez, baixinha, mais reservada e aparentemente intimidada com o porte físico da médica. Apesar do adiantado da noite, conduziram-na a uma salinha que percebeu ficar ao lado do refeitório dos utentes e que estava às escuras. Ali havia uma pequena mesa posta com sanduíches, meio bolo, talvez de laranja, fatias de pão, de presunto e de queijo, chá, sumo de laranja e uma garrafa de vinho tinto.

— Sente-se, querida, oh, desculpe, doutora, deve estar com fome — disse a directora, indicando-lhe uma cadeira junto à mesa.

Inez sorriu, confortada.

— Ah, pode tratar-me como quiser: Inez também está bem. E obrigada pela recepção. De facto, tenho alguma fome, não comi no comboio.

Todas beberam chá, mas só ela comeu, observada pelas outras com genuíno prazer: o dela a comer e o das outras a ver. E, daí, foram direitas aos assuntos de trabalho, pois que também não havia outros que, para já, as pudessem unir: o lar tinha oitenta e sete utentes e trinta e seis funcionários, dos quais oito enfermeiros e enfermeiras e vinte e oito auxiliares, encarregados de todas as tarefas: a limpeza, as refeições, o banho e a higiene dos velhotes, a ocupação deles e tudo o resto. Eram quarenta e sete mulheres e quarenta homens internados e já tinham dezassete casos de covid, os quais tinham isolado no piso superior, antes reservado aos funcionários que ficavam a dormir. Tinham sido forçados a levar mais camas lá para cima e a transformar o piso numa espécie de enfermaria, onde apenas entravam quatro enfermeiros em turnos de vinte e quatro horas, sendo depois substituídos por outro turno. Mas, com este regime, só sobravam dois enfermeiros para o piso dos não infectados, pois que outros dois, quando terminavam o turno de vinte e quatro horas com os infectados, tiravam um dia de folga. Já estavam todos exaustos.

— Fazem-nos falta, pelo menos, mais quatro enfermeiros, mas temos tentado em todo o lado e não conseguimos ninguém — contou Mercedes.

— E médicos de visita ao lar?

— Zero. Nem voluntários ou reformados. A dra. Inez é um anjo que nos caiu do céu.

— E as famílias não conseguem ajudar?

Mercedes teve um sorriso triste.

— As famílias? Ah, as famílias! Já antes e tirando raras excepções, poucos queriam saber dos velhotes. Agora, ainda menos. Às vezes, vêm aí ao portão deixar comida para eles, mas comida nós temos, o que nos falta são braços. Quando trazem comida, damo-la ao pessoal.

Depois, Inez quis saber sobre o material que havia para enfrentar o vírus: máscaras, oxímetros, oxigénio, corticóides e outros remédios, batas, luvas e viseiras de protecção e testes. Faltavam testes.

— E podemos fazê-los fora? — perguntou.

— Só aos funcionários; aos utentes, aos internados, o mais

que conseguimos é que venham cá fazê-los, mas raramente com menos de um ou dois dias de atraso depois de solicitados.

— Bom, amanhã, logo de manhã, posso ver a ficha clínica de todos os utentes, começando pelos infectados?

— Já a temos pronta para si, doutora — interveio a enfermeira Clara.

— Então, agora, acho que vou dormir. Muito obrigada por esta ceia e pelo vosso acolhimento.

— Oh, nós é que agradecemos estar connosco! — Mercedes levantou-se. — Vou acompanhá-la ao quarto: não é nenhum luxo, como verá, mas tem a sua casa de banho privativa e uma televisão que lá pusemos para ir vendo como vai o mundo lá fora, porque, nos tempos que correm, às vezes esquecemo-nos de que há mundo lá fora.

O quarto não era, de facto, nenhum luxo, talvez um quarto de rapariga solteira, que era o que ela se sentia agora. Mas através da portada da janela, que estava aberta, percebeu que tinha vista para o "vale encantado", e tinha uma pequena secretária onde pousou o computador e por cima da qual estava a televisão — que deixou desligada, pois por enquanto não tinha pressa em receber notícias do mundo lá fora. Desfez a mala e arrumou a roupa no armário do quarto, e sobre a mesa, ao lado do computador, colocou três retratos: um dela com os pais, na casa das Astúrias, outro de Paolo, que emoldurara nessa manhã, e um terceiro que, por qualquer razão, que não lhe interessava analisar, resolvera também trazer — ela e Martín, de férias numa praia de Maiorca. Antes de apagar a luz para dormir, deteve-se por instantes a olhar para os retratos, um por um e pensativamente. Havia uma vida que deixara para trás: parte dela estava longe, parte estava morta e parte tornara-se-lhe alheia. Mas talvez todas juntas fizessem sentido. Ainda que distantes ou mortas ou desfeitas, pois que em lado algum estava escrito que a vida fosse uma linha contínua, sempre lógica e previsível.

Porém, alguma coisa parecia estar errada com a sua auspiciosa chegada à Casa de Repouso do Vale Encantado, pois se até aí havia dezassete utentes infectados mas nenhuma morte, cinco dias após a sua chegada já tinham morrido três dos doentes isolados e um dos que nem sequer havia sido diagnosticado com a doença, além de uma auxiliar que apresentava sintomas evidentes e avançados de infecção e que fora retirada e entregue aos cuidados do centro de saúde local, acabando por morrer também fora do lar. Já quanto aos doentes do lar, que manifestamente precisavam de internamento hospitalar e de acompanhamento que ali não tinham condições para lhes proporcionar, a própria Inez tinha esbarrado na inércia programada do Sistema de Saúde. Nessa mesma manhã do seu quinto dia no lar, lutara em vão pela admissão de três dos seus doentes mais graves no hospital público de Sevilha.

— Sinto muito, dra. Montalbán, mas não temos condições para os receber — dizia-lhe do outro lado da linha o director clínico do hospital.

— Como, não têm condições?

— São doentes para UCI, não são, doutora?

— São, estão em perigo iminente de vida.

— E com que idades?

— Com que idades? Oitenta e um, oitenta e cinco e noventa e um.

— Pois, lamento muito.

— Lamenta muito o quê, colega?

— Não temos vagas para eles em UCI.

— Por causa da idade deles?

— Por causa do critério.

— Qual critério, doutor?

— Bom, doutora, ambos sabemos: o critério de salvar vidas. Não há lugar para todos, isto está um caos; perderemos o controle da situação rapidamente se não fizermos opções, e a opção primeira é a de salvar vidas.

— Justamente: estes morrem se não entram aí.

Escutou um longo silêncio do outro lado da linha. E, depois, a resposta que mais temia:

— Olhe, colega: considere que eu não lhe disse o que lhe vou dizer e, sobretudo, peço-lhe que acredite que esta era a última coisa que eu, como médico, lhe queria dizer. Mas os seus doentes, aqui ou aí, têm uma vaga possibilidade de escaparem a esta doença. E aqui vinham ocupar camas preciosas onde eu consigo salvar vidas de outros doentes que têm muito mais hipóteses de se safarem, mães e pais de família, ainda com muitos anos de vida pela frente.

— Então, é esse o ponto a que chegámos?

— Pois não sabe? Aqui, em Sevilha, em Espanha, se calhar em toda a Europa. Nada nos preparou para isto.

— E que faço eu, então, com os meus doentes que vão morrer se não tiverem tratamento que aqui não tenho condições para lhes dar? Se nem sequer os posso induzir em coma, como última solução? — E Inez lembrou-se de Paolo, que, ao menos, morrera assim, sem saber.

— Que lhe hei-de dizer, dra. Montalbán? Primeiro que tudo, isole-os o mais que puder dos outros, para que não vão todos atrás. Depois, e se não tem meios para os salvar, evite que morram em agonia, por asfixia: certifique-se de que o lar tem suficientes reservas de oxigénio para que não morram por falta de ar. Do resto, trata o coração. É tudo o que lhe posso dizer. E boa sorte!

Sim, nada a tinha preparado para aquilo: ver morrer doentes sem nada poder fazer para os salvar. Aliás, nem sequer estava habituada a ver morrer doentes; a sua especialidade não passava pela última linha antes da morte, pelo contrário, consistia em tentar evitar que lá chegassem ou de que lá se aproximassem sequer, detectando os problemas antes disso. Mas aqui e face a uma doença nova, com uma violência e uma velocidade de contágio que ninguém tinha conhecido antes, quando algum utente do lar adoecia, bastava saber a idade dele e já se antevia que estava automaticamente na antecâmara da morte. Ela passou a saber assim que, uma vez infectados e sem os poder transferir para um hospital, pouco havia a fazer por eles, para além de evitar que morressem em sofrimento. A grande tarefa era, pois, como dissera o seu colega de Sevilha, isolar os outros a todo o custo. E foi nisso que ela passou a concentrar quase toda a sua atenção.

    Começou por tomar medidas radicais, extremas, destinadas a proteger o pessoal que tinha contacto com os utentes infectados, incluindo ela própria, e simultaneamente a evitar que o vaivém deste pessoal entre a zona infectada e a zona livre acabasse por contaminar os restantes e ainda saudáveis utentes. Inspirando-se no que Paolo lhe descrevera sobre os preparativos que adoptavam no seu hospital ao transporem a zona da UCI e ao saírem de lá, impôs procedimentos idênticos no acesso ao piso superior do lar, não obstante algumas resistências manifestadas por enfermeiros e auxiliares, argumentando que isso atrasava significativamente o trabalho — o que era verdade, mas não a fez ceder.

    Depois, começou a estudar detalhadamente a ficha clínica de cada utente ainda não infectado, procurando detectar previamente os mais vulneráveis para os isolar do grupo, obrigando-os a permanecer nos respectivos quartos, dia e noite. Oito deles foram assim identificados por si e receberam instruções para permanecerem nos respectivos quartos, apenas podendo sair à vez para breves passeios individuais no jardim, quando lá não estava ninguém mais. Mas depois de ter dado esta ordem, foi procurada por Clara, a enfermeira-chefe, que tinha um problema novo para lhe expor:

— Dra. Inez, temos um doente da sua lista de isolamento que se recusa a ficar no quarto.

— Quem é ele?

A enfermeira estendeu-lhe a ficha, que ela leu por alto, pois lembrava-se dela: "Pablo Segovia Rodríguez, noventa e três anos, divorciado, dois filhos em França, despesas de internamento sustentadas pelo próprio. Diabético, um enfarte aos setenta e seis anos, tensão alta. Sem dificuldades de locomoção nem sintomas de Alzheimer. Internado pelos filhos em 2019". Devolveu-lhe o dossier.

— E por que razão recusa ele?

— Não é um hóspede fácil, é muito senhor do seu nariz.

— Conflituoso?

— Não propriamente, mas não gosta de receber ordens, nem de ter regras rígidas. É muito independente. Parece que teve uma vida complicada.

Inez inclinou-se para a frente na cadeira onde estava sentada, curiosa.

— Complicada, como?

— Veja, doutora, tem noventa e três anos. Consta que o pai combateu na guerra civil, do lado dos republicanos, e no fim fugiu com a família toda para França, e ele só voltou a Espanha depois da morte de Franco e da transição democrática. Mas, entretanto, em França, foi mandado para um campo de concentração nazi, aos catorze anos, e esteve lá quatro anos, até ao fim da guerra. O pai morreu lá e a mãe e a irmã morreram em França, num campo de refugiados. Quando ele regressou do campo, não tinha família alguma e ficou por França.

— Como é que sabemos isso tudo?

— Foi a filha que contou à dra. Mercedes quando o veio internar, no ano passado. Eu assisti à conversa delas.
— E internou-o porquê?
— Ele vivia sozinho numa pequena quinta perto de Jerez, só ele e alguns animais. E os filhos em França.
— E a mulher?
— Já estavam divorciados há muitos anos e, entretanto, ela morreu.
— E ele não voltou a casar-se?
— Não. Parece que só se dava com os netos, quando vinham de França visitá-lo nas férias, com os animais e com as plantas: tinha uma paixão por plantas. Contara aos filhos que fora a jardinagem que lhe salvou a vida no campo de concentração. Ah, e também se dava com putas.
— Putas?
— Sim, consta que frequentava putas, de vez em quando.
— Agora ainda?
— Agora ainda.
Inez riu, riram-se as duas.
— Bom, mas então, parece-me que estava ainda em grande forma! Porque o internaram e porque se deixou internar e até aceitou pagar ele as despesas do lar?
— Não, já não estava capaz. Teve dois acidentes de carro no último ano e ia pegando fogo à casa uma vez. Mas o pior é que foi assaltado em casa uma noite e aí ficou assustado a sério.
— Teve sorte em não morrer!
— Mais do que sorte: recebeu os assaltantes a tiro de pistola. Não acertou em nenhum, mas percebeu que da próxima vez, como lhe disse a polícia, eles viriam armados. E parece que, a partir daí, já não conseguia adormecer, passava as noites acordado de pistola em punho. Então, acabou por aceitar vir para cá.
— Mas não é um hóspede fácil?

— Não, não é.
— Bom, vou falar com ele.
Pablo estava sentado no seu cadeirão preferido da grande sala de convívio do lar. Demorara-lhe muito tempo a conquistar aquele cadeirão em exclusivo e só o conseguira nos últimos dias, quando Joaquín, com quem o disputava habitualmente, desaparecera para o andar de cima e de lá não voltara. Havia outros sofás e poltronas mais confortáveis, mas aquele tinha a vantagem de estar situado junto à janela, do lado poente da sala, permitindo-lhe receber luz lateral para ler e também alongar a vista para além da janela e assistir ao pôr-do-Sol no jardim, com as suas árvores altas e o relvado serpenteado por canteiros de flores, de que alguma das mulheres colhia sempre uma braçada para a jarra da mesa de refeições. Aquela janela e aquele jardim, por onde gostava de passear, eram a ligação mais próxima que lhe restava com o mundo que fora o seu e que deixara lá fora. Para sempre. E porque os outros o sabiam e porque ele era dos mais velhos que ali estavam, agora que Joaquín já lá não constava, faziam por deixar sempre vazio para ele o cadeirão junto à janela. Ali, lia religiosamente o jornal do dia e os livros que trouxera consigo ou os da biblioteca do lar; ali, fazia a sua infalível sesta depois do almoço; ali, deixava-se perder em pensamentos e em memórias, fazendo por se concentrar apenas nas que tinham sido felizes. Concluíra que, se bem que esse fosse um exercício doloroso, carregado de memórias de dias felizes que não voltaria a viver, era, talvez, a forma mais suportável, ou mais digna, de caminhar em direcção ao fim.

Tinha vivido, na sua própria definição, quarenta anos "razoavelmente felizes" depois de voltar de França, aos cinquenta anos de idade. Para trás, deixara então os dois filhos já crescidos, já feitos à vida e vivendo junto da mãe. Ele regressara à sua terra, à pátria que abandonara aos doze anos, fugindo da guerra para se ir entregar cegamente noutro horror. Mas a Espanha que deixara para trás em criança e a que regressara quase quarenta anos depois já não existia, transformada por décadas de fascismo triunfante. Porém, mesmo Franco tinha acabado por morrer, e a Espanha era agora uma democracia, integrada na Europa e com um jovem rei constitucional. Uma nova geração, que não tinha vivido a guerra, estava no poder e não tinha dívidas a saldar. A nova Espanha, que ele descobria a cada dia, nada tinha que ver com a imagem que guardara da sua infância: a de um país miserável, atrasado, temente a Deus e a tudo o que fosse diferente, um país lindo porém silencioso, luminoso e todavia pleno de sombras. Se quisesse resumir numa só palavra o que recordava da sua pátria, essa palavra era medo. E esse medo agora desvanecera-se: em seu lugar havia gente nova, uma nova alegria, conversas soltas nos cafés e tascas, mulheres provocantes que passavam nas ruas e olhavam os homens, televisão a cores, discussões políticas sem ódios à flor da pele. Chamavam-lhe democracia ou liberdade. Uma Espanha sem medo, atrevida, com uma esperança nova.

E regressara também rico. Rico da herança dos avós maternos, cuja única filha, a sua mãe, também o deixara como único herdeiro. Era uma ironia que pudesse regressar para herdar daquele avô cuja última recordação que guardava era a de o ver a escorraçar os seus pais de casa. Por isso, vendera tudo o que herdara dele, tudo o que pudesse ligá-lo às recordações dolorosas da infância e dos pais, em Almeria. Mas, sabendo que queria continuar a viver no campo, como em França, e onde fizesse calor e o mar não estivesse muito distante, decidiu-se pela região sul da província de Jerez, onde comprou uma pequena quinta — suficiente para o entreter com as árvores de fruto e a horta e ter os seus animais, produzir o seu vinho e azeite, fazer os seus enchidos e ver passar o tempo. O luxo principal da quinta era um ribeiro que a percorria em toda a extensão e que nunca secava, mesmo no estertor dos verões inclementes da Andaluzia. Junto a uma pequena cascata de águas transparentes e frias, onde gostava de se banhar no Verão, existia um moinho semiarruinado, que ele reconstruiu e à volta do qual acabaria por fazer a sua pequena casa, deixando a velha casa existente para as visitas dos filhos e dos amigos de França. E ligou uma e outra através de terraços e pátios, sombreados por figueiras e chorões, com canteiros de alfazema e rosas, e buganvílias e madressilvas trepando pelas colunas e pelo tronco das árvores. E nisso ocupou grande parte dos dias mais felizes.

Quando estava a construir os pátios de ligação tropeçou num poço soterrado. Escavou, pô-lo à vista e, com a ajuda de um velho empreiteiro local que guardava ciência dessas matérias, conseguiu limpá-lo até ao fundo, tapar as fendas na sua estrutura de tijolo e assim descobrir que ele podia servir para mais do que uma peça decorativa no meio dos terraços e pátios: podia funcionar como poço de água. E foi o que fez: construiu-lhe um muro de um metro de altura a toda a volta na superfície, protegeu-o com uma rede de aço contra as quedas, e instalou lá no fundo, a não mais de doze metros de profundidade, um motor que elevava a água para a rega da horta e do jardim. E no Verão, quando almoçava com os amigos na mesa de alvenaria debaixo da parreira sobranceira ao ribeiro — o seu local preferido —, tinha um prazer especial em ir buscar as garrafas do "seu" vinho branco ao fundo do poço, onde eram mantidas, presas por um cordel em roda do gargalo, dentro da água quase gelada lá do fundo.

— Não preciso de água da rede, não preciso de frigorífico, já quase nem preciso de supermercado! — dizia, feliz.

E, para um homem já com a sua idade, era surpreendentemente actualizado em coisas que a gente dali ainda ignorava. Foi pioneiro na instalação da televisão por satélite naquele lugar, dos primeiros a ter internet, a computorizar a rega, a colocar painéis solares, escondidos atrás de medas de palha, para produzir energia para a casa, e a aproveitar o calor das lareiras para os radiadores do aquecimento central, a utilizar o esterco dos animais para adubo e a construir uma fossa séptica para não enviar as águas sujas para a ribeira. E o que aprendera em França sobre vinificação permitiu-lhe uma plantação cuidada da pequena vinha, com escolha criteriosa das castas e uma vindima e tratamento em adega ao alcance dos meios de que dispunha e não mais do que isso: tinha quatro hectares de vinha, metade branco e metade tinto, que lhe davam em média trinta mil garrafas por ano, as quais registara com o seu nome — "Segovia" — e que vendia facilmente, e a um preço razoável, para dois ou três supermercados da região e os *pueblos* próximos. E o mesmo fazia com o azeite, a fruta, os enchidos, o mel, tudo actividades onde empregava um número restrito de mão-de-obra local e sazonal, suficiente para dar conta do serviço e lhe permitir obter algum rendimento da quinta e ter regularmente gente com quem trabalhar lado a lado, almoçar e conversar. "O avô é um verdadeiro ecologista", dizia a sua neta Francisque, a sua preferida. "É aquilo a que agora se chama um eco-agricultor."

Pablo tinha quatro netos, dois de cada filho. Os da filha mais velha, Isabelle, aliás Belle, eram os mais próximos e os seus preferidos, tal como ela. Mas tudo aquilo, a sua família, tinha sido uma construção estranha. Quando pensava nisso, em retrospectiva, percebia que o casamento com Anne-Marie fora desde o início um corpo estranho na sua vida. Percebia que a sua determinação em casar-se cedo e ter filhos, com a primeira mulher que encontrou disposta a tal, não era mais do que uma tentativa impossível de substituir a família que havia perdido por uma outra família a que chamaria sua. Mas nem esqueceu a sua família de origem nem encontrou refúgio na sua família de criação.

Os seus pais e a sua irmãzinha, mortos tão cedo, não desapareceram da sua vida pelo aparecimento dos do seu sangue ou da sua escolha. Antes pelo contrário: quase os via como intrusos, vindos para lhe roubar o passado. Tentou que David, o seu filho, tivesse para com ele alguma relação semelhante à que ele havia tido com o pai dele; levou-o à pesca, à caça, tentou interessá-lo pela horta, pelas árvores, pela vinha. Mas nada resultou e ambos facilmente desistiram, de mútuo acordo. Depois veio o divórcio e ele sentiu que fora um alívio para todos. Durante uns tempos ainda se deu ao trabalho das visitas quinzenais, que aos poucos se foram tornando cada vez mais espaçadas até que ele decidiu voltar para Espanha, já eles estavam crescidos e em nada isso os pareceu afectar. Pablo achou então que seria o fim da sua ténue relação com os filhos, mas enganou-se quanto a Belle. Pouco tempo depois de ter comprado a quinta em Jerez, Belle quis ir conhecê-la e comunicou-lhe que iria passar as férias de Verão com ele. Tinha vinte e cinco anos na altura, acabara a universidade em Bordéus, formada em Farmácia, e era uma rapariga bonita e, surpreendentemente para ele, cheia de ideias próprias e de memórias carinhosas do pai e das histórias que o pai lhe contava quando era criança: tinha guardado tudo consigo. Voltou no Verão seguinte, quando Pablo estava a recuperar o poço e a construir os terraços e a plantar as árvores do jardim. Vinha acompanhada de um namorado, chamado Jean-Pierre, que era engenheiro hidráulico e que logo ficou fascinado com a história do poço, com o moinho, o ribeiro e o aproveitamento da água que Pablo fazia, e que lhe acrescentou timidamente algumas sugestões que tiveram o efeito imediato de despertar em Pablo um instinto irreprimível de melhor sogro do mundo, celebrado na mesa sob a parreira ao longo de várias garrafas de branco Segovia resgatadas do poço. E quase um ano depois, ele, Pablo Segovia Rodríguez, resgatado de Mauthausen, estava, empertigado num fraque cinzento com uma flor branca na lapela, a levar a sua filha Isabelle ao altar de uma igreja de França, para a entregar nos braços de um engenheiro hidráulico.

Depois, Belle arrastou com ela o irmão David e, mais tarde, os filhos dela e, depois, os filhos de ambos. David nunca gostou da quinta andaluza como Belle e Jean-Pierre, e Pablo nunca chegou a conhecer a mulher dele, uma inglesa, porque, nos cinco anos em que estiveram casados, nunca o vieram visitar. Havia qualquer coisa de indecifrável que desde sempre afastava David do pai, e essa qualquer coisa nunca se quebrava, por mais esforços que Belle fizesse. Porque eles os dois não os faziam.

Quando, já divorciado e com os dois filhos para ocupar nas férias, David se decidiu enfim a ir até às terras andaluzas do pai, acompanhando a irmã e concluindo que assim sempre tinha os filhos acompanhados pelos primos e ele próprio apoiado pela irmã e pelo pai, e toda uma estrutura montada para as férias — o sonho de qualquer pai divorciado, com filhos a cargo —, foi recebido por Pablo sem meias-medidas:

— *Hijo, por qué te has casado con una inglésa, si no hablás inglés?*

— *Tampoco hablo español, padre.*

Mark e Jennifer, os dois filhos de David, os dois netos ingleses de Pablo, eram dois pequenos seres estranhos naquelas férias de Verão. Para começar, não eram bem ingleses, mas sim escoceses, o que, como explicava Belle, e não David, parecia fazer uma não subtil diferença. "Os ingleses", explicava ela, recorrendo à ancestral sabedoria dos franceses sobre os seus vizinhos do Canal, "são convencidos, arrogantes e mandantes; os escoceses, que os ingleses humilham há séculos, são disfarçados, invejosos, calculistas. Um inglês, por instinto, dá-te uma ordem e é desagradável; mas um escocês aperta-te a mão e é falso."

Fosse como fosse, os dois netos ingleses ou escoceses de

Pablo pareciam vir de outro planeta e ter aterrado noutro planeta. Uma quinta na Andaluzia, entre planície e montanhas ao longe, em verões em que a temperatura chegava aos quarenta e dois graus à sombra, parecia derretê-los como duendes saídos de uma história fora de contexto. Para eles e só por eles, Pablo construiu, no segundo Verão em que vieram, um tanque de rega, saído do chão para cima e caiado de branco, a que chamaram piscina, e onde os pobres e pálidos miúdos passavam a maior parte dos dias, boiando como jacarés e suspirando pelas trevas da noite. Anos depois, compraria uma pequena casa térrea no *pueblo* de Zahara de los Atunes, lá em baixo, encostada ao mar e à praia de areia branca e água calma e quente. Uma casa com três quartos e um pequeno terraço exterior ao nível da rua, a dez passos da Taverna de Mario, de que logo faria a sua cantina, com mesa reservada todas as noites para ele e os netos, fosse qual fosse o peixe do dia, a invariável salada de pimentos e tomate e o seu *tinto de verano*, pois que estava velho para mudar de hábitos. E ali, então, passava quinze dias das férias de Verão, a sós com os netos, para variar do sufoco do campo andaluz. Na verdade, era muito melhor avô do que alguma vez fora pai.

— Pablo!

— Sim? — Afundado nos seus pensamentos, Pablo virou-se sobressaltado para o seu companheiro da cadeira ao lado, que o chamara.

— O "Telediario". — E o outro apontou para a televisão, sabendo como Pablo não perdia um noticiário nacional.

— Ah, obrigado.

Como de costume, o jornal abrira com o ponto da situação sobre a covid em Espanha: números de casos da véspera, número de mortes, de internamentos em enfermaria e em UCI, número total de casos activos e de recuperados. Depois, as reportagens: os focos de infecção em lares, com um aspecto incontrolável, e a situação nos hospitais, cada vez mais dramática. A seguir, uma entrevista com um especialista em Epidemiologia, feita à distância, por Zoom. O especialista começou por descrever a situação que se vivia — "Terrível, estamos à beira da ruptura", garantiu ele.

— Diga-me, professor — atalhou o jovem e bonito jornalista, a partir do estúdio em Madrid —, com essa situação de iminente ruptura que referiu, nomeadamente nas UCI, vai haver um critério para admissão de doentes?

— Necessariamente que sim — assegurou, convicto, o especialista, a partir do seu apartamento em Vallecas. — É como em medicina de guerra, o critério é o de salvar vidas.

— Ou seja...?

— Ou seja, receber nos hospitais, e sobretudo em UCI, os doentes que tenham hipóteses sérias de sobreviver.

— E os outros, nomeadamente os doentes mais velhos, os que estão em lares e que são os que, neste momento, nomeadamente, apresentam as mais altas taxas de mortalidade?

Pablo anotou que o jovem jornalista gostava da palavra nomeadamente — o que não tornava as suas perguntas necessariamente estúpidas ou descabidas.

— Para esses — volveu o especialista em Vallecas — terá de haver uma resposta de retaguarda, ao nível de centros de saúde ou de hospitais que não estão na linha da frente do combate à pandemia. Além do serviço médico domiciliário, é claro.

— Mas isso está a funcionar, professor?

— Terá de funcionar. Na linha da frente o que se trata é de salvar vidas.

Pablo levantou-se da sua querida poltrona ao canto da janela, furioso. Por um momento pareceu, a quem estava a ver, que ia partir a televisão, mas depois conteve-se.

— *Hijos de puta!*

— *Que se passa, Pablo?* — perguntou, assustado, o seu companheiro do lado.

— O que se passa? Não ouviste? Vão deixar-nos morrer todos aqui, sem nos levar para os hospitais! Somos velhos de mais para ser tratados. Somos lixo, um estorvo para os hospitais. Medicina de guerra, diz ele! Medicina nazi, digo-te eu, que já vivi isto. Olha, quantos de nós já foram para o andar de cima porque estavam infectados: vinte e três, vinte e cinco?

— Não sei — respondeu o outro, encolhido.

— E quantos é que viste voltar, curados? Zero! Não voltou nenhum. Mas viste chegar alguma ambulância para os levar para um hospital? Zero, nenhuma. Então, o que é feito deles, diz-me?

— Estão lá em cima? — murmurou o outro.

— Sim, alguns ainda estarão lá em cima. Os outros já estão mortos. Tiraram-nos pelas traseiras, longe da vista, que é o mesmo que nos vai acontecer a nós todos. A partir do momento em que fores lá para cima, estás feito. Dali não vais para um hospital, só para um cemitério.

Calaram-se os dois, e Pablo acendeu uma das suas cigarrilhas, cujo consumo estava rigorosamente proibido dentro das instalações do lar. Sentiu que todos os outros utentes, velhos e velhas, o olhavam disfarçadamente, com um misto de reprovação e admiração. Voltou a sentar-se na sua poltrona, fumando descaradamente a cigarrilha e já mais acalmado por ela. Sacudindo a cinza para o chão, voltou a concentrar-se na entrevista com o especialista que agora abordava o tema das vacinas.

— É a grande esperança, uma incrível esperança. As notícias que temos sobre os avanços na produção de uma vacina, antes ainda do final do ano, são absolutamente fabulosas e a nossa grande esperança. Porque a arma decisiva contra esta doença demolidora terá de vir da Ciência, e não da Medicina. A Medicina apenas mitiga o mal, mas a Ciência, e apenas ela, pode exterminá-lo.

— E admitindo, professor, que poderemos ter uma vacina nos próximos nove, dez meses, vai ser preciso começar a planear já a sua aplicação, nomeadamente, e porque não vai ser possível vacinar toda a gente ao mesmo tempo, que critérios serão seguidos para a ordem de vacinação. Qual a sua opinião sobre isso?

— Sim, é evidente que terá de haver um critério, e a minha opinião é que teremos de começar por vacinar todo o pessoal clínico que está a combater a doença nos hospitais, porque eles são essenciais, não é verdade?

— Sim, claro, e depois?

— Bem, depois, haverá que vacinar alguns membros de serviços essenciais para o funcionamento do Estado, que cabe ao governo definir quais são.

— E, a seguir, adoptamos um critério de idade, de cima para baixo, para salvar as vidas dos mais vulneráveis?

— Hum... isso terá de ser muito bem pensado. Repare: o essencial, parece-me a mim, é evitar a todo o custo a ruptura do Serviço Nacional de Saúde, porque isso significaria o caos. Logo, temos de evitar a sua sobrecarga.

— Nomeadamente, em UCI?

— Sim, sobretudo nas UCI. Mas, repare: só nove por cento dos maiores de setenta anos é que vão para as UCI. Ou seja, não são eles que as sobrecarregam.

— Logo, temos de vacinar primeiro os que sobrecarregam as UCI?

— Exactamente.

— Obrigado, professor.

— De nada, foi um prazer.

Desta vez, Pablo não se conteve: procurou o comando da televisão e atirou-o contra o ecrã, perante a estupefacção de todos. Era sabido que ele tinha mau feitio, que não gostava de receber ordens e que tinha as suas manias, mas era geralmente tido como um utente pacífico. Nunca ninguém o tinha visto com tamanha fúria.

— *Cabrón, bribón de mierda!*

— Mas que foi, Pablo, que foi que ele disse? — acorreu, solícita, Rosa del Canto, uma ex-cantora de flamenco, cujos antigos dotes ela ainda não achava definitivamente sepultados e lhe alimentavam, aliás, uma não muito discreta e romântica esperança de serem ainda suficientes para seduzirem o irascível Pablo. Para o que quer que lhe pudesse ser útil, como agora.

— O que foi? Como, não ouviste ou não entendeste?

Ela abanou a cabeça, fazendo que sim ou talvez não: ouvira mas não entendera.

— O cabrão do especialista primeiro explicou que não há lugar para nós nos hospitais porque ali se trata de salvar vidas e nós vamos morrer de qualquer maneira. E depois explicou que, quando vier a vacina, nós ficamos para trás porque o que interessa é aliviar os hospitais e, como nós não estamos lá, não somos prioritários. Entendeste?

— Sim, mais ou menos — disse Rosa, quase a medo.

— Filha, é assim: ou morremos porque não nos tratam, ou morremos porque não nos vacinam. Somos lixo para eles. Merda, coisa nenhuma. Só não nos fuzilam ou nos põem nas câmaras de gás, como os nazis, porque têm vergonha, mas vontade não lhes falta. Sabem o que eu acho? Devíamos embebedarmo-nos todos, fazer uma grande festa de despedida, pegar fogo a esta merda e suicidarmo-nos todos a seguir.

Mas esse não era o seu estado de espírito habitual. Pablo era por natureza um homem calmo e ponderado, consciente de que a morte lhe havia passado várias tangentes na sua longa vida e agradecido por ainda estar vivo e ainda capaz de tirar proveito do que a vida tinha para lhe dar. Se já não tudo, como antes, pelo menos os sinais evidentes de que estava vivo e a vida estava ali: o canto dos pássaros, a sobrevivência das plantas depois das geadas de Inverno, o som da água correndo no ribeiro da quinta, as noites de luar e as sombras que desenhavam no chão do olival, os risos das raparigas que via passar, o cheiro a maresia, a consistência da espuma das ondas do mar, quando mergulhava nelas em cada primeiro dia de cada novo Verão. Obviamente, a velhice, o espelho, as dores súbitas nas pernas ou na coluna, o terror das palpitações nocturnas, tudo isso era uma tragédia. Mas, a partir de certa altura, uma tragédia inelutável: mais valia aproveitar cada dia do que sofrer dia a dia. E felizmente — agradecia isso a si mesmo, vezes sem conta — nunca tivera medo da solidão. Ou do facto de estar sozinho, o que talvez não fosse exactamente o mesmo. Tinha as visitas dos filhos e dos netos — pelo Natal quase sempre, pela Páscoa algumas vezes e pelo Verão invariavelmente —, pelas quais suspirava de prazer antecipadamente e para as quais se preparava e planeava tudo, apenas não conseguindo precaver-se contra o vazio que sentia quando os via partir portão fora e a grande algazarra e festa que ainda havia minutos antes eram substituídas por um vazio que feria e angustiava, como quando o canto incessante das cigarras se calava subitamente ao final das tardes de Verão. E, forçando-se a ser um animal mais sociável do que aquilo a que a sua natureza o convocava, conseguira, após diplomáticos e algo desajeitados esforços, arranjar um grupo mínimo de amigos na vizinhança e no *pueblo* próximo, com os quais jogava *pétanque* e bilhar aos domingos, a seguir à missa das onze, que por vezes convidava para almoçar e que por vezes o convidavam para caçar com eles, quando ele ainda tinha pernas e olhos para isso, ou para ir aos baptizados dos netos ou aos almoços da vindima. E aconteceu até que uma manhã de Outono, anos atrás, quando ainda preguiçava na cama, pensando em como iria enfrentar um dia sem verdadeiramente nada para fazer nem expectativas de ninguém ver, foi sobressaltado por um tiro de caçadeira vindo dos lados do olival. À pressa, vestiu as calças que despira na véspera, calçou as mesmas botas e vestiu um blusão, saindo porta fora, para ver quem ousara invadir-lhe assim a propriedade aos tiros. No fundo do olival, quase na extrema do seu terreno, um homem, um pouco mais novo do que ele, talvez uns dez anos, segurava uma espingarda de dois canos aberta num braço e uma lebre morta no outro. A vinte passos de distância, Pablo não disse nada, ficou a contemplar o intruso, esperando que ele se explicasse. Vestia umas roupas de caça antiquadas mas elegantes — como a sua espingarda, uma Purdey, que gritava pergaminhos de antiguidade por todos os lados. Era alto, mas tinha um porte um pouco desajeitado, quase preguiçoso, na forma como se mantinha de pé, um cabelo loiro despenteado e uns olhos azuis trocistas, mas sem sombra de má-fé. Ao seu lado, lambendo-lhe a mão, um magnífico setter inglês, parecendo saído de uma gravura de caça — como, aliás, toda a cena.

— Peço desculpa, peço a maior desculpa! — o intruso curvou-se tanto quanto conseguiu e, aparentemente, com sinceridade. — Tenho a honra de estar a falar com...?

— Pablo Segovia.

— Ah, meu vizinho, suponho?

— Bom, sou o dono deste terreno. E você é...?

— O dono do terreno aqui ao lado, que confronta com o seu: Manuel Heredia. — E curvou-se novamente, fazendo também o gesto de levar a mão ao chapéu, que, todavia, devia ter perdido algures na perseguição à lebre.

— Hum... — "Manuel Heredia, o marquês de Vilamonte, o meu célebre vizinho, jamais visto ou avistado em todos estes anos." Pablo olhou-o, curioso, lembrando o que tinha ouvido sobre ele: "Grande de Espanha, dono da Herdade de Dona Ana, na posse da família há oito gerações. Quatro mil hectares, confrontando, entre muitas outras, com a minha quinta de sessenta hectares, produzindo cinquenta mil litros de azeite premium, trinta mil garrafas com marca própria, dois mil bovinos para abate por ano e duzentos toiros corridos nas praças de Espanha em cada ano, milhares de presuntos ibéricos certificados e quatro coutos de caça tidos entre os melhores da Andaluzia. E vem matar uma lebre ao meu olival!".

— Peço a maior desculpa! Vinha a perseguir esta lebre há uns quinhentos metros e, quando ela entrou aqui, perdi a noção de onde estava e, olhe, abati-a no seu terreno! Peço a maior desculpa!

Contava-se que o marquês de Vilamonte nunca estava na herdade, porque a sua mulher, uma jovem francesa, não gostava da aspereza e do clima daquelas terras. E, assim, o marquês e a mulher viviam todo o ano num palacete em Paris e passavam férias de Verão na Côte d'Azur, e férias de Inverno em Val d'Isère. O marquês dirigia a herdade à distância, por telemóvel, e confiava no feitor que a administrava: de qualquer maneira, era impossível que aqueles quatro mil hectares, abençoados por água suficiente, não dessem lucro todos os anos.

— Também caça, sr. Segovia?

— Sim, também caço.

— Oh, excelente! Então, eis o que proponho para me redimir deste infeliz incidente, que, acredite, foi só devido à célebre cegueira do caçador: você, meu caro vizinho, vai-me permitir ficar com esta lebre, que era sua por direito. E amanhã, vem caçar comigo ali em Dona Ana e, depois, vamos almoçar um arroz de lebre, que a minha cozinheira, a Aldina, faz como ninguém mais. Que me diz, como pedido de desculpas?

Pablo olhou-o, quase divertido: o tipo, havia que reconhecer, tinha estilo.

— Porque não? Acho uma proposta bastante razoável.

E esse foi, como se diz nos filmes, o princípio de uma bela e imprevisível amizade. Pablo ganhou acesso aos terrenos de caça da Herdade de Dona Ana, aos salões, às grandes lareiras e à biblioteca centenária do palácio mudéjar da herdade — todavia, logo descobriu, mais preciosa do que interessante para si. Mas viu e comparou como ali faziam vinhos e prensavam o azeite na adega, como criavam o gado de corte e o de arena, como pastoreavam o rebanho de ovelhas e faziam os queijos, como cuidavam dos porcos pretos e preparavam os seus enchidos no sal e no frio. Mas não só. O marquês de Vilamonte viria a revelar-se, mais do que uma magnífica vizinhança, um surpreendente personagem e uma agradável companhia de muitas manhãs de caça, muitos almoços e jantares e mais além. Recém-divorciado, feliz e aliviado, contara a Pablo, sem qualquer embaraço, que a jovem mulher francesa o tinha trocado por um disc jockey muito famoso e, supostamente, muito mais fogoso.

— Ah, o divórcio saiu-me muito mais barato do que eu imaginei: o meu advogado conseguiu demonstrar que o tipo, só a pôr discos nas discotecas e a misturá-los com uns sons electrónicos lá de uma máquina que eles têm para isso, ganhava muito mais dinheiro do que eu ganho com as minhas terras de Grande de Espanha, herdadas de geração em geração! De modo que, sendo eu o corno e o pobre da equação, a coisa fez-se com meia dúzia de jóias e móveis de família que tive de lhe deixar como presente de divórcio e paga por alguns anos de excelentes quecas que lhe fui dando, lá isso é verdade! E sabe que mais? De repente, descobri que as minhas despesas tinham caído para menos de metade, que sou muito mais feliz aqui e que já não tenho de me preocupar mais em saber como é que tenho de sustentar a casa de Paris, a mulher de Paris e a vida de Paris!

Mas o marquês não apenas recebia bem — o que era um dever e talento de berço — e tinha gosto em receber, como também gostava de ser recebido por Pablo, na sua casa do moinho junto ao ribeiro, provar o vinho, o azeite e o presunto dele, e ouvi-lo contar as suas histórias. Com Pablo, Heredia ouviu a versão do outro lado da Guerra Civil de Espanha, de que apenas conhecia a versão do lado franquista e que vivera ainda criança. E quando, após grandes insistências para que Pablo preenchesse os anos seguintes da sua biografia, conseguiu que ele lhe falasse de Mauthausen e do regresso a França, escutou-o, como se estivesse a saber daquilo pela primeira vez, e com um respeito que Pablo avaliou mais pelos seus silêncios do que pelos seus assentimentos ou pelas suas palavras. Dois homens, vindos de mundos e de vidas tão diferentes, aproximados apenas por marcos que delimitavam as respectivas propriedades — e também elas tão diferentes —, tinham-se conhecido pelo acaso de uma lebre que saíra viva da propriedade de um para ir morrer na propriedade do outro e, passo a passo, como dois caçadores progredindo no terreno, cavavam uma amizade comum, alimentada na solidão de cada um deles. E foi assim que, uma noite, após várias aguardentes passadas e contemplando o fogo nos toros de azinho da lareira da sala de Pablo, quando a conversa foi cair nas mulheres que tinham tido e que ali não tinham, Heredia lhe revelou como resolviam o problema os Grandes de Espanha, quando sozinhos e perdidos nas vastidões das suas terras ancestrais, que haviam sido dos mouros, antes dos mui católicos Fernando e Isabel as terem resgatado a Boabdil, o último rei mouro da Alhambra:

— As senhoras de Sevilha, Pablo. As putas de Sevilha. Uma vez de quinze em quinze dias, um tratamento de luxo.

Não, pensando bem, estava a ser injusto com a vida: não tinham sido anos "razoavelmente felizes", tinham sido verdadeiramente felizes. O ser humano é que nunca está contente com o que tem. E ele tinha tido saúde, dinheiro suficiente para viver sem preocupações, a sua quinta tal como a havia sonhado, as visitas dos seus filhos e dos seus netos, os verões na quinta com os banhos na ribeira ou no tanque e os jantares sob a parreira, as vindimas, os dias de mar em Zahara, os banhos na praia, os jantares na tasquinha de peixe, as manhãs de caça na herdade do marquês, os longos jantares e conversas à lareira durante o Inverno, as excursões às senhoras de Sevilha, sempre tratando-o por "meu amor" ou "meu querido" e quase o levando ao engano, as vindas de Rafael e de um ou outro amigo de França, para as quais preparava a casa como se fosse para um casamento.

Sim, a vida tinha sido feliz e generosa. Pena que não pudesse durar assim para sempre! Mas, se fechasse os olhos, podia sonhar que tudo continuava igual, e ele na sua quinta, junto ao moinho, ouvindo a água a correr.

— Sr. Segovia?

Dizem que os segundos imediatamente a seguir a adormecermos são os do sono mais profundo — o REM. Aqueles em que não devemos absolutamente ser acordados. Acordado do seu REM, Pablo ensaiou um palavrão, mas, de tão entorpecido que estava, nada lhe saiu boca fora. Então, entreabriu um olho, a custo: tinha uma visão diante de si: uma mulher alta, esguia, morena, com um cabelo preto sedoso, uns olhos escuros envolventes e um sorriso que, não fosse a máscara que o escondia, Pablo seria capaz de jurar que era luminoso. A bata branca dizia que era médica e dizia também, pela forma como as suas pregas se empinavam na altura do peito, que ali debaixo estava um corpo que merecia ser visto. Abriu o outro olho.

— O próprio.

— Posso sentar-me? — E, sem esperar pela resposta, a médica puxou uma cadeira para defronte do sofá de Pablo e sentou-se, a olhar para ele.

— Inez Montalbán, muito prazer — e levantou a mão numa saudação.

— Sim, eu sei quem é, doutora. Veio-se enfiar num ninho de vespas. No Covidódremo. E o que posso fazer por si?

Ela sorriu por detrás da máscara.

— Não é por mim: é por si, por todos aqui. O que pode fazer é ficar no seu quarto, tal como eu prescrevi e que me dizem que se recusa a aceitar. É assim?

— É assim, é.

— E porquê, posso saber?

— Porque não gosto de estar fechado em quartos.

Inez inclinou-se para ele.

— Sr. Segovia, eu conheço a sua história.

— Conhece?

— Conheço: Mauthausen, a guerra civil, os campos em França, tudo isso.

— Ah, e quem lhe contou?

— A sua filha: faz parte da sua ficha.

Pablo pareceu meditar na resposta dela por momentos.

— Muito bem; então, se conhece a minha história, compreende por que razão não quero ficar trancado no quarto.

— Mas agora é diferente. É para o proteger, porque você é um doente de alto risco. Se apanhar a doença, as hipóteses de morrer disto são todas. E se ficar isolado no quarto, as hipóteses de apanhar o vírus reduzem-se drasticamente.

— Doutora, ocorre-lhe perguntar-me se me preocupa apanhar covid ou não apanhar, morrer ou não morrer agora?

— ...

— Ir lá para o andar de cima, agonizar aos poucos e sair

passados uns dias, morto e escondido da vista, pela porta das traseiras?

— Aqui, a circular livremente, você é um perigo, não apenas para si, mas para todos os outros. Se não se preocupa consigo, preocupe-se com eles!

Pablo considerou a resposta dela. E considerou como ela era bonita.

— Doutora, acredite que tenho a maior admiração pelo seu gesto de vir trabalhar para aqui, de onde todos os seus colegas e toda a gente foge. Mas nós vamos morrer todos aqui, e a senhora sabe, porque não nos querem nos hospitais, que é o único lugar onde nos poderiam salvar. Portanto, hoje ou amanhã ou para a semana, é indiferente. Agora, trata-se de morrer com o mínimo de dignidade possível.

Inez vinha preparada para uma longa e difícil discussão, mas subitamente tinha perdido a energia e a vontade de a ter. À sua frente tinha um homem de noventa e três anos, com uns olhos azul-cinzentos tranquilos, uma voz calma e uma serenidade de quem tinha visto deslizar todo um século de barbárie e de desumanidade perante o qual um simples vírus não significava muito. Ele não vira seres humanos a morreram de doença em hospitais, vira-os morrer fuzilados ou em câmaras de gás, vira-os morrer em esquinas de cidades ou em campos de trigo queimados por granadas, executados contra muros caiados de branco e enterrados em valas comuns de que ninguém guardara os nomes. A morte, para ela, era um conceito clínico; para ele, não.

— Não vai, portanto, ficar no quarto?

— Não, doutora. Peço-lhe a maior desculpa, mas não vou.

14.

Pablo não apenas seguia atentamente o que se passava em Espanha e no mundo através dos jornais televisivos e dos dois jornais impressos que o lar assinava, como o fazia igualmente através da internet e do seu computador portátil. Deixara tudo para trás quando aceitara sair da sua preciosa quinta para vir viver ali, mas, graças a Belle, que o havia instruído no uso do computador e nas vantagens da net, trouxera consigo parte desse mundo abandonado. O seu amigo, o marquês de Vilamonte, tinha-se oferecido para manter a sua casa e a sua pequena exploração a funcionar e ele não vira razão alguma para recusar a oferta. A quinta continuava assim apta a receber os seus filhos e netos e ele próprio podia lá estar quando eles viessem de férias — o que, todavia, ainda não havia acontecido, mas seguramente iria acontecer, quando a pandemia passasse. Entretanto, Heredia mandava-lhe regularmente fotografias dos trabalhos em curso, do estado das árvores, das sementeiras ou dos seus lugares preferidos, que ele guardava numa pasta do Mac, junto com outras fotografias de arquivo da quinta e a que recorria nos momentos de maior saudade, quando precisava de se certificar de que o seu mundo não tinha acabado para sempre entre as quatro paredes do seu quarto no lar do Vale Encantado.

E a net permitia-lhe também ler e pesquisar sobre o seu próprio passado, sobre a sua Almeria natal, nos anos 30 do século passado, sobre os anos de guerra civil, sobre Mauthausen e as novas descobertas dos historiadores sobre o campo, sobre a situação das vinhas de França onde vivera e trabalhara tantos anos. Ocasionalmente, recebia também correio dos filhos ou, mais frequentemente, dos netos, de um ou outro velho amigo de França, ainda vivo. E ali seguia também as notícias que não passavam na televisão espanhola: por exemplo, que setenta e um por cento dos mortos de covid na Bélgica — terceiro país com maior incidência de mortes na Europa — tinham morrido em lares e que metade deles não chegara a ser transferido para um hospital, o que levara a Amnistia Internacional a acusar o governo belga de grave violação dos direitos humanos. E descobrira, lendo o noticiário internacional sobre a evolução da pandemia no mundo, que a história se repetia, sem pudor nem memória: nos sectores de extrema-direita de todas as geografias — fosse com Trump nos Estados Unidos, com Bolsonaro no Brasil ou com Duterte nas Filipinas —, eis que ressuscitava o mesmo antigo e sinistro desprezo pela morte dos fracos e desprotegidos, uma espécie de orgulho macho que via a ciência como um adversário e o dever de salvar vidas como um empecilho político. Por pouco, lembrar-se-iam de soltar outra vez o grito clarificador de *viva la muerte!*. Porém, por esses dias nebulosos, houve uma imagem que o marcou profundamente no sentido contrário: a do papa Francisco, que fora rezar missa numa praça de São Pedro absolutamente deserta de pessoas, implorando misericórdia e justiça a um Deus invisível, em nome de crentes e não crentes, igualmente invisíveis. E que depois percorrera a pé algumas ruas da

Cidade Eterna, encerrada por trás de portas e janelas, num silêncio de catástrofe onde antes abundava o ruído da vida. A figura curvada e cansada do papa Francisco, as suas palavras ecoando por entre as colunas e o mármore do chão da imensa praça, pareceram a Pablo não apenas uma mensagem de esperança na sobrevivência de todos, mas, sobretudo, na sobrevivência da diferença essencial entre o Bem e o Mal. A diferença entre a dignidade e a chafurdice humana. Nunca, naquela absoluta solidão de Francisco, um papa lhe parecera — a ele, que não era crente — tão próximo dos homens e simultaneamente tão próximo de um Deus, porventura existente e atento.

Porém, no dia 1º de Abril, o Dia da Mentira, um e-mail de França trouxera-lhe a mais dolorosa das notícias: o seu amigo de infância, companheiro de sofrimento e de resgaste e depois de tantas tertúlias em França e férias na sua quinta de Espanha, o eterno Rafael Gómez Nieto, tinha morrido de covid na véspera, a dez meses de fazer cem anos de idade. O e-mail era do seu filho mais velho, que contava que o pai morrera na sua casa de Lingolsheim, onde vivia sozinho, totalmente independente e lúcido, e ainda conduzindo o seu velho Citroën. Adoecera poucos dias antes e morrera sem mais, sem um queixume. Contava também que recebera um telegrama de condolências dos reis de Espanha e juntava uma notícia saída nesse mesmo dia no *Le Monde*, meia página biográfica sobre Rafael. Mais de setenta e cinco anos volvidos, os franceses reconheciam enfim que Paris fora libertada, não por tropas francesas ou americanas ou inglesas, mas por espanhóis, vencidos da Guerra Civil de Espanha e agrupados na 9ª Companhia da 2ª Divisão Blindada do General Leclerc — porém, mais conhecida por La Nueve, porque, embora o seu capitão fosse francês, quase todos os cento e cinquenta homens que a integravam, entre os quais Rafael, eram espanhóis. E aí se contava como Rafael, tendo embarcado de Argel para Londres, integrando as Forças Livres de França, desembarcara em Utah Beach no Dia D, libertara Paris ao cair do dia 24 de Agosto de 1944, depois Estrasburgo, e depois avançara com a Nueve Alemanha adentro até Berchtesgaden, o ninho de Hitler. E como depois voltara para a Argélia até à independência, daí tendo ido para Estrasburgo, a cidade que libertara anos antes, onde viveu até se reformar como mecânico da Citroën.

Pablo chorou de orgulho e de gratidão ao ler a biografia de Rafael no *Le Monde*. Era o último gesto de amizade dele: deixar aos amigos um motivo de orgulho, com meia página do mais importante jornal francês a recordar a todos quem ele fora. Mas, para Pablo, fora muito mais do que isso: fora quem lhe ensinara, criança ainda, a usar a astúcia para sobreviver quando o combate parecia impossível; fora o amigo que lhe dera a mão quando ele regressara de Mauthausen, sem família nem casa ou pátria para onde voltar, e lhe encontrara um lar, trabalho e uma outra vida em França; fora o guardião das memórias de todos os que haviam sofrido como ele ou combatido ao lado dele e que reunia uma vez por mês em Paris, mantendo sempre vivos os laços de solidariedade e ajuda entre todos; e fora o amigo que retribuíra tudo isso, aceitando ir várias vezes visitar Pablo na sua quinta andaluza, provar o seu vinho e o seu azeite, gastar longas noites de conversa com ele, até os dois cabecearem de sono na mesa de pedra do alpendre, vendo figuras onde só havia sombras, escutando ruídos onde só havia sons. Pelos vistos, recusara-se a viver até aos cem anos, não por cansaço, mas por pudor; não por resignação, mas porque já bastava.

— Tudo visto, e apesar de tudo, Pablo, tivemos uma puta de vida! — dissera-lhe ele, talvez da última vez que o visitara, algures por volta do último copo de uma noite de Maio, com o cheiro a jasmim e o som do ribeiro fazendo-lhes companhia.

Sim, uma puta de vida! No caso dele, Pablo achava certo o

desfecho: Rafael morrera em sua casa, rapidamente e com os filhos junto de si. Era melhor do que ter ido morrer a um hospital e, de qualquer modo, a sua longa faena já estava cumprida e bem cumprida, com honra e glória. O homem que viera de Espanha desembarcar numa praia da Normandia e ajudar a libertar Paris da horda nazi podia agora, onde quer que estivesse, estar em paz com a vida que vivera.

Bateram-lhe à porta do quarto, desviando-o dos seus pensamentos:

— Entre!

Era a dra. Inez Montalbán. Mesmo de máscara e até de viseira por cima da máscara, Pablo surpreendia-se sempre com a beleza dela, de cada vez que a via. É verdade que, com a idade, como aprendera, a tendência masculina é achar as mulheres sempre mais novas e mais atraentes, mas, no caso da dra. Inez, isso era uma evidência, independentemente da idade ou do sexo de quem a observava. Nenhuma máscara escondia o perfeito contorno do seu corpo de cima a baixo, a altura das suas pernas, a linha recta perfeita dos seus ombros, a firmeza do seu peito, o brilho macio dos cabelos escuros ondulados. E, acima da máscara, os seus olhos castanhos e meigos eram capazes de sorrir no lugar da boca escondida e de espalhar inteligência ou ternura em tudo o que dizia.

— Olá, Pablo. Como está hoje?

— Triste.

Contou-lhe da morte de Rafael, cuja notícia acabara de receber, e deu-lhe a ler o artigo do *Le Monde*.

— Era meu amigo desde a infância, embora tivesse mais seis anos do que eu. Mas crescemos juntos em Almeria.

Inez ficou uns segundos a olhar a fotografia de Rafael no *Le Monde*.

— Também perdi um amigo muito próximo recentemente.

— Quem?

— Um médico italiano.

— Morreu de covid?

— Sim, com quarenta e nove anos. De covid, que apanhou a tratar doentes de covid, num hospital em Itália.

— E era seu amigo?

Inez desviou a cara, mas não a tempo de evitar que ele lhe visse as lágrimas que lhe tinham vindo molhar os olhos. Abriu um braço no ar, como se quisesse dizer "Isso agora não interessa".

— Muito seu amigo?

Ela procurou um lenço de papel na embalagem junto à mesa de cabeceira de Pablo e limpou os olhos. Virou-se e encarou-o:

— Era meu namorado. Há três anos. O homem que eu mais amei em toda a minha vida.

Pablo fez-lhe um gesto para que se sentasse na cama, ao lado da secretária onde ele estava, e esperou que ela se recompusesse um pouco.

— É por isso que aqui está?

— Sim e não. Já tinha pedido para ser colocada num sítio onde precisassem de médicos para ajudar nisto, porque no serviço onde eu estava não fazíamos nada, éramos inúteis no meio desta catástrofe. Depois, quando recebi a notícia da morte dele, limitei-me a apressar as coisas.

— Com cinquenta anos é duro!

— É, é muito duro. E é injusto ter morrido para salvar as vidas dos outros. Mas você deve saber o que isso é, é como na guerra.

— Eu só estive um dia na guerra, o último dia de guerra civil em Espanha, na véspera de atravessarmos a fronteira para França. Tinha doze anos.

Ela ficou curiosa.

— Um dia? Um dia de guerra? E o que viu nesse dia, Pablo?

Pablo levantou-se da cadeira na secretária, foi até à janela e olhou lá para fora. Respondeu sem se voltar:

— Afastei-me com o meu pai e outro homem do acampamento onde todos estávamos, numa patrulha só para vigiar os arredores, em que era suposto não acontecer nada, porque imaginávamos que os franquistas que nos perseguiam ainda estavam distantes. Mas, de repente, fomos atacados a tiro, o homem que vinha connosco morreu e o meu pai matou logo um deles e foi em busca do outro, ordenando-me que ficasse ali sem me mexer.

— E depois?

— Depois, o meu pai conseguiu matar o outro, mas, quando estava a voltar, o primeiro deles, que parecia morto, afinal estava só ferido e pegou na arma para alvejar o meu pai quando ele aparecesse. Então, não sei como, arranjei coragem para pegar na arma do nosso companheiro que tinha caído ao meu lado e dei um tiro em cheio no franquista.

— Salvou a vida do seu pai!

— Pois, e matei um homem, aos doze anos de idade! O único homem que matei em toda a minha vida.

— Se o não tivesse matado, ele teria matado o seu pai!

— E o meu pai não teria morrido em Mauthausen, três anos mais tarde, depois de ter sofrido o que lá sofreu... Eu próprio não teria ido para Mauthausen.

— Ah, se a gente pudesse adivinhar a vida para a frente, não sei se seria melhor ou pior. Mas, se pudéssemos adivinhá-la, não seria vida, pois não?

— Pois, suponho que não. Suponho que todos nós temos reservada uma dose inevitável de sofrimento, uns mais, outros menos, mas atravessar a vida sem sofrer, só não vivendo. Você, por exemplo, dra. Inez, vai ter de aprender a viver sem o homem que foi o grande amor da sua vida. E, por muito que lhe custe a acreditar, vai sobreviver. E, como é ainda muito nova, vai voltar a amar, a sorrir e a ser feliz. E com outro homem. E o que fica, no fim...

— É o quê, Pablo?

— Gratidão. Gratidão para com a vida que lhe deu oportunidade de viver esse grande amor, mesmo que só por três anos, ou por três longos anos, e gratidão por esse homem... como se chamava ele?

— Paolo.

— Por Paolo, que a fez feliz e saber o que era amar, durante três anos. E um dia, depois de fechar o luto, você vai voltar a amar outro homem, ou, pelo menos, encontrar uma maneira de viver uma vida que faça sentido ao lado de outro homem. E isso não será uma traição a Paolo, porque não se traem os mortos, só os vivos. A vida, minha cara doutora, é como a Lei de Lavoisier. Lembra-se da Lei de Lavoisier?

As lágrimas já tinham secado, ela sorriu.

— Hum, não... confesso que já não...

— "Nada se cria, nada se perde, tudo se transforma."

— Pois, é isso, mas aplicado à natureza, se bem me lembro.

— A lei da natureza é a lei da vida, minha cara. Nós é que complicamos o resto.

— Talvez seja. Mas já agora, que estamos no confessionário, é a minha vez de perguntar: e o grande amor da sua vida, Pablo, que lhe aconteceu: abandonou-o, morreu? Porque é que você ia às putas de Sevilha?

Ele soltou uma gargalhada — uma gargalhada que começava nos olhos de um azul tranquilo, descia ao longo das rugas da cara e abria-se numa boca rasgada, com duas fiadas implantadas de dentes de jovem tubarão. Um sorriso de miúdo, que iluminava imprevistamente o seu rosto de velho sulcado de décadas de vida.

— Ah, vejo que têm um dossier criminal sobre mim! As pu-

tas de Sevilha são um pormenor de amigos e vizinhos e uma espécie de despedida em beleza de um dos grandes prazeres da vida. A pergunta certa aí não é "porquê?", mas "porque não?". Quanto ao grande amor da minha vida, a resposta é: nem me abandonou, ou eu a ela, nem morreu: nunca o tive, nunca o vivi.
— Nunca teve um grande amor?
— Se o tive, foi a minha mãe e, essa sim, morreu cedo de mais, sem conseguir esperar ou acreditar que eu regressasse vivo de Mauthausen.
— Não falo desse tipo de amor...
— Doutora, nunca conheci outro.
— Demasiado egoísta, demasiado egocentrado?
— Talvez sim. Ou talvez tivesse demasiado medo de perder o que fosse amar. Quando voltei do campo, tinha perdido todos aqueles que amava, e o único instinto que tinha aprendido era o de sobrevivência. Depois, o casamento não ajudou e logo a seguir já era tarde de mais e percebi que estava bem a sós comigo.
— O sobrevivente?
— Isso: agarrava o que passava: raparigas da aldeia, trabalhadoras da quinta...
— Putas de Sevilha...
— Putas de Sevilha.
— Ok. — Inez esticou as pernas e puxou os braços atrás das costas, alongando os músculos e descontraindo-se. Levantou-se da cama onde tinha estado sentada e retomou a sua pose profissional.
— Pablo, daqui a pouco vem cá uma enfermeira fazer-lhe o teste da covid, que estamos a fazer a todos, pessoal incluído. Por favor, não me diga que não.
— Não, não digo.
— E outra coisa, que vai saber antes de todos: amanhã, alguns de nós vão sair daqui. Perdemos o controle aos contágios e

temos de deixar o Exército entrar para desinfectar todo o edifício. Vai demorar uns dias e, entretanto, vamos mudar todos os que não estiverem saudáveis, mais o pessoal indispensável, para outras instalações provisórias, mais a sul. Por isso, prepare um saco com as suas coisas essenciais para uns quatro dias ou uma semana, incluindo remédios, porque pode ter de partir de manhã.

— E, por isso, os testes?

— E, por isso, os testes.

— Para saber quem pode ir e quem fica para morrer?

— Não, é ao contrário: quem testar positivo, quem estiver infectado, vai; quem não estiver, fica. É a única forma de termos a certeza de que esta casa fica livre da covid.

— Mandar os doentes morrer longe...

Ela já caminhava para a porta e deteve-se antes de a abrir, virando-se para ele.

— Pablo: fazemos tudo o que podemos, acredite em mim. Eu não estaria aqui nem mais um dia se não fosse para isso.

Inez voltou a entrar no quarto dele de manhã bem cedo. Foi encontrá-lo sentado à secretária, olhando o jardim através da janela aberta, e com dois sacos já preparados em cima da cama.

— Bom dia, Pablo.

— Bom dia, doutora — respondeu ele por cima do ombro.

— Sinto muito...

— Eu sei, já esperava.

— Porquê? Tem sintomas?

— Tive um pouco de febre à noite e tenho um pouco de tosse, nada de especial. Mas adivinhei.

— Falta de ar, dificuldade em respirar?

— Não. Por enquanto, não.

— Bom, vamos andando. Eu vou junto e vão, também, três enfermeiras.

A caravana de vinte e oito velhos começou a dirigir-se para

sul pouco passava das dez horas da manhã daquele dia 16 de Maio, já com uma temperatura amena de Primavera. Viajavam em dez ambulâncias e um minibus, num cortejo que atraía as atenções em todos os *pueblos* que tinham de atravessar até ao destino final, La Línea de La Concepción. Pablo recusara ir deitado e viajava sentado no banco de trás do pequeno autocarro, o olhar preso à janela, um olhar embaciado e triste, que se esforçava por conseguir ver à distância, mas com grande dificuldade. Até bem dentro dos setenta anos gabava-se de ter o que chamava "um olhar de caçador", que o tornava capaz de ver um simples ramo de árvore que oscilava com o vento a setenta metros de distância ou um pardal que saltava de um ramo para outro de uma árvore, ainda mais longe. E assim de dia como de noite. Porém, a uma velocidade surpreendente, o seu olho de falcão apagara-se como um farol sem energia, substituído por uma névoa, sobretudo de noite, que lhe esbatia as distâncias, complicava as avaliações e por vezes o fazia ver as imagens distantes como se vêem na areia do deserto, esbatidas pelo calor e pela refracção da luz intensa no solo. O oftalmologista explicou-lhe que aquilo, aquela súbita perda de visão ao longe, era típico de quem antes possuía o dom excepcional de ver muito além dos outros. Mas uma simples operação às cataratas, disse-lhe, resolveria o problema. Ele, porém, foi adiando e adiando sempre a cirurgia, sem conseguir explicar a si mesmo porquê. E nem sequer quando começou a falhar perdizes e rolas em tiros de principiante, ou quando teve de deixar de conduzir à noite e se viu envolvido no primeiro acidente de carro da sua vida, se decidiu a deixar-se operar. Por alguma estranha razão, habituara-se àquela névoa quando fixava o olhar longe e era quase como se visse ali uma metáfora da sua vida, desvanecendo-se aos poucos, apenas lhe permitindo manter nítido o que estava próximo e tornando embaciado o que ficava distante. Quase um conforto.

— Estamos a chegar — disse o motorista, apontando para a placa que indicava cinco quilómetros para La Línea de La Concepción e despertando Pablo dos seus pensamentos.

Que iam longe, muito longe: iam no comboio para Mauthausen, ele apertado contra o pai, espreitando pela janela e tremendo de frio, vendo neve pela primeira vez na vida. Qualquer coisa naquele cortejo de ambulâncias lhe fazia lembrar sinistramente o comboio dos condenados a caminho de Mauthausen: talvez a marca de morte iminente que todos traziam também consigo, o rótulo de indesejáveis, um destino que não estava nas suas mãos e desconheciam. Ou apenas o medo. Um medo absurdo, pois que agora eram velhos e já não tinham toda uma vida diante de si, tinham apenas o eterno, o insuportável medo de morrer. O medo de atravessar a fronteira entre um mundo, por pior ou mais falho de esperança que fosse, e outro mundo, desconhecido, silencioso e vazio, um buraco negro algures no universo transbordante que fora a vida.

A ambulância travou, de repente, quase colidindo com a que a precedia e projectando Pablo contra o assento da frente. Atordoado, espreitou pela janela e viu que estava um carro atravessado a toda a largura da pequena estrada provincial. O motor fora abaixo com a travagem súbita e, por momentos, pairou um silêncio estranho ao longo da caravana. Depois, um motorista e uma enfermeira saíram das ambulâncias para verem o que se passava e, nessa altura, das duas bermas da estrada, começaram a chover pedras — pedras verdadeiras, redondas ou oblíquas, brancas, de calcário arrancado à terra — em direcção às ambulâncias paradas. Metendo a cabeça fora da janela, Pablo viu que da berma da estrada do seu lado umas dez a quinze pessoas arremessavam pedras em direcção a eles, ao mesmo tempo que o autocarro era atingido do outro lado: uma emboscada, como nos velhos tempos dos salteadores de estrada. E não havia como ter dúvidas: aquilo era para eles, o povo de La Línea não queria que eles chegassem à aldeia. Sentiu a febre da noite subir-lhe pelo corpo acima. Abriu a porta do autocarro e saiu para a estrada, indiferente às pedras.

— *Cabrones, hijos de puta!*

Uns vinte metros à sua frente, Inez também tinha saído para a estrada e estava a falar com o motorista da primeira ambulância no momento exacto em que uma pedra a atingiu nas costas. Viu-a dobrar-se com a dor e com a surpresa, mas logo se recompor e dar ordens à primeira ambulância para retroceder e às outras para a seguirem. Retrocederam uns dois quilómetros e depois pararam. Aí esperaram durante uma meia hora que chegasse a Guarda Civil, convocada pelo alcaide de La Línea a quem Inez tinha telefonado. Alguns dos vinte e oito velhos tinham saído das ambulâncias, mas a maioria mantinha-se lá dentro, transidos de terror e de estupefacção.

Eles ou os seus filhos, de comum acordo ou por falta de qualquer outra saída, e porque para isso haviam poupado uma vida inteira, tinham-se confiado ao conforto prometido do lar do Vale Encantado, com a sua assistência médica e de enfermagem, as suas auxiliares que se encarregavam das refeições, da higiene e das distracções, deixando-os livres para vaguear entre as memórias e o jardim, a televisão e a mesa de jogo à noite, as patéticas sessões de ginástica que os faziam imaginar que ainda tinham corpos aproveitáveis para alguma coisa e, depois, elas, gastarem longos minutos diante do espelho a maquilharem-se, a retocarem as pregas debaixo dos olhos, as rugas em roda da boca, a treinarem um sorriso estupidamente malicioso e a subirem o *wonder-bra* por debaixo do vestido florido para além dos limites da gravidade, como se isso ainda conseguisse levá-los ao engano — a eles, de fato escuro e camisa branca, lenço delicadamente amarrotado no bolso de cima do casaco, de peito feito e barriga encolhida, água-de-colónia espalhada em abundância pelos cabelos brancos esparsos, e um passo trôpego, que custosamente tentavam manter firme, quando as convidavam para dançar, nas noites de dança, às quartas e sábados. O Vale Encantado: um final de vida programado, organizado, decente e tão interessante quanto possível. Mas eis que agora ali estavam, numa berma de uma estrada que não vinha nos mapas da Andaluzia, a caminho não sabiam de onde, apedrejados como leprosos, porque infectados com a "doença chinesa", como dizia o presidente americano, e já só resignados a esperar um poiso onde pousar a indignidade final das suas vidas.

Pablo viu Inez correr até à ambulância da frente e falar com o motorista através da janela. A ambulância começou a manobrar para dar meia-volta na estrada, logo seguida por todas as outras, enquanto as pedras continuavam a chover e batiam na chapa metálica dos carros com um ruído tenebroso. O vidro do lado do passageiro do autocarro onde viajava Pablo foi atingido e desfez-se em estilhaços, alguns dos quais atingiram a enfermeira que viajava nesse banco e o próprio Pablo, que, não conseguindo despegar os olhos do espectáculo que estavam a viver, não se encolhera como a enfermeira havia recomendado. Viu que ela tinha sangue a escorrer do braço e da mão direita e um pedaço de vidro encravado entre a cara e a máscara.

— Mas o que é isto? São espanhóis, são seres humanos ou são animais? — exclamou o motorista, ao mesmo tempo que virava o volante todo e acelerava em direcção à fuga.

— São seres humanos. Os animais não se portam assim — disse Pablo a meia-voz, como se lhe respondesse.

Continuaram em direcção oposta uns cinco quilómetros e aí pararam e ficaram à espera da Guarda Civil, que tinha sido chamada por telemóvel. Uma hora depois, escoltados por vários carros e motas da Guarda Civil, entravam em La Línea cautelosamente. Esperava-os uma multidão, de várias dezenas de pessoas, homens, mulheres e até crianças, novos e menos novos, insultando-os e ameaçando-os com os punhos cerrados. Saindo dos carros, os polícias tentaram afastá-los, mas em breve voltaram a chover pedras de mãos anónimas situadas lá atrás, e as ambulâncias receberam ordem para acelerar em frente. Eram criminosos em fuga, protegidos pela polícia.

Atravessaram o *pueblo* todo ao som das sirenes da polícia que os precedia, anunciando uma espécie de tragédia acabada de chegar ali. No final do *pueblo*, subiram uma rampa íngreme e entraram nas instalações que lhes estavam destinadas provisoriamente. Desembarcaram entre alas de polícias que montaram guarda à porta e recebidos apenas por três funcionários do edifício, equipados dos pés à cabeça como cosmonautas na superfície irrespirável de Marte.

Um a um, os vinte e oito entraram na sua nova morada, arrastando os seus agora ironicamente chamados "sacos de viagem". Estavam trémulos, assustados, alguns em lágrimas. Pablo, não: estava simplesmente silencioso, de cara fechada, e parecia apenas com pressa de chegar ao seu quarto. Inez, que o viu entrar, reparou na dureza da sua expressão e na brusquidão dos seus modos, quase empurrando um outro velho que o precedia e que caminhava lentamente. E reparou também na tosse seca que o sacudia e que tentava disfarçar com a mão à frente da máscara.

Dentro do edifício, que antes fora um hospício para loucos, Inez deixou que a enfermeira-chefe Clara se encarregasse de distribuir os doentes pelos quartos e certificar-se de que iria ser-lhes servido um jantar, antes de poderem ir descansar daquele dia cansativo e triste. Mas antes e depois do jantar, ela teria ainda de arranjar tempo para ver pelo menos os que estavam piores e avaliar como é que a doença tinha progredido. Mandou que a outra enfermeira lhes tirasse a febre e medisse a oxigenação e que confirmasse que estavam a tomar a medicação prescrita. Fora isso, se algum começasse a piorar a sério, não havia plano algum para o que fazer: não havia hospital para onde os evacuar, nem condições para os medicar com outra coisa que não corticóides ou utilizar as seis bombas de oxigénio que tinham trazido. Era, tinham-lhe dito, "apenas uma solução provisória, não mais de vinte e quatro horas".

Entrou no gabinete que lhe tinham destinado, que era também o quarto onde iria dormir, nessas vinte e quatro horas, numa cama de campanha montada junto à parede em frente a uma secretária. Sentou-se na cama, resistindo a deitar-se, quebrada de um cansaço que era mais emocional que físico. Libertou-se da máscara, da viseira de acrílico e das luvas, com uma sensação de alívio que vinha de muito fundo, e olhou à volta daquele exíguo gabinete, de paredes pintadas de cinzento desbotado e com manchas de humidade e, por momentos, imaginou o que teria sido a vida, dia após dia, ano após ano, de quem, ali sentado, havia dirigido aquele hospício. E lembrou-se do seu gabinete de paredes brancas e sempre com flores frescas na jarra sobre a mesa, com a ampla mesa de trabalho e a janela sobre o jardim, no hospital de Madrid, e quase sentiu vontade de chorar.

Paolo morrera exactamente há um mês. Fizera nessa manhã um mês e ela lembrara-se disso mal acordara e isso dera-lhe força para a jornada que a esperava. Não uma força em nome dele ou para ele, esperando que ele a pudesse ver e estar orgulhoso dela, mas simplesmente a força de saber que não havia outra alternativa para enfrentar a morte dele. Esse mês parecia-lhe, ora uma eternidade, ora apenas um dia, como se ainda estivesse a ouvir Paolo falando-lhe ao ouvido antes de adormecer, quase sentindo ainda o calor do corpo dele encostando-se ao seu, como se ainda não se tivessem despegado um do outro. Porque não o tinha visto morrer, só tinha ouvido dizer que ele tinha morrido. Porque não ficara com ele em Bérgamo, como tanto tinha querido, ajudando-o a lutar pela vida, a resistir, a não morrer, ou então, a morrer junto dela. Para que tudo fizesse algum sentido.

Num mês perdera o homem que mais amara em toda a vida, por quem — soubera-o depois e tarde de mais, com uma certeza terrível — haveria um dia de largar tudo o que tivesse de largar para ficar para sempre junto dele; desfizera, sem pensar duas vezes, o seu cómodo casamento de oito anos e o seu cómodo e bem pago trabalho num hospital público de Madrid, e seguira o destino de um lar de velhos abandonados à sua sorte no meio de uma praga, para acabar numa caravana de morte, apedrejada por ousar refugiar-se numa aldeia cujo nome já nem recordava direito. E provavelmente para, em algum momento, ser ela também contaminada pelo vírus e talvez alguém lutar pela vida dela como não lutavam pelos velhos que ela tinha a seu cargo. Pois que, para esses, não havia nem vagas, nem probabilidades, nem esperanças.

O telemóvel vibrou dentro do bolso do casaco, indicando uma mensagem recebida. Como sempre durante aquele mês, o primeiro e absurdo instinto foi pensar que era uma mensagem de Paolo. E, depois, mais uma vez, disse a si mesma que, para evitar isso e para seguir em frente, já era tempo de apagar o nome dele da lista do telemóvel. Lembrou-se de uma coisa que o pai lhe tinha dito uma vez sobre isso:

— Sabes, filha? Uma das coisas mais tristes de envelhecer é quando morrem os amigos e temos de apagar os nomes deles do telemóvel. Aí, mais do que no próprio enterro, é que percebemos mesmo que morreram: que nunca mais nos vão telefonar.

Porém e por alguma razão que não tinha tido vontade de analisar, ela não se decidira ainda a apagar o nome de Paolo da sua lista de contactos. Talvez porque visse isso como uma certidão de óbito definitiva, que não queria ser ela a passar. Ou porque aquele segundo em que o sinal de mensagem entrava no seu telemóvel, e ela absurdamente imaginava que pudesse ser Paolo, lhe fizesse ainda falta. Nenhuma ferida de verdadeira dor cicatriza antes de fazer sofrer tudo o que houver para sofrer. Antes que o motivo do sofrimento já seja só um nome, um nome distante e esbatido pelo tempo, e então fácil de apagar nos registos deixados.

Pegou no telemóvel para ler a mensagem: era de Martín. Começava com "Néni" — o nome pelo qual ele a tratava nos tempos de romance cor-de-rosa entre os dois, tempos que, oficialmente, para ele, nunca haviam sido interrompidos até ela estilhaçar tudo em pedaços, sem dó nem misericórdia.

"Néni, não tenho outra maneira de te dizer isto: não aguento esta casa vazia sem ti. Fazes-me falta em todas as horas do dia e amo-te como no primeiro dia. Não sei por onde andas nem o que é a tua vida agora. E respeito o teu luto e tento compreender o que aconteceu. Mas se algum dia pensares em voltar para casa, eu serei o homem mais feliz do mundo. M."

— Ah — exclamou Inez para si própria. — Os homens tornaram-se tão compreensivos agora! Mas, para azar deles, raramente acertam no timing. E, neste caso, como dizia um amigo meu, os únicos rivais invencíveis são os mortos. Suspeito que vais ter de esperar até à eternidade, querido Martín!

Mas, depois, pensou melhor e respondeu de volta:

"Obrigado pela mensagem, Martín. Neste momento, estou muito longe de tudo e tentando não pensar em nada. Tivemos de evacuar o lar e estou a acompanhar os que estão infectados. Cuida-te!"

Bateram à porta do quarto: era a enfermeira Patricia, que lhe trazia o relatório sobre o estado de saúde dos evacuados. Nenhum tinha melhorado, mas três tinham piorado claramente durante o dia e a viagem: uma mulher de oitenta e três anos com um historial de diabetes, um homem da mesma idade, já com dificuldades respiratórias, e Pablo. Inez reviu as notas referentes a todos e suspirou.

— Bom, vamos dar oxigénio ao sr. Fernández e vigiar estes três a noite toda, revezando-nos entre nós. Eu vou vê-los agora.

Lembrou-se do que Paolo lhe havia perguntado na noite em que o conhecera, na Córsega:

— Já alguma vez te morreu alguém nos braços?

"Não", respondera então. Mas agora, sim. Agora, no espaço de um mês, vira morrer vários à sua frente, homens e mulheres, todos longe de um hospital, todos — eles e ela — impotentes para lutarem contra o desfecho anunciado.

"Prepara-te, porque um dia vai acontecer e, quando acontecer, tens de estar preparada", dissera-lhe então Paolo.

Preparada para lhes segurar a mão, enquanto desligava as máquinas, porque nada mais havia a fazer, dissera ele. Mas agora nem havia máquinas para desligar nem ela podia descalçar as luvas para que eles sentissem pela última vez o conforto de uma mão antes de partirem. Um arrepio percorreu-a de cima a baixo: um arrepio de saudades lancinantes de Paolo, daquele jantar encantado na Córsega, quando se sentara em frente dele, o contemplara sem subterfúgios e percebera imediatamente que o seu destino estaria daí em diante ligado ao dele para sempre. Até ao fim.

Quando sentia aquela dor trespassando-lhe o peito, Inez gostava de se encolher a um canto e chorar livremente, em soluços que a sacudiam inteira. Se pudesse, gostaria mesmo de sair correndo a gritar, uivando de dor como um animal ferido, até tombar no chão, saciada. O seu único conforto naqueles dias era conseguir um bocado de tempo para poder chorar a sós, acreditando que quando tivesse despejado aquela torrente de dor, talvez, lá adiante, encontrasse uma qualquer forma de calma interior a que pudesse chamar sobrevivência. Mas, por ora, não havia outra maneira melhor de resistência: tentar salvar vidas e chorar nos intervalos.

Quando entrou no quarto de Pablo, depois de bater à porta, Inez foi encontrá-lo sentado numa cadeira em frente à janela, tal como esperava. Muito embora a noite já tivesse chegado e lá fora apenas se avistassem as luzes da aldeia ao longe, por entre uma escuridão plena, ele não abdicava de se fixar no mundo para além das paredes que o guardavam. Havia outra cadeira no quarto, que Inez puxou para se ir sentar junto dele, podendo ver o seu rosto quase de frente.

— Pablo, como se sente?
— Hum... assim-assim...

Tossiu e ela notou um pequeno silvo de ar na respiração.

— Pior, não é verdade?
— Como sabe, doutora?
— Vi os seus dados: a febre subiu e a oxigenação baixou. Essa tosse não é boa e disseram-me que não jantou nada.
— A comida não prestava, não tinha sabor.
— Não, Pablo: você é que está a perder o paladar. É mais um sintoma do agravamento da situação.

Ele voltou a tossir, agora com mais força.

— Que merda de doença! Tirando a febre, quase não se dá por nada.
— Pois é.

Pablo deixou de olhar para fora e virou a cabeça na direcção dela. Inez reparou na nuvem de tristeza que toldava o azul dos olhos dele, habitualmente brilhantes de vida, apesar da idade.

— Hoje ou amanhã vou morrer, não é, Inez? Posso tratá-la por Inez?
— Claro que sim, Pablo.

— Sim, o quê?
— Pode tratar-me por Inez.
Ele teve novo rompante de tosse, mais violento e de que lhe demorou mais tempo a recompor-se.
— E o resto da minha pergunta?
— Se vai morrer hoje ou amanhã? — Inez abriu os braços, num gesto de impotência. — Provavelmente, sim.
Ficaram calados um longo tempo. Depois, Pablo voltou a olhar para a janela e rompeu o silêncio:
— Não me posso queixar, vivi uma longa e preenchida vida. Para quem estava marcado para morrer aos catorze anos num campo nazi, foi uma notável prova de sobrevivência ter chegado até aqui. Só lhe peço uma coisa, dra. Inez: por favor, não me deixe morrer com falta de ar!
— Prometo-lhe, Pablo.
— Já que escapei às câmaras de gás...
Teve novo ataque de tosse que o inclinou para a frente.
— Assim que estiver a sentir falta de ar, diga-me e trago-lhe oxigénio.
Ele agradeceu com um gesto de cabeça, voltando-se outra vez para ela.
— Sabe uma coisa, Inez? É estranho que eu, que vivo sozinho há uns cinquenta anos, que nunca me importei ou tive medo de viver sozinho, agora estou com um medo estúpido, um desconforto, de morrer sozinho.
— Não está sozinho, nós estamos aqui. Se quiser, mudamo-lo para a sala.
— Não, também não quero arriscar morrer em público. Certas coisas são mesmo privadas, não é? Quando falo de morrer sozinho, é de não ter ninguém a quem dar a mão antes de me ir. Mas, enfim, fui eu que escolhi assim...
"Alguém a quem dar a mão antes de morrer" — outra vez as

palavras de Paolo, outra vez aquele arrepio de dor. Porém, sentiu-se egoísta: o que era a dor dela perante a de um homem que sabia que ia morrer nas próximas horas?

— Pablo, há alguma coisa que eu possa fazer por si?

O azul enevoado e triste dos olhos dele fixaram-se nela, como se lhe quisessem sugar dela um último sopro de vida.

— Ah... sim, ocorreu-me... não, deixe, Inez, era uma coisa estúpida. Estúpida e abusiva.

— O quê, diga!

— Ocorreu-me que sempre achei que você é uma mulher linda, mas, de facto, nunca vi a sua cara a não ser do nariz para cima. Será que poderia ver a sua cara toda?

Ela sorriu.

— Só isso?

Pondo-se em pé e recuando uns passos, até se fixar instintivamente na distância de segurança — ou debaixo da luz do tecto —, Inez introduziu a mão por dentro da viseira de acrílico e retirou a máscara de algodão, sorrindo.

— Linda, como eu pensava! — exclamou Pablo. — Você tem um nariz lindo, uns dentes lindos, um sorriso e uma boca irresistíveis! Os homens devem amá-la furiosamente!

— Obrigada — disse ela, não desmanchando o sorriso, porque ele era genuíno, de ternura.

— Inez... — Pablo continuava a olhá-la intensamente, como se visse nela toda a vida que ia deixar sepultada em breve, brevissimamente.

— Sim?

— Pode mostrar-me o peito?

Ela sorriu outra vez, agora um sorriso de certo modo constrangido. Pareceu meditar no pedido dele seriamente, avaliando prós e contras. Não era a primeira vez que experimentava o sentimento de que o seu corpo tinha um poder próprio, que lhe escapava e ao seu entendimento. Um poder que se manifestava por si mesmo e que ela conhecia e, umas vezes temia, outras a fascinava — como na casa de massagens de Madrid, nas mãos daquele jovem cubano de que já não recordava o nome. Agora, todavia, tratava-se de o exibir para um velho que ia morrer. Dar-lhe esse último prazer. Usar o corpo para dar — dar a ver, apenas. Com o jovem cubano, ela tinha dado, mas sabia que também recebia: exibia o seu corpo para um homem novo e bonito e isso excitava-a; mas despir-se para Pablo, mesmo que só parte do seu corpo e sem ele o percorrer inteiro com as mãos, como o jovem cubano, era só para o prazer dele. E, todavia — já se tinha perguntado a si mesma algumas vezes —, será que isso não era o preço natural a pagar por alguém que tinha nascido com o corpo que ela tinha? E, neste instante, perante um velho cujo último suplicante olhar era o de desnudar o seu peito? O que valia isso?

— Porque não?

Sempre em pé, debaixo da luz do candeeiro do tecto, desapertou os botões da bata e abriu-a lateralmente, fez o mesmo com a camisa que vestia por baixo, e, depois fez escorregar, uma de cada vez, as alças do soutien, descendo-o até à barriga de modo a expor o seu peito, grande e desafiante, como toda a vida que ainda tinha pela frente.

— Obrigado, dra.... Inez.

Às 21h45, o antigo hospício de loucos, ou de incompreendidos, parecia em paz e pronto para que cada um dos seus acolhidos repousasse ou esquecesse um dia tão duro quanto aquele. Inez havia tentado contactar por telemóvel o director do centro de saúde provincial, mas o homem não atendera o telemóvel nem respondera à sua mensagem escrita. Talvez estivesse ocupado com qualquer coisa de mais importante, talvez não tivesse nada para lhe dizer, nenhuma instrução para lhe dar, com vista ao dia seguinte: ela adivinhava que a razão fosse a última. Antes de recolher ao quarto, tinha visto, num jornal televisivo da noite, que o que lhes acontecera fora notícia. A reportagem registara o depoimento do comandante da força policial que os tinha ido buscar à estrada, à entrada de La Línea de La Concepción, o tenente Bermúdez, cujo destacamento de três carros e doze homens ainda estava lá fora, na frente do edifício, em guarda. Depois, entrevistara o alcaide da cidade, que dissera, convicto: "Um grupo de pessoas indesejáveis, que não representam a cidade, foi responsável por este lamentável incidente". E, de seguida, acrescentou: "Mas o processo foi mal conduzido e mal explicado desde o princípio: as pessoas pensaram que os velhos iriam andar à solta pela cidade".

"Coitados dos velhos", pensou ela para consigo. "À solta pela cidade!"

Tinha apagado a luz para finalmente dormir, quando um clarão brilhante voltou a iluminar o quarto, lembrando-a de que se tinha esquecido de fechar as portadas da janela. E, logo depois, um som de foguete de São João subiu ao ar, seguido de um outro som de qualquer coisa a chocar contra a parede do edifício, próximo da janela do quarto. Perplexa, acendeu a luz do candeeiro, ao mesmo tempo que novo relâmpago, novo ruído de explosão e de impacto contra a parede já não deixavam margem para grandes dúvidas. Assomou à janela e viu que lá em baixo, a uns oitenta, cem metros de distância, de onde se viam umas luzes acesas e se via uma concentração de gente, partiam foguetes em direcção à casa, e logo começou a ouvir o ruído de vidros estilhaçados e de gritos nos quartos e corredores, enquanto as luzes se iam acendendo e as vozes dos velhos que fugiam dos quartos se transformavam em terror incontrolável.

— Meu Deus, será possível que nos estejam a bombardear? — exclamou para si mesma, incapaz de reagir.

Pregada à janela, via partir os foguetes lá de baixo, quais rockets de Gaza em direcção aos judeus de Telavive, mas, em vez dos mísseis de resposta de Israel, viu arrancar os carros da Guarda Civil, estrada abaixo, para de onde vinham os foguetes de São João. Mas, entretanto, eles ficaram sós e desprotegidos, enquanto os foguetes continuaram a visá-los e um deles entrou por uma janela adentro e iniciou um incêndio na entrada do edifício, que desencadeou gritos de pânico, que finalmente a fizeram reagir e sair do quarto.

Nesse momento, vindo de um dos quartos dos velhos — que ela nem precisava de perguntar qual era para o saber —, ouviu o som, meio abafado e sinistro, de um tiro, acompanhado de um grito à janela:

— Cabrões, filhos da puta, venham cá, venham!

E, segundos depois, novo tiro e novo grito:

— Cobardes, espanhóis de merda!

Os foguetes pararam, subitamente. Mas os tiros, não. Veio um terceiro e um quarto. E novo grito lá para fora, de uma janela aberta sobre a noite:

— Venham cá, cobardes, venham!

A seguir, caiu um silêncio de fim de batalha sobre a cena de guerra: cada época tem direito ao seu esplendor ou miséria de campos de batalha — por isso é que não há um Velázquez para pintar uma *Rendição de Breda* em cada século. Os velhos estavam todos amontoados no salão principal do hospício, deitados ou ajoelhados no chão, as mãos sobre a cabeça, conforme lhes tinha sido ordenado pelas duas enfermeiras. Qualquer coisa que lhes ordenassem, aliás, eles fariam: tinham o terror escrito nos olhos, uma absoluta abdicação de qualquer vontade ou orgulho próprio, patente nas humilhantes posições em que tentavam coser-se ao chão. Passando por cima de alguns dos corpos estendidos no soalho, Inez chegou-se a uma das janelas do salão e olhou para fora. A barricada de onde provinham os foguetes parecia agora em desordem, dois carros da polícia lá encostados, e muita menos gente do que antes lá vira. E um dos carros da polícia tinha manobrado para dar meia-volta e regressava em grande velocidade direito ao hospício.

Soou então um quinto tiro: passou sobre o carro da Guarda Civil que vinha em direcção a eles e, estimou Inez, passou também sobre a barricada dos fogueteiros. Mas, no silêncio que se tinha instalado, logo após o estampido do tiro, ouviu-se, nítida e cerro abaixo, a sentença final do atirador:

— Sois uns cobardes de merda! Uns maricas da mamã! Só tendes tomates para atirar pedras e foguetes à distância! Tomates desses, eu como com ovos ao pequeno-almoço; ouvis, maricas de merda?

Logo depois, o carro da Guarda Civil travava, derrapando, tal qual como nas séries policiais, diante da porta da frente da casa. Inez já os esperava à entrada.

— Dra. Inez Montalbán? — Um homem bateu-lhe a continência, pela primeira vez na vida dela.

— Sim.

— Tenente Bermúdez, comandante do destacamento. Temos fogo a vir de um dos quartos daí. Sabe-me dizer de qual?

— Creio que sim, tenente. Atingiu alguém?

— Não, felizmente. Decerto, é um velhote e a sua pontaria deixa muito a desejar.

Ela sorriu, com gosto.

— Ah, não, não acredite nisso, tenente Bermúdez: ele tem olhos de caçador. Se não atingiu ninguém, foi porque não quis.

O tenente deteve o seu ímpeto, olhando para ela com um misto de curiosidade e desconfiança.

— Bom, como quer que seja, temos de o deter, antes que, com pontaria ou sem ela, cause alguma desgraça.

— Sem dúvida, tenente. E que arma é a dele, sabe?
— É um revólver, doutora. E pergunto-me como é que o terá na sua posse.
— Ah, tanto quanto sei, tem licença para isso. Quando vivia sozinho numa quinta, defendeu-se de uns assaltantes a tiros de revólver. E, pelos vistos, trouxe-o para o lar sem ninguém dar por isso e, depois, trouxe-o para aqui. Dissemos-lhes para fazerem um saco de viagem com o essencial, antes de virem, mas confesso que não nos passou pela cabeça vistoriar os sacos de cada um deles.
— Pois, e este — disse o tenente Bermúdez, entrando casa adentro — resolveu trazer o seu revólver de estimação com ele. Para o que desse e viesse.
— Assim parece, de facto. Mas, diga-me, tenente, faz ideia que revólver é este?
— Pelo som dos tiros, pareceu-me um Smith & Wesson, calibre trinta e oito.
— Quantos tiros dá?
— Quantos tiros dá? — o tenente riu-se. — Leva seis balas no tambor, se é isso que pergunta, doutora.
— E quantos tiros deu ele?
— Eu contei cinco.
— Eu também.
— Quer dizer que falta um, a menos que ele tenha mais balas. Quer dizer que temos de ir lá, onde ele está, para acabar com este fogo-de-artifício.
— Eu não faria isso, tenente.
— Não?
— Não: se bem o conheço, vai receber-vos a tiro. Com a última bala. E um de vocês pode morrer inutilmente.
O tenente Bermúdez olhou a dra. Montalbán, pensando em como gostaria de a conhecer noutras circunstâncias, talvez

na discoteca Alba Louca, de La Línea — claro, nada que ver com as discotecas sofisticadas de Madrid, a que ela devia estar habituada e onde as frequentadoras sexys como ela facilmente faziam um nome e uma reputação na *Hola!* ou nas revistas concorrentes —, mas onde, entretanto, antes ou depois, médicas destacadas para estágios na periferia, como ela aparentava ser, ao fim e ao cabo, não tinham outra fonte de distracção que não o jovem magistrado do Ministério Público em primeiro posto, um imberbe professor de liceu ou, melhor em vários aspectos, um tenente da Guarda Civil. Porque, nada mais restando, só mesmo o sacerdote da freguesia ou um próspero, casado e boçal empresário local, dono do clube de futebol da terra e, às escondidas, da própria discoteca.

"Caramba", pensou o tenente. "Esta porra das máscaras, em vez de tornar as mulheres menos atraentes, a mim, só as torna mais apetecíveis. Agora é que eu percebo os árabes e as suas burcas!"

A custo sacudindo os seus devaneios acerca da dra. Montalbán, Bermúdez tentou concentrar-se no momento e na sua missão: ele era a autoridade ali. Ele, ainda há pouco, tinha aparecido a falar para o principal jornal televisivo do dia, mostrando como estava no controle da situação. Decerto que os chefes tinham apreciado a sua prestação e não iria ele deitar agora tudo a perder por causa de uma sinuosa médica madrilena, dona de uns olhos castanhos que pareciam tristes e irónicos, e de uma pose que tinha o condão de fazer oscilar toda a sua treinada segurança de oficial da Guarda. "Volta para o posto de combate, Bermúdez!"

— Onde é que fica o quarto desse velhote?
— Ali adiante, é o terceiro ao fundo do corredor. Mas, volto a dizer-lhe, tenente: não vá lá, espere.

Fazendo sinal a dois guardas para o seguir, o tenente Bermúdez começou a percorrer o corredor silenciosamente e passo a passo, de pistola em punho. Quando chegou à porta do quarto de Pablo, levantou a voz, através da umbreira:

— Senhor, abra a porta devagar e passe a sua arma pelo chão para o lado de cá. Você está cercado e não vai a lado nenhum. Esta é a sua única saída em segurança.

Nada, nenhuma resposta de dentro do quarto. Ele esperou e insistiu:

— Senhor, abra a porta devagar e passe a sua arma pelo chão. É a sua última hipótese, não volto a repetir.

Nada. O tenente olhou para trás no corredor e viu a dra. Inez, que lhe fazia um gesto fácil de decifrar: "Desista, venha até aqui, espere". Mas ele era a autoridade. Indicou aos guardas que se colocassem dos dois lados da porta, de armas em punho, recuou uns passos e investiu contra a porta. Em vão: a porta pareceu chocar contra um qualquer obstáculo que não cedeu contra a força do ombro do tenente. Tentou outra vez com o ombro e outra vez a pontapé e com o mesmo resultado. Nessa altura, sentiu que a dra. Inez tinha chegado ao pé dele e que o afastava com o braço, encostando-se à porta do quarto:

— Pablo, sou eu, a Inez. Agora, está tudo acabado, já não faz mais sentido. Aqueles cães fugiram com os seus tiros, já não nos atacam mais. Mas a polícia quer que lhes entregue essa arma. Está tudo acabado, Pablo.

Escutou uns momentos de silêncio, depois um arrastar da cadeira e uns passos dentro do quarto. Hesitantes, um pouco perdidos, não tendo para onde ir.

— Ah, dra. Inez? Já não faz sentido?
— Não, Pablo. Já não faz sentido.

Ouviu a tosse dele e um silvo procurando um ar tornado escasso.

— Ok, doutora, dê-me só uns minutos e eu entrego a arma.

— Eu sei que sim, Pablo.

Com o olhar, Inez indicou ao tenente e aos seus soldados o caminho do salão. Ali, esperaram dois minutos, o tempo até escutarem o tiro vindo do quarto de Pablo. Diferente dos outros cinco, um tiro abafado, um tiro de morte, não em campo aberto, não através da janela aberta sobre o campo, como ele tanto gostava de contemplar a vida.

— A sexta bala — disse Inez, em voz alta, mas falando para si mesma, e para ele, para o atirador.

Bermúdez precipitara-se para o quarto de Pablo, logo depois de ouvir o tiro, certo de já não haver perigo, pois também ele percebera a diferença de som daquele tiro. Abriu a porta, olhou e chamou-a:

— Quer ver?

— Não — ela abanou a cabeça.

— Podíamos ter evitado isto...

Vindo de lá muito do fundo, de um longínquo lugar onde as coisas faziam sentido, Inez sentiu um súbito cansaço acumulado ao longo daquele dia de combate sem tréguas, que agora podia finalmente chegar ao fim. Olhou o tenente Bermúdez e esforçou-se por considerar a sua necessidade burocrática de um resumo lógico para o seu relatório daquele dia:

— Não, não podíamos.

Eram 23h55 quando Inez voltou a entrar no quarto, outra vez esperando ir adormecer sem pensar em mais nada, repousando o seu cansaço no sono e a sua demolidora tristeza na trégua enganadora da noite. A janela tinha ficado aberta desde que ela tinha estado à beira de adormecer antes e despertado com os relâmpagos das bombas incendiárias, atacando vinte e oito velhos infectados e indefesos, que não tinham onde se esconder, que nenhum hospital queria tratar, que ninguém queria receber. Pais cujos filhos os tinham abandonado, avós cujos netos não lembrariam mais, sem mais noites de Natal, Domingos de Páscoa, noites de Verão ou castelos na areia da praia, demasiados e inúteis sobreviventes de tempos tão difíceis, despojos sem destino nem solução: estatísticos, excedentes, pandémicos.

Já tombada na cama, Inez tentava arranjar forças para ir fechar a portada da janela. Mas, fosse por preguiça, fosse por inspiração, decidiu que iria dormir de portada aberta em homenagem a Pablo e à sua fixação em janelas abertas sobre o campo, a paisagem, a vida. E, mesmo antes de apagar a luz, quando ligou o telemóvel ao carregador, deu fim àquele dia terrível com uma última decisão que a fez finalmente ir dormir em paz: carregou no botão de mensagens e procurou o nome de Paolo. Escreveu:

"Paolo, querido, meu amor. Por favor, continua a guiar a minha mão todos os dias, porque eu não consigo viver sem isso. Não consigo distinguir o certo e o errado, o bem e o mal, sem te ouvir. Fala comigo, não me deixes, para que tudo faça sentido. Ainda e para sempre."

Leu e releu a mensagem. Uma, duas, três vezes. Fazia sentido? "Enquanto achar que sim, faz sentido." Carregou no botão "enviar" e adormeceu.

Matalote, Pavia, 29 de Março 2020/ 29 de Maio 2021.

ESTA OBRA FOI COMPOSTA EM ELECTRA PELO ESTÚDIO O.L.M./ FLAVIO PERALTA
E IMPRESSA EM OFSETE PELA GRÁFICA PAYM SOBRE PAPEL PÓLEN SOFT
DA SUZANO S.A. PARA A EDITORA SCHWARCZ EM ABRIL DE 2023

A marca FSC® é a garantia de que a madeira utilizada na fabricação do papel deste livro provém de florestas que foram gerenciadas de maneira ambientalmente correta, socialmente justa e economicamente viável, além de outras fontes de origem controlada.